猫

⑥ 力挽狂澜

The Darkest Hour

[英] 艾琳·亨特◎著
赵振中◎译

中国少年儿童新闻出版总社
中国少年儿童出版社
北京

著作权合同登记：图字 01-2017-3438

图书在版编目（CIP）数据

猫武士首部曲 . 力挽狂澜 / (英) 艾琳 · 亨特著；赵振中译 . — 2 版 . — 北京：中国少年儿童出版社，2017.9（2018.5 重印）
书名原文：THE DARKEST HOUR
ISBN 978-7-5148-4090-2

Ⅰ . ①猫… Ⅱ . ①艾… ②赵… Ⅲ . ①儿童小说 – 长篇小说 – 英国 – 现代 Ⅳ . ① I561.84

中国版本图书馆 CIP 数据核字（2017）第 161732 号

LIWAN KUANGLAN
（猫武士首部曲）

出版发行：中国少年儿童新闻出版总社
中国少年兒童出版社
出 版 人：李学谦
执行出版人：赵恒峰

责任编辑：何强伟 董 慧 唐威丽
责任校对：赵聪兰
美术编辑：缪 惟
内文插图：李思东 杨 柳
责任印务：厉 静

社 址：北京市朝阳区建国门外大街丙 12 号
邮政编码：100022
总 编 室：010-57526070
传 真：010-57526075
发 行 部：010-57526608
网 址：www. ccppg. cn
电子邮箱：zbs@ccppg. com. cn

印刷：河北新华第一印刷有限责任公司

开本：880mm × 1230mm 1/32
印张：9.75
2017 年 9 月第 2 版
2018 年 5 月河北第 4 次印刷
字数：165 千字
印数：40001-45000 册

ISBN 978-7-5148-4090-2
定价：28.00 元

图书若有印装问题，请随时向印务部退换。（010-57526718）

雷　族

族长

火星——外表英俊的姜黄色公猫。

　　火星的徒弟是黑莓爪。

副族长

白风——大个头的白色公猫。

巫医

炭毛——灰色母猫。

武士（公猫和母猫均可成为武士）

黑条——处世圆滑的深灰色虎斑公猫，身上长着黢黑的条纹。

　　黑条的徒弟是香薇爪。

长尾——苍白色的虎斑公猫。

鼠毛——个头矮小的深棕色母猫。

　　鼠毛的徒弟是刺爪。

蕨毛——金棕色虎斑公猫。

　　蕨毛的徒弟是黄爪。

尘毛——棕色虎斑公猫。

　　尘毛的徒弟是蜡爪。

沙风——姜黄色母猫。

灰条——长毛、纯灰色公猫。

霜毛——漂亮的白色母猫，眼睛为蓝色。

金花——姜黄色母猫。

云尾——长毛白色公猫。

奇面——母猫，白色皮毛上长有黄色斑纹，后来改名亮心。

学徒（学徒都是年龄大于六个月，正在进行武士训练课程的猫）

刺爪——黄色公猫。

香薇爪——灰白色母猫，身上的斑纹为深灰色，浅绿色眼睛。

蜡爪——灰白色公猫，身上的斑纹为深灰色，深蓝色眼睛。

黑莓爪——深棕色虎斑公猫，琥珀色眼睛。

黄爪——花斑母猫，绿色眼睛。

猫后（怀孕或正在哺乳的母猫）

柳带——灰白色的母猫，长着一对蓝莹莹的眼睛。

长老（从武士岗位上退休的猫）

小耳——灰色公猫，双耳奇小，是雷族公猫中最年长的。

一只眼——灰白色母猫，眼花耳背，是雷族所有的猫中年纪最大的。

纹尾——虎斑母猫，曾经是育婴室母猫中年纪最大的。

斑尾——玳瑁色花斑母猫，曾经是族群里的族花。

影　族

族长

虎星——个头高大的深棕色虎斑公猫，两只前爪特别修长，曾为雷族副族长。

副族长

黑脚——大个头白色公猫，四爪黢黑。

巫医

奔鼻——小个子公猫，毛色灰白相间。

武士

橡毛——小个头棕色公猫。

小云——个头很小的虎斑公猫。

石头——灰色公猫。

黄毛——深黄色母猫，曾为泼皮猫。

裂牙——大个头花斑公猫，曾为泼皮猫。

猫后

高红——长腿、浅棕色花斑母猫。

风　族

族长

高星——黑白相间的公猫，长着一根修长的尾巴。

副族长

坏脚——黑色花斑公猫，一只脚残废了。

巫医

青面——短尾棕色公猫。

武士

泥掌——棕色公猫，身上长有黑斑。

网脚——深灰色公猫。

裂耳——虎斑公猫。

茶毛——金黄色母猫。

一根须——棕色虎斑公猫。

　　一根须的徒弟是金雀花爪。

奔溪——浅灰色花斑母猫。

猫后

灰脚——灰色母猫。

晨花——花斑母猫。

白尾——小个头白色母猫。

河　族

族长

豹星——身上长有醒目的金黄色斑点的母猫。

副族长

石毛——灰色公猫，耳朵在战斗中被撕裂了。

　　石毛的徒弟是风爪。

巫医

泥毛——长毛、浅棕色公猫。

武士

黑掌——棕黑色虎斑公猫。

巨步——花斑公猫，身上的毛长得十分细密。

影毛——深灰色母猫。

雾脚——深灰色母猫。

雾脚的徒弟是羽爪。

响肚——深棕色公猫。

猫后

薜毛——花斑母猫。

血　族

族长

长鞭——小个头黑色公猫，有一只爪子是白色的。

副族长

壮骨——高大威猛的公猫，毛色黑白相间。

族群以外的猫

巴利——黑白相间的公猫，住在距离森林不远的一处农田里。

乌爪——黑色公猫，尾巴尖儿是白色的。

公主——浅棕色宠物猫，胸脯和爪子均为白色。

斯玛——体态肥胖、性格宽厚的宠物猫，毛色黑白相间，住在靠近森林的一所房子里。

月亮石
巴利的家园
风族营地
四棵树
瀑布
猫头鹰树
河
太阳石
河族营地

垃圾场
影族营地
雷鬼路
雷族营地
巨悬铃树
沙坑
蛇岩
松林
两腿动物领地
伐木场
雷族
河族
影族
风族
星族

引　子

雨淅淅沥沥地下着，一条雷鬼路从密密麻麻的两脚兽巢穴之间横穿而过，雨滴不停地打在雷鬼路黑黢黢的路面上。时不时有怪物从路上经过，两脚兽缩成一团坐在它的肚子里。

有两只猫悄无声息地拐了个弯，紧紧贴着墙壁下的阴暗处走。走在前面的是一只瘦削的灰色公猫，耳朵残缺不全，但双眼却炯炯有神，身上的毛被雨水打湿后显得十分光滑。

走在这只灰色公猫后面的是一只宽肩阔面、高大威猛的虎斑猫，他身上的每一条肌肉都曲线分明、形态优美。一双琥珀色的眼睛闪闪发亮，目光警惕地看着四周，似乎随时都可能遭到攻击。

虎斑猫在一个两脚兽巢穴的门廊下停住了脚步，吼道："还要走多远？这个地方臭死了！"

那只灰色公猫回头说："就快到了。"

深棕色虎斑猫沉着脸说："那就好！"他烦躁地扭动耳朵。两道刺眼的灯光照过来，一个怪物从拐弯处驶过，溅起满

还要走多远？
就快到了。
那就好！
这该死的雨，气死人了。

是两脚兽垃圾臭味的积水。深棕色虎斑猫闪避不及，被溅了一身，他愤怒地发出一声吼叫。

两脚兽地盘里的每一样东西都令他感到恶心：坚硬的地面、臭气熏天的怪物以及它们肚子里的两脚兽，还有那奇怪的噪声。最可恨的是，如果没有向导带路，他肯定要被困死在这里。这只虎斑猫生性独立，从不习惯于依靠别的猫。在森林里，每一棵树、每一条溪流、每一个兔子洞穴，每个族群里哪个武士长得最强壮、哪个武士最危险，他都一清二楚。可这些技能和经验在这里却全无用武之地。他感觉自己似乎聋了、瞎了、腿瘸了，就像一只乖乖跟在母亲身后的小猫崽。

尽管这里有千万般不好，但他心甘情愿，因为此行是有目的的。他已经想好了一个计划，这个计划能把他的死敌们一网打尽。如果事情进展得顺利，来两脚兽地盘的这一趟将会令他得到满意的收获。

灰色公猫沿着雷鬼路穿过一片开阔地带，这个地方停放着许多怪物，水坑里漂浮着油渍，泛起各种诡异的色彩。他走到一条小路前，张开嘴嗅嗅空气。

虎斑猫也停下来嗅嗅空气，他吸进一口两脚兽食物的腐烂臭味，差点儿没吐出来。他问："就是这个地方吗？"

灰色公猫紧张地回答说："就是这里，现在记住我叮嘱你的话，我们要见的那只猫势力很大，一定要注意礼节。”

那只虎斑猫上前一步逼问他的同伴：“石头，难道你忘记我的身份了吗？”

灰色公猫毕恭毕敬地说：“没有，虎星，我没有忘记，可你不是这里的族长。”

虎星嘟囔了几句，说：“继续赶路吧。”

石头踏上小路，没走多久便突然停住脚步，只见前方站立着一个巨大的身影。

“是谁胆敢擅自闯到这里？’黑暗处走出一只黑白相间的猫，长得十分强壮，“报上你们的姓名，我们不欢迎陌生者。”

那个名叫石头的灰色武士不慌不忙地说：“你好啊，壮骨，还记得我吗？”

那只黑白色的猫眯缝起眼睛想了一会儿，这才说：“这么说你又回来了，是吗？你说你要去森林里另谋高就，你到这里来干什么？”

说着，他上前逼近了一步，但石头面不改色地站在原地，说：“我们想见长鞭。”

壮骨鼻子里发出嗤的一声，半是轻蔑半是嘲笑地说：“我认为长鞭不想看见你。和你一起来的是谁？我不认识他。”

“我叫虎星，我来自森林，想和你们的族长谈谈。”

壮骨绿幽幽的眼睛在虎星和石头身上瞄来瞄去，问："你找他有什么事吗？"

虎星双目圆睁，就像他们周围的灯光一样。他说："我是来找你们族长的，而不是边防巡逻队。"

壮骨勃然大怒，石头见状急忙走到两只猫中间，说："这件事对大家都有好处，长鞭会感兴趣的。"

壮骨犹豫了片刻，退开两步，让石头和虎星通过。虽然他目露凶光，但没有再说话。

虎星小心谨慎地走在最前面，光线越来越昏暗。垃圾堆后面蹿出许多猫，他们盯着这两个来访者，眼睛里闪着寒光。虎星肌肉紧绷，如果此次会谈出现差错，他就得夺路而逃了。

小路尽头是一堵高墙。虎星向四周张望，要找身材比壮骨还要高大强壮的猫。他瞅见门廊阴暗处站着一只黑猫，个头矮小，便没有留意。

石头捅了他一下，朝那只黑猫伸了伸脖子，说："那就是长鞭。"

虎星大吃一惊，失声叫道："那就是长鞭？他的个头和学徒一般大！"

石头赶紧说："嘘！不要看他其貌不扬，他可是这些猫当中的绝对权威。"

那只黑猫说："看起来我有客人了。"他的声音干涩而尖厉。“石头，没想到还能再见到你，我听说你去森林里谋出路了。”

石头回答说：“是的，长鞭，你说得没错。”

“那你来这里做什么？”长鞭的语气里暗含怒意，“难道你改变主意，厚着脸皮回来了？你以为我们会欢迎你吗？”

石头不卑不亢地说：“不，长鞭，我在森林里过得很好，那里有丰富的猎物，没有两脚兽……”

长鞭晃了晃尾巴，打断他的话说：“你不必到这里来宣扬丛林生活的种种好处。松鼠才生活在树林里，猫可不是。”说着，他眯缝起眼睛，“那么，你们到底有何贵干呢？”

虎星走上前站在石头身边，大声说道：“我是虎星，是影族族长，我给你带来了一笔买卖。”

第一章

树木凋零，光影疏离。火心带着他的族长回家，回到她长眠的地方。他紧紧咬住蓝星颈背的皮毛，沿着恶狗们追来的路线返回。他和众武士把恶狗们引到山涧边，瓦解了它们的攻击。他整个身体都感到麻木不堪，蓝星的死给他造成了极大的恐慌，这会儿还没有恢复过来。

没有了族长，这片森林似乎突然之间改变了模样。在火心的眼里，即使是在他做宠物猫的时候，这里也没有这么陌生过。周围没有一样东西是真实的，树木和岩石似乎随时都可能像雾一样融化消散。死一般的沉寂就如同一张巨大的网覆盖了整个森林。猎物都被凶残的恶狗们吓跑了，火心十分悲伤，他觉得这片森林里的一石一木仿佛都在为蓝星哀悼。

山涧边发生的情景一遍又一遍地在他脑海中重现。他看到恶狗首领龇着明晃晃的牙齿向自己扑来，颈背处仍然感到火辣辣地痛。蓝星犹如从天而降扑向狗群首领，把它撞向山涧，和它一同落下山崖，掉进河里。想到那冰冷刺骨的河水，火心打了个寒战。为了救蓝星，他毅然跳入山涧。他托着蓝星在激流中拼命挣扎，就在他几近绝望的时候，两位河族武士——雾脚和石毛，及时赶来相助。

令他记忆最深刻的是当他趴在蓝星身边，心里产生的那种悲凉。他不敢相信这一切都是真的：蓝星献出了她最后一次生命，挽救了火心，也挽救了雷族。

火心在雾脚和石毛的帮助下拖着蓝星的遗体往家走，他时不时停下脚步来嗅狗的气味。他派灰条在前面探路，侦察狗的行踪。不过令火心感到放心的是，目前还没有发现任何异常情况。

火心穿过一簇灌木丛，放下蓝星的遗体，抬头嗅了嗅空气。还好，除了清新的森林气息外什么都没有。过了一会儿，灰条从一簇枯死的蕨木丛里钻了出来。

他报告说：“一切正常，火心，除了大片大片被践踏的灌木丛外，没有发现别的情况。”

火心说：“很好。”他只盼那些恶狗见到它们的首领跌下山涧后再也不敢回来，这片森林从此回到四大族群的怀抱。在这噩梦般的三个月里，他的族群变成了恶狗眼中的猎物，可他们终于挺过来了。“我们走吧。我想在大家回家前，先检查一下营地里是否安全。”

他和两名河族武士又衔起蓝星的遗体继续前进。走到山沟外，火心停下脚步。就在今天早晨，他和武士们循着虎星故意留下的兔子气味走回营地，他们在气味踪迹的尽头发现了纹脸的尸体。虎星为了激发恶狗的凶性，残忍地杀害了这只慈祥的母猫。如今这里一切都显得那么平和，空气里只有从营地里飘出来的猫的气味。

他说：“在这里等着，我去察看一番。”

灰条立刻说：“我陪你一起去。”

石毛伸出尾巴挡住他，说：“不，我认为火心想独自去看看。”

火心感激地瞅了一眼这位河族副族长，然后顺着山坡向营地走去。他全神戒备，竖起耳朵倾听，不放过任何响动。不过周围依然寂静无声。

他钻过金雀花通道走进会场，停下来朝四周张望。说不定还有一两只狗根本没有追到山涧去，或者虎星已经派影族武士占据了营地。但是营地里也很安静，火心还从来没见过营地如此荒凉。这里没有危险的迹象，没有狗的气味，也没有影族的气味。

为了谨慎起见，火心又迅速察看了各处巢穴和育婴室，他眼前恍然重现大家在得知恶狗消息后的混乱情景，仿佛又感觉到狗群首领追赶他时喷在他后背上的热气。火心走到高岩脚下，微风穿过树林发出哗哗的声响，如同在他耳边细语。当初就是在这里，虎星被大家揭露了他的真面目。他被判处流放后，曾发誓要报复雷族。他为了复仇，故意将那群恶狗引到营地里来，想借此除去雷族。虎星这次没有得逞，将来必定还会再想别的手段作恶。

火心穿过香薇通道来到了巫医巢穴。他站在洞口朝里望，看见炭毛的草药整齐地沿着石壁摆放着。在炭毛之前，这里曾经是斑叶和黄牙的住所，她们曾先后做过雷族的医生。火心触景生情，一时间心里如同打翻了五味瓶一般。

他心里默默地对她们说："蓝星死了，她现在和你们在一起吗？"

火心回到山沟外面，灰条正站在那里看雾脚和石毛舔梳蓝星的尸体。

火心说："一切正常。灰条，你现在去太阳石，告诉大家蓝星的死讯，不过别的闲话不要多说，我会向他们解释事情的原委，你的任务就是让他们知道回到家里很安全。"

灰条神采奕奕地说："我这就走，火心。"说完，他立即转身朝太阳石奔去。族群为了躲避恶狗的袭扰，都藏在那里。

石毛见了开玩笑说："你看看，灰条到底忠于哪一边还不明摆着吗？"

雾脚说："是啊，其实大家都知道他不会留在河族的。"

灰条和河族的一只母猫相爱，为了和他们的孩子生活在一起，他加入了河族，但他的心却留在雷族。在河、雷两个族群的一次战斗中，灰条救了火心的性命，河族族长大发雷霆，将他从族群中驱逐出去。这倒给了灰条自由，使他回到了雷族。

听到那两位河族武士的话，火心点了点头。他又衔起蓝星的遗体，三只猫一起将她拖入营地。他们把她放在高岩下的族长巢穴里，等待族群回来为这位品格高贵、机敏睿智的族长举行葬礼。

火心对两位河族武士说："谢谢你们帮忙。"他迟疑了一下，知道这件事对他们意义重大，于是又说："你们愿意留下来参加蓝星的葬礼吗？"

石毛有点惊讶，因为此类事情属于族群的内部事务，只有本族的猫才可以参加。他说："你的好意我们心领了，但我们族群里还有事，不得不回去了。"

雾脚也说："谢谢你，火心，可如果我们留在这里，你的族群会觉得非常奇怪的。他们还不知道蓝星是我们的母亲，是吗？"

火心说："是的，这件事只有灰条知道。但虎星在河岸边听到你们和蓝星的谈话，他可能会在下次森林大会上公布这件事，你们要有心理准备。"

石毛和雾脚相互看了一眼。石毛站起来，恨恨地说："虎星喜欢说什么就让他说好了，今天我就把这件事告诉河族，我们有这样的母亲并不是件丑事，她是一位品格高尚的族长——而且我们的父亲也是一位伟大的副族长。”

雾脚同意说：“没错，虽然族别不同，但谁都不能否认这一点。”

他们的勇气和果敢令火心又想起了蓝星。她把这两个孩子托付给他们的父亲橡心，以至于他们一直以为自己是河族血统。发现真相后，起初他们十分恨蓝星，可今天早晨，当他们看着蓝星躺在河岸上奄奄一息时，他们已经从心里原谅了她。火心虽然心痛，但看见蓝星在死之前和她的孩子们和解，他又感到很欣慰。在所有的雷族猫当中，只有他能体会到，蓝星看着自己的孩子在别的族群中长大，心里是多么痛苦！

石毛似乎读到了火心的心思，悲伤地说：“我真希望我们对她的了解能多一些。你能在她的族群中长大，并且成为她的副族长，真是幸运啊。”

“我知道。”火心悲哀地低头看着蓝星，她躺在巢穴里的沙地上，显得那么安宁。如今她那高贵的灵魂已经升往星族，留下的躯体看起来十分瘦小和凄凉。

雾脚请求说：“我们能单独和她说声再见吗？只占用一小会儿时间。”

火心回答：“当然可以。”他走出洞穴，留下石毛和雾脚为他们的母亲进行最后一次舔梳。

这时，他听到营地门口传来杂乱的声音，知道大家都回来了，便快步上前。霜毛和纹尾胆怯地从金雀花通道里钻了出来，先躲在隐蔽处看了看动静，然后才壮着胆子走进营地。蕨毛和金花跟在后面，也同样小心谨慎。

看到大家回家也要这么提心吊胆，火心感到心里像刺扎一样痛。他焦急地在猫群中搜寻沙风的身影，生怕她受到伤害。

火心看见了云尾，他正细心地陪着夺面走进来。前些日子夺面就是遭到恶狗的攻击，差点儿把命都丢了。接下来是炭毛，她一瘸一拐地从金雀花通道里走出来，嘴里还衔着草药。她身后是迫不及待的黑莓爪和黄爪，他们是新学徒，也是虎星的孩子。

火心终于看见沙风和柳带一起走进来。柳带的三个幼崽蹦蹦跳跳地跑进来，浑然不知族群刚刚经历了一场关乎生死存亡的战斗。

火心立刻跑过去，用鼻子抵在沙风的面颊上。沙风激动地舔着他的耳朵，眼睛里流露出脉脉温情。

她低声说："我真担心你，火心，那些狗可真大啊！我长这么大还从来没有像今天这样害怕过！"

火心坦白地说："我也一样，我在等的时候，真怕它们捉到了你。"

"捉到我？"沙风离开他的身体，尾巴不停晃动。要不是火心看见她目光里的神采，真以为自己又惹她生气了呢。沙风说："我是在为你和族群而奔跑啊，火心，我感觉自己跑得就像星族一样快！"

她走进会场朝四周望了望，脸色忽然沉了下来："蓝星在哪里？灰条说她死了。"

火心回答说："是的，我努力去救她，可她在水里淹得太久了。现在她在族长巢穴里。"他迟疑了一下，又说，"雾脚和石毛陪着她。"

沙风吃了一惊，连忙问："河族猫在我们的营地里？为什么？"

火心解释说："他们帮助我把蓝星从河里捞了出来，而且……而且蓝星是他们的母亲。"

沙风顿时惊呆了，睁大眼睛问："蓝星？但……"

火心将鼻子贴在她的脸上，打断她的话说："迟些我会告诉你的，现在我得查看一下大家是否都安然无恙。"

就在他们说话的时候，族里其余的猫纷纷从金雀花通道里出来，围聚在火心和沙风身边。火心看见香薇爪和蜡爪，这两个学徒是负责将恶狗从营地里引出去的，他说："你们干得非常好。"

两个学徒很高兴。蜡爪说："我们按照你的吩咐藏在榛树丛里，看见恶狗来了，我们撒腿就往外跑。"

香薇爪插言道："是啊，我们知道必须把它们从营地引开。"

火心夸赞说："你们非常勇敢！"他想起这两个学徒的母亲纹脸，她是被虎星杀害的，"我为你们感到自豪，还有你们的母亲，也会以你们为荣。"

蜡爪的身体颤抖了一下，好像一下就变成了一只脆弱的幼崽。他承认说："我被吓坏了，如果我们知道这群恶狗长得这么凶，很可能就不敢接这个任务了。"

"我们都被吓坏了。"尘毛说着，走上来舔了舔香薇爪，"我这一生还从来没有跑得这么快过，你们两个干得很棒！"

虽然他夸的是两个学徒，但他温柔的目光却只凝视着香薇爪。火心忍不住偷笑，尘毛对香薇爪有好感早已不是什么秘密了。

火心说："你也干得不错，尘毛！族群感谢你们。"

尘毛看了火心一会儿，然后微微点头致意。等他离开后，火心看见云尾陪着夺面从身边走过，于是叫住他们："你没事吧，夺面？"

尽管夺面非常紧张，但她仍然回答说："我很好，你肯定这里没有狗了吗？"

火心说："我已经检查了整个营地，没有发现任何狗的踪迹。"

云尾用鼻子触了触夺面的肩膀说："她在太阳石表现得非常勇敢，和我一起站岗放哨。"

夺面顿时荣光焕发："虽然我不能像以前那样看，但我可以听可以嗅啊。"

火心说："干得漂亮！你们两个都是，云尾，你们为族群出大力了。"

"他们都干得很好。"这是炭毛的声音。火心转头看见她一瘸一拐地走过来，鼠毛跟在后面。"即使在听到恶狗们狂吼声的时候，大家也没有惊慌失措。"

火心担忧地问："所有的猫都没事吧？"

炭毛轻松地说："大家都很好。鼠毛在奔跑的时候爪子上擦破了点儿皮，不过没有大碍。走吧，鼠毛，我给你处理一下伤口。"

火心看着他们远去，这才发现白风站在身边。白风说："我能和你谈谈吗？"

"当然可以。"

"对不起。"白风的眼睛里充满了痛苦的神情，"你让我照顾好蓝星，可我连她什么时候从太阳石溜走的都不知道，是我害了她。"

火心眯缝起眼睛看着这位老年武士，他还是第一次看到白风显得这么疲惫。虽然白风年纪大了，可他一向身强体壮、精力旺盛，一身洁白的毛总是梳理得干净利落，如今他看上去却比早晨离开营地时老了许多。

火心说："别胡说！就算你发现蓝星离开又能怎么样呢？她是你的族长啊——你留不住她的。"

白风眨了眨眼睛："即使恶狗在森林里游荡，我也不敢派别的猫跟着她，我们所能做的只是待在太阳石听恶狗们吼叫。"他打了个寒战，"可我应该做些什么的。"

火心说："你做得已经够多了，你和大家留在一起，保护了他们的安全。是蓝星自己做的决定，她为了拯救我们而牺牲自己，这是星族的意愿。"

白风缓缓点头，喃喃地说："可是她已经失去对星族的信仰了。"

这件事是他们之间的秘密。近几个月来蓝星的心智有些失常，虎星的背叛对她的打击实在太大了，蓝星认为这是武士祖先在和她作对。火心和白风对这件事秘而不宣，不过火心已经知道蓝星在临死前转变心意了。

火心觉得这个情况多少能给心灰意冷的白风带来些安慰，于是说："不，白风，她在临死前和星族和解了，她非常清楚自己在做什么以及为什么这么做。她重新恢复了神志，恢复了信仰。"

白风顿时两眼放出光彩，垂下头去。火心知道他和蓝星一直是好朋友，她的死给白风带来了巨大的悲痛。

这时族里其余的猫都围了过来，大家仍处在惊恐之中，并且对未来充满了忧虑，火心必须得稳住大家的情绪。

蕨毛焦急地问：“火心，蓝星真的死了吗？”

火心点了点头，说：“是的，这是真的。她为了救我，为了救我们牺牲了自己的生命。”他越说声音越低，艰难地咽了口唾沫，“大家都知道，在我们的计划中，最后由我来把恶狗引到山涧边。当我奔到山涧边时，虎星突然跳出来把我按倒在地，以至于狗群首领捉住了我。如果不是蓝星，它们就会杀了我，然后继续祸害森林。蓝星把狗群首领撞下了山涧，可……可她也被拽了下去。”

众猫的脸上都浮现出悲凉的神情，仿佛秋风扫过落叶。

霜毛问：“接下来发生什么了？”

“我跟在后面跳下深涧，”火心合上双眼，似乎又看到那湍急的河水和自己无力的挣扎，“我们被冲出山涧，雾脚和石毛赶来帮助我。当我们把蓝星拖到岸上时，她虽然还活着，可为时已晚，她的第九条生命结束了，离开我们升往星族。”

猫群中发出一片哀泣声。这里有许多猫在没出生前蓝星就已经是族长了，蓝星的死对他们来说就如“四棵树”那里的四棵巨大的橡树在一夜之间轰然倒塌。

火心勉强控制住自己的悲伤，朗声说：“蓝星并没有走，她在星族那里关注着我们，她的灵魂现在就和我们在一起。”说到这里，他心里默想：或者在她的巢穴里，和雾脚、石毛他们在一起吧。

斑尾说：“我现在想看看蓝星，她在她的巢穴里吗？”说着，她转身朝族长巢穴走去，纹尾和小耳分别陪伴在她左右。

霜毛跳起身说：“我和你们一起去。”

火心猛地一惊。他原想多给石毛和雾脚些时间让他们和母亲告别，可除了灰条和沙风之外，别的猫还都不知道营地里有两名河族武士。

“等一等——”他急忙从猫群中挤过去。

但为时已晚。斑尾和霜毛已经站在蓝星巢穴门口，她们看见洞里居然有外族猫，身上的毛顿时竖立起来。霜毛厉声喝道：“你们在这里干什么？”

第二章

火心赶到蓝星的巢穴门口。斑尾转过身，怒气冲冲地对他吼道：“这里竟然有两只河族猫在摆弄我们族长的遗体！”

火心焦急地说：“不……不是的，他们没有，他们可以待在里面。”

大家疑虑的目光顿时齐刷刷地投向他，愤怒的叱责声犹如锣鼓喧天，其中云尾叫得最起劲儿。

火心转身命令说：“不许上前一步！大家别担心，雾脚和石毛……”

“你知道他们在这里吗？”这是黑条的声音，他从猫群中走出来站在火心对面，“你让敌人进入我们的营地——而且还在我们族长的巢穴里？”

火心深吸了口气，竭力保持头脑冷静。在他眼里，最不可信的猫就数黑条了。当族群准备外出躲避恶狗袭击时，黑条却企图带着虎星的两个孩子偷偷溜走，虽然黑条发誓自己对虎星的阴谋一无所知，但火心可不相信他说的话。

火心问：“你没有听到我说的话吗？是雾脚和石毛帮助我把蓝星从河里捞了出来。”

黑条大声说：“这只是你的一面之词吧！我们怎么知道你说的是真话？河族猫为什么要帮助雷族？”

火心提醒说：“河族帮助我们也不是第一次了。如果不是河族为我们提供避难所，那场大火就会夺走更多同胞的生命。”

“这话不错。”鼠毛说道，她从巫医巢穴回来，刚巧听到他们的话，于是她走上前站在黑条身边，“但你不该让他们独自和蓝星的遗体待在一起，他们在那里干什么？”

“我们是在表达对蓝星的敬意。”

火心转头看见石毛和雾脚从洞穴里走了出来。他们起初对雷族众猫的反应感到迷惑，但当他们得知自己竟然被当成入侵者时，立刻感到怒火上涌。

雾脚说：“我们想和她道个别。”

鼠毛问：“为什么？”

雾脚平静地回答说：“她是我们的母亲。”

营地内顿时安静下来，只听外面传来一声画眉鸟的鸣叫。火心看到大家眼里露出震惊和愤慨的目光，脑子里飞速转动。他看了看沙风，见她一副垂头丧气的样子，似乎理解火心并不想让大家知道族长的秘密。

斑尾吼道：“你们的母亲？我不相信，蓝星绝不会把她的孩子交给别的族群抚养。”

石毛反唇相讥：“管你相不相信，反正这是真的。”

火心晃了晃尾巴，示意石毛闭嘴。他说：“我来处理这件事，你和雾脚最好现在就走。”

石毛向他点头行礼，带着雾脚朝金雀花通道走去。雷族众猫分开道路让他们通过，偶尔有一两只猫发出愤怒的嘶叫。

火心冲着他们喊道：“我代表雷族感谢你们。”

雾脚和石毛没有反应，他们头也不回地消失在金雀花通道里。

火心心里乱成了一团麻，真想撒腿从这里跑开。这个秘密已经压得他几乎喘不过气来了——蓝星竟然把自己的孩子送给了别的族群——可是直到此时，他才发觉把这个秘密公之于众更加令他感到心情沉重。也许给他些时间，他就能找到合适的词语，可众猫现在就想知道答案，与其让虎星在森林大会上对这件事大放厥词，不如自己来解释好了。不论他喜欢与否，这就是当族长的责任。

火心冲炭毛点了下头，然后跳上高岩。他没有必要再高声召集开会，因为大家都已经在高岩下聚齐了。一刹那，火心感觉自己呼吸急促，连话都说不出来了。

他从大家的脸上看到愤怒和迷惘，嗅到他们身上散发出的恐惧气味。他看见黑条正眯缝起眼睛盯着自己，似乎已经做好向虎星汇报的打算了。虽然虎星在河岸上听到了蓝星临死前和她两个孩子的对话，但他一定还想知道雷族对此事的反应以及火心所面临的困境。虎星一定会利用这个秘密大做文章，以换取要回黑莓爪和黄爪的筹码。

火心深吸了口气，说："雾脚和石毛的确是蓝星的孩子。"他努力保持镇定，暗暗祈求星族保佑别让他说错话，"河族的橡心是他们的父亲。蓝星生下这两个孩子后，把他们托付给橡心抚养。"

霜毛怒喝道："你怎么知道的？蓝星不会做这种事情的！如果你是听河族猫说的，那他们就是在撒谎。"

火心回答说："是蓝星亲口告诉我的！"

霜毛虽然怒不可遏，但她不敢指责火心在说谎。她低嘶着说："你是在告诉我们，蓝星是一个叛徒吗？"

猫群中立刻有一两只猫发出反对的吼叫声。霜毛猛地转身，身上的毛都竖立起来。这时白风站起来，虽然他也和大家一样感到震惊，但仍心平气和地说："蓝星一直都忠于她的族群。"

黑条插嘴说："如果她那么忠诚，为什么还要和别族的猫生下野种呢？"

这个问题令火心感到难以回答。灰条的配偶就是一只河族猫，而且他的孩子现在还在河族里养着。当初灰条离开雷族加入河族的时候，大家都被吓坏了。虽然他最终回到这个大家庭，可有些猫仍对他态度恶劣，怀疑他存有二心。

火心说："当时的情况很复杂。蓝星生下这两个孩子后，本该抚养他们长大，但是……"

小耳忽然插言说："我记得那几只幼崽，他们从育婴室里消失了，我们都以为是狐狸或者獾偷走了他们，蓝星当时都快要发疯了。你是说这些都是骗局吗？"

火心俯视着小耳，向他保证说："不，蓝星确实因失去她的孩子而伤心欲绝，但她为了当副族长，只得忍痛将孩子们送走。"

尘毛问："你是说她对权力的野心超过了对她亲生孩子的爱吗？"他的语气中困惑多于愤慨，似乎蓝星的这些做法与他印象中那位英明的族长完全不相吻合。

火心说："不，她是为了族群着想才这么做的，她把族群的利益放在首位——这是她一贯的作风。"

白风平静地说："没错，在蓝星的心目中，什么都比不上族群重要。"

火心继续说："雾脚和石毛都很敬重她的勇气——从来都是。"

尽管会场上的气氛仍然很紧张，但没有猫再站出来进行责难，火心暗暗松了口气。鼠毛和霜毛低声议论，不时朝他投来疑虑的目光。斑尾晃着尾巴也走过去和她们一起嘀咕。但白风在猫群中来回穿梭，显然是在抚慰大家的不安情绪。而小耳则通情达理地点着头，似乎完全理解蓝星的这个艰难抉择。

忽然，在一片嗡嗡声中，黄爪站起来说："火心，你将会是我们的族长吗？"

火心还未回答，黑条已跳起来吼道："让一只宠物猫做族长？我们都疯了吗？"

沙风和灰条立刻大声怒叱他。白风朗声说："这不成问题，黑条，火心是副族长，由他来接替蓝星是理所当然的事。"

火心感激地望了白风一眼。他强忍住胸中的怒火，不想让黑条看他的笑话。不过黑条的话还是有些煽动力的。虽然蓝星指定火心为副族长，但那是在她受到虎星背叛行为的打击后做出的决定。当时火心的任职仪式还被推迟了，大家都为这件违反传统的事情感到恐慌。那是否意味着他不配做雷族族长呢？

黑条恶狠狠地瞪着火心，争辩说："可他是一只宠物猫啊！他浑身上下散发着两脚兽的恶臭味！难道我们想让这样的猫来做我们的族长吗？"

火心忽然感到自己的旧疮疤一下子又被揭开了。尽管他从六个月大就生活在族群中，可黑条一直揪住他不是族生猫这点不放。

他真想扑下去把黑条痛打一顿。这时，金花站起来走到黑条面前厉声喝道："你错了，黑条，火心对族群的忠诚已经得到了千百次的证明，没有一只族生猫比他付出的更多了。"

火心感激地冲她眨眨眼睛，他万万没有想到金花竟然会挺身而出为他主持公道。金花知道火心对她的孩子黑莓爪存有疑虑，虽然火心把黑莓爪收为自己的徒弟，但黑莓爪总让他感到不顺眼，生怕他会走上他父亲的老路，金花对此心知肚明。她厌恶火心对黑莓爪的无端猜忌，不料如今她却站在火心一边和黑条唱反调。

蕨毛喊道："火心，别听黑条瞎说，除了他之外，大伙儿都希望你来做族长，这个职位显然非你莫属。"

猫群中响起一片附和声，火心心中充满了感激。

鼠毛说："我们怎么能坏了星族的规矩呢？族长一向都是由副族长来接任，这是武士守则的传统。"

灰条冲着黑条轻蔑地摇晃尾巴，低声嘶吼着说："似乎火心知道的总比你要多吧。"他也知道黑条和虎星曾在森林大会上有过密谋。

火心摆了摆爪子，示意灰条安静，然后对大家说："我向你们保证，我将来一定会做一个称职的雷族族长。有星族保佑，我会成功的。"

说到这里，他下意识地看了看沙风，她脸上充满了仰慕的神情，火心立刻感到一股暖流涌遍全身。

“至于你，黑条，”火心恼怒地说，“如果你不想屈身于一只宠物猫之下，你可以随时离开这里。”

黑条甩动尾巴，眼睛里射出仇恨的目光。火心暗想：如果当初我没有来到森林，现在虎星已经当上雷族族长，而你则是副族长了。

他并不想在大伙儿面前和黑条撕破脸皮，是黑条把他逼到这一步的。尽管雷族不能失去任何一名武士，但火心巴不得黑条早点儿离开族群。他知道黑条离开后必定会到影族去投靠虎星。其实这样更好，省得他还要整天提防。

黑条瞪了火心一会儿，然后猛地转身离去，不过他并没有朝金雀花通道走去，而是消失在武士巢穴里。

火心提高嗓门儿说：“今晚我们为蓝星举行追悼仪式。”

“且慢！”云尾跳起身，尾巴翘得高高的，“我们不去找影族算账了吗？他们杀害了纹脸，还把恶狗引到我们营地来！难道你不想报仇吗？”

他的脸上充满了悲愤的神情。云尾自小便进入雷族，除了火心之外他无依无靠，是纹脸好心收养了他。但火心知道此时攻击影族绝不是上策。

云尾的质问立刻引起许多附和声。火心晃了晃尾巴，示意大家安静。他说："不行，现在还不是向影族发动进攻的时候。"

"什么？"云尾难以置信地瞪着他，"你要让他们逍遥法外吗？"

火心深吸了口气，说："杀害纹捡的不是影族，他们也没有引来恶狗，这些都是虎星干的好事。每一只兔子身上仅留有虎星的气味，我们不知道影族对他们族长的计划是否知情。"

云尾鼻子里发出嗤的一声，脸上露出不屑的神情。火心狠狠瞪了他一眼，不想和他争论这件事。他知道近来发生的事情都源于他和虎星之间的宿怨。虽然虎星想扫平雷族，占据他们的领地，但那不是他把恶狗们引入营地的真正动机。虎星日思夜想的是杀掉火心，因为是火心破坏了他谋害蓝星的阴谋，致使他被流放在外。只有杀掉火心，才能消解他的心头大恨。

火心现在知道，他和虎星的决战迟早会到来，到那个时候，他们之间不是你死就是我亡。他默默祈求星族赐予他勇气和力量，使他能够除去这个为害森林的恶霸。

火心朗声说："相信我，虎星会为此付出代价的，但雷族和影族之间没有仇怨。"

云尾脸上挂满怒容，坐回去对夺面嘀咕了几句。金花卷过尾巴护住黑莓爪和黄爪，仿佛他们仍旧是小孩子。她曾让火心把虎星的所作所为讲给这两个孩子听，而且她总是担心族里的猫会因为虎星的罪过而迁怒到这两个孩子的头上。如今她见火心并没有攻击影族的打算，不由得松了口气。两个小学徒从金花的怀抱中探出头。黑莓爪眯缝起眼睛瞅着火心，火心搞不清楚他的目光中是否带有仇恨。

此时大家都聚集在高岩下，火心只得将黑莓爪的事情先放在一旁。天色渐晚，大家该和他们敬爱的族长做最后的道别了。火心说："我们要向蓝星表达我们最深的敬意。炭毛，你准备好了吗？"炭毛点了点头，于是火心说："灰条、沙风，请你们两位把蓝星的遗体抬进会场，我们要在星族的目光下为她进行梳理。"

两位武士站起身走进族长巢穴，不一会儿，他们衔着蓝星的尸体走出来进入会场中央，将蓝星轻轻放在沙地上。

火心命令说："沙风，等告别仪式结束后，你组织一支捕猎队为族群找些吃的。鼠毛，你能带领一支队伍去蛇岩和影族边界处查看吗？我想确定那些恶狗离开了没有，影族有没有进入我们的领地。多加小心，别冒险。"

鼠毛站起来说："放心吧，火心。金花、长尾，你们能和我一起去吗？"

她点到名字的两个武士走了过来，三只猫一道走进会场中央为他们的族长进行最后一次舔梳。接下来是沙风、尘毛和云尾。炭毛站在蓝星头部的位置，仰望夜空。按照猫族的传统观点，每一颗星星都代表着一位武士祖先，火心不知道今晚的夜空中是否会出现代表蓝星的那一颗。

炭毛蓝色的眼睛闪着光芒，那里隐藏有无数个关于星族的秘密。她说："蓝星是一位品格高尚的族长，我们感谢星族赐予她生命。她鞠躬尽瘁，为族群奉献出了自己的一切，她的故事将永远在这片森林大地上流传。现在，我们躬送她的灵魂升往星族，愿她在天上能够像活着时那样继续关注我们。"

炭毛说完悼词后，低垂着头站在那里。猫群中发出一片低沉的悼念声。火心派出去执行任务的那几位武士趴在蓝星身旁，为她梳理皮毛，用他们的鼻子抵在她的遗体上。片刻之后他们退了下去，陆续上来别的猫进行相同的仪式。

外出执行任务的队伍走了，其他的猫也都默默地回到各自的巢穴里。火心站在高岩下，看见蕨毛正要离去，便叫住他，小声说："我交给你一项任务，替我盯住黑条，如果他在影族边界那里有什么小动作，你立刻向我汇报。"

蕨毛看着这位新族长，眼里露出忠诚的目光。他说："我会竭尽全力，火心，不过，如果这件事让他知道，可就不好办了。"

"运气好的话，他不会知道的。别做得太明显了，找一两个帮手，比如鼠毛或者霜毛。"火心看见蕨毛脸上仍旧挂着一副疑惑的面容，于是补充说，"也许黑条对恶狗的事真的不知

我交给你一项任务，替我盯住黑条。

情，但他肯定知道虎星在计划某些事情，我们不能信任他。”

蕨毛说：“这我明白，可我们不能一辈子盯着他。”

火心说：“不会的，我们这么做只是为了看看他到底忠诚于哪一边。”

蕨毛点了点头，一言不发地走进武士巢穴。解决了这桩心事，火心才走到蓝星的遗体边。炭毛仍坐在那里，白风则趴在蓝星遗体旁边，沉浸在无尽的悲痛中。

火心向炭毛低了下头，然后坐下来凝视着蓝星的脸庞，她双目紧闭，再也没有昔日那种威仪四方的神采。她的灵魂已经离去，快快乐乐地升往星族了。

火心紧紧贴在蓝星身上，仿佛一只小猫崽依偎在母亲怀里那样充满了安全感。那一刻，他忘记了蓝星永远离去的事实，忘记了他将要独自承受的重担。

火心合上眼睛，默默向星族祷念：请厚待她，保佑她的族群平安无事吧。

第三章

睡梦中，火心感到有东西在捅他。他咕哝了几声睁开眼睛，看见炭毛站在面前。

只听炭毛悄声说："你打瞌睡了，快醒醒，到埋葬蓝星的时间了。"

火心吃力地爬起来，舒展了一下四肢，只觉得口干舌燥，仿佛睡了好多天一样。他醒过神后随即感到有些愧疚，小声对炭毛说："有谁看见我睡觉了吗？"

炭毛同情地看着他，说："只有我。别担心，火心，昨天发生了那么多的事情，谁也不会怪你的。"

火心扫了一眼会场。天已经蒙蒙亮了，不远处几只老年猫已经集合起来准备将蓝星抬出去埋葬，其他的猫陆陆续续从巢穴里出来，在蓝星的遗体旁排成两列，一直站到金雀花通道。

炭毛点了点头，老年猫衔起蓝星的遗体，抬着她从两边默哀的武士中间走过。当族长的遗体从面前经过时，每一只猫都低头敬礼。

火心喃喃地说："再见，蓝星，你永远活在我的心中。"他看着蓝星的尾巴缓缓从地面上滑过，心如刀绞。

送葬队抬着蓝星的遗体消失在金雀花通道里，众猫纷纷散去。火心检查了一遍营地，看见地上高高摞起一堆猎物，不由得心中暗暗称赞。他现在需要派出一支早班巡逻队，然后吃点儿东西休息片刻。他觉得就算自己睡上一个月也不能解乏。

炭毛说："嘿，火心，你准备好了吗？"

火心愕然转头："准备什么？"

炭毛晃着尾巴说："去月亮石接受星族赐予你的九条性命呀！火心，你不会把这事忘了吧？"

火心有些局促不安。他当然不会忘记这个所有的新族长都要进行的古老仪式，但他没有想到昨天还看上去非常遥远的事，这么快就变成了现实。这几天发生了太多的事情，就像山涧里奔腾的激流，不停地推着他往前冲，使他感到头晕目眩。

火心感到心里发虚。族长们从不谈论这个神秘的仪式，因此除了各族医生之外，别的猫都不知道仪式的具体情形。火心去过月亮石，看过蓝星在睡梦中与星族交流，那次经历令他激动了很久，如今他竟然能够亲自躺在那块神圣的石头边，和武士祖先们会面。

月亮石位于石林的一个地下山洞里，去那儿要花上一整天的时间，而且在仪式举行之前不能吃饭。众猫习惯在出远门前吃些草药来补充体力，而这在月亮石的仪式中是被禁止的。

炭毛似乎知道他的心思，说："星族会赐给你力量的。"

火心含含糊糊地应了一声。他转头四顾，看见白风正要回武士巢穴，于是晃了晃尾巴把他召过来。

火心说："我得去一趟月亮石，你能处理一下族里的事务吗？早上还需要派一支巡逻队。"

白风说："这件事交给我办。愿星族保佑你，火心。"

火心最后扫了一眼营地，带着炭毛朝金雀花通道走去。在他面前的仿佛是一趟远程，他怀疑自己是否还能回到原地。因为当他回来的时候，他将有新的名字、新的责任，他和星族之间也将形成一种新的关系。

他忽然听见身后传来一声呼喊，转头看见灰条和沙风跑了过来。

灰条气喘吁吁地说："连声再见也不说就想偷偷溜走吗？"

沙风没有说话，而是紧紧贴着他。

火心尴尬地说："我明天回来。我知道现在情况有些变化，但我永远都需要你——需要你们，你们是我最好的朋友。"

灰条拍了一下他的肩膀，说："这还用说，你这傻毛球。"

沙风含情脉脉地凝视着火心，低声说："你别忘了，我们也永远需要你，火心。"

炭毛站在金雀花通道出口处催促说："火心，走吧！我们必须在天黑前赶到石林——别忘了我没有你走得快。"

"来啦！"火心在灰条和沙风的脑门儿上各舔了一下，跟着炭毛走进金雀花通道。他爬上山沟举目回望，胸中充满豪情。那些日子即将过去，他将要面临新的挑战。

两只猫到达"四棵树"时，阳光还非常明媚，雾气早已散尽。每到月圆之夜，森林里四大猫族都要齐聚在"四棵树"召开森林大会。

火心带着炭毛穿过风族边界进入高地。前方是茫茫荒野，身后是郁郁丛林。火心说："但愿我们别撞见风族巡逻队。"

不久前，由于风、雷两个族群在丢失猎物的事情上起了争端，蓝星曾计划对风族发动攻击。为了避免那场战争，火心冒着背负叛徒骂名的风险，背着蓝星来风族寻求和解。虽然风族族长高星不想风、雷两族之间发生冲突，最后做出妥协，但火心知道他为此事憋了一肚子火。

炭毛镇静地说："他们不会阻拦我们的。"

火心不服气地说："这也说不准，我们还是尽量避开他们吧。"

哪知他越是担心，事情就越是落到头上。他和炭毛刚刚爬上一处山丘，就看见坡下走来一支巡逻队。由于这只巡逻队处在下风向，火心事先没有嗅到他们的气味。

火心认得领头的那只猫名叫裂耳，看见老对头泥掌也在队伍里面，火心顿时心里一沉。巡逻队除了裂耳和泥掌之外还有一名学徒，火心不认识。在这种情况下，他和炭毛只得等着巡逻队过来盘问，现在就是想躲也躲不开了。

泥掌脸上挂了一副凶相，但裂耳走到火心面前低头行礼说：“你们好啊，火心，炭毛。你们怎么会在我们的领地里？”

炭毛上前一步，回答说：“我们去石林。”

火心看见这位风族武士对炭毛恭恭敬敬，感到非常欣慰。

裂耳知道除非遇到关乎族群命运的大事，否则，族群里的猫是不会去石林向星族请求指点迷津的。于是他问：“希望不是什么坏消息吧？”

炭毛神色痛苦地说：“是最坏的消息，蓝星已于昨日亡故了。”

三只风族猫齐齐垂下头，就连泥掌的脸上也换上了肃穆的表情。裂耳说：“她是一位伟大而高贵的族长，所有的猫都会记住她的。”

他抬起头瞅着火心，眼睛里流动着好奇和尊敬的目光。他问：“这么说，你现在是雷族族长了？”

火心说：“是的，我正要去接受星族赐予的九条性命。”

裂耳点了点头，仔细打量着他，说：“你很年轻，但我相信你将成为一位优秀的族长。"

火心吃了一惊，结结巴巴地说："过……过奖了。"

炭毛帮他解围说："我们不能久留，去石林还要走很远的路。"

"当然。"裂耳退后一步，"我们会把你们的消息告诉高星的，愿星族保佑你们！"

两只猫一口气奔出高地，站在山坡上俯视远方。山下完全是另外一幅景象：山坡上怪石嶙峋，荒草遍地，山下却是大片的农田和草坪，中间散落着两脚兽的巢穴，一条雷鬼路从原野上横穿而过。过了雷鬼路就是犬牙交错的山陵，灰蒙蒙的荒坡看上去阴森恐怖。火心咽了口唾沫，那个荒无人烟的地方就是他们的目的地了。

火心见炭毛瞅着自己，知道自己的心思瞒不过她，于是直言道："一切都发生了变化。你看到那些风族猫的表现了，就连他们对待我的态度也跟以往不同。"这种话除了眼前的这位巫医之外他是不会对别的猫说的——即使对沙风也不会。"好像所有的猫都认为我理所当然应该品格高尚、机敏睿智，但我不是，我还和以前一样会犯错误。炭毛，我不知道我是否能够当好族长。"

"真是胡说八道。"炭毛的玩笑话令火心感到既惊讶又温暖，"当你犯错误的时候，我会及时告诉你的，相信我。"接着，她神情认真地说，“不管情况如何变化，我都是你的朋友。世界上本来就没有完美无缺的猫，蓝星也不例外，关键是你要善于从错误中吸取教训，要敢于展现真实的你。”她舔了一下火心的耳朵，“放心吧，火心，我们走吧。”

火心随着她爬下山坡进入两脚兽的农田。两只猫穿过精耕细作的田野，从巴利和乌爪居住的两脚兽巢穴外走过。火心一路留心，但始终没有发现他们的踪迹，没有见到这两个独行者让他感到有些遗憾。巴利和乌爪都是雷族的好朋友，乌爪还曾经和火心一起做过学徒。远方隐隐传来一声狗叫，火心想起不久前被恶狗追赶的凶险经历，感到不寒而栗。

两只猫沿着树篱一直走到雷鬼路边。他们俯下身子，身上的毛被怪物们驰过卷起的风吹得蓬乱不堪。怪物们身后喷出的浓烟刺得他们睁不开眼睛。

炭毛趴在火心身边，寻找过路的机会。火心感觉到她内心的紧张。很久以前，炭毛的腿就是在雷鬼路上被怪物碾残废的，那时她还是火心的徒弟。一直以来，火心时常为自己没有尽到保护责任而感到愧疚。

他说：“等你准备好以后，我们一起过去。”

炭毛微微点了点头，火心估计她很害怕却不肯承认。过了一会儿，一个开着大灯的怪物呼啸而过，炭毛说了声“走”，立即瘸着腿奔上雷鬼路。

火心陪伴在她身边，心里狂跳不止。他拼命克制住想要飞奔而过的冲动，不把炭毛落在身后。远方又响起怪物的轰鸣声，不过他们终于有惊无险地跑进路对面的树篱里。

炭毛重重地舒了口气，说：“可算过来了！”

火心咕哝着附和了几声，不过他知道回来时还得再经历一次。

太阳渐渐落山了。火心对雷鬼路这一边的环境不大熟悉，因此当他们开始往山上爬的时候，他的神经绷得很紧。稀疏的草丛里偶尔传来猎物的窸窣声，诱惑的香味引得火心口水直流，他真想停下来美餐一顿。

火心和炭毛走到最后一个山坡下。太阳已经被山峰挡住了，周围景物的影子越拉越长，地表也泛起了寒意。火心朝前望去，仅能依稀辨认出一块悬在半空的大石下方有一个四方形的洞口。

炭毛说：“到‘母亲嘴’了，我们休息一下吧。”

她和火心躺在一块平坦的岩石上，眼看着最后一缕阳光融入夜幕中，天上开始出现闪烁的群星，凄清冰冷的月光如碎银般倾泻在广袤的大地上。

炭毛说：“是时候了。”

火心又感到恐惧涌上心头，连腿脚都不听使唤了。他硬着头皮站起来，地上的石头有些扎脚，他忍着痛走到被各个族群称为“母亲嘴”的石洞前。

石洞内黑黢黢的。火心有过上次的经历，知道自己在里面无论把眼睛睁多大也看不见任何东西，只有到了月亮石所在的洞窟才能见到光亮。炭毛不像火心那么犹豫，她自信地迈出脚步。

她对火心说：“跟着我的气味走，我带你去月亮石。从现在开始我们不能说话。”

火心着急地说：“可我不知道该怎么做啊。”

“到了月亮石后，躺下来将鼻子抵在上面。”炭毛的眼睛在月光下闪闪放光，“星族会催你入眠，使你在梦中与他们相会。”

火心有一大堆的问题想问她，可是任何答案都不能帮助他克服心中的恐惧。他默默地随着炭毛走进漆黑的隧道中。

隧道缓缓而下，火心很快便分不清东南西北。有时隧道非常狭小，仅容他只身通过。他的心里扑扑直跳，努力搜寻炭毛的气味，生怕在这里迷路。

火心就这样摸黑走啊走，直到前方出现了一丝微弱的光亮，这才依稀辨认出炭毛的身影。隧道里的气味变得混杂起来，一股清新的冷风扑面而来。火心转了个弯，眼前变得豁然明亮。火心眯缝起眼睛继续走，这时他们已到了隧道尽头处的洞窟中。

洞顶处有一道裂口，月光通过裂口射进来，直接照在洞穴中央的一块石头上。火心呼吸急促起来。他曾经见过一次月亮石，那种激动的感觉令他永生难忘。那块石头大约三尺高，顶部收窄使整个石头成为锥形。月亮石在月光照射下发出耀眼的光辉，犹如一颗坠落到地上的流星。它发出的白光照亮了整个洞窟，炭毛身上的灰毛在它的光照下呈现出银色。

炭毛转身冲火心摆了摆尾巴，示意他躺在月亮石边。

火心不敢吱声，顺从地躺在月亮石前面，将头枕在爪子上，鼻子抵在月亮石光滑的表面。很快，从鼻尖传来的一阵寒意涌遍全身，他打了个寒战，看见月亮石里隐隐闪动着无数的星星。

他合上双眼，等待星族的召唤。

第四章

四下里漆黑一片，冷得出奇。火心从未感觉过这么冷，似乎体内所有的热量和活力都被吸走了。他的四肢痛得抽筋，感觉自己就像一座冰雕，稍有移动就会立刻化为碎片。

但梦境并没有出现，既没有星族的身影，也没有他们的声音，只有冰冷和黑暗。火心惊慌起来，心想：事情肯定不对劲。

他壮着胆子将眼睛睁开一条细缝，但眼前的景象立刻使他睁大眼睛。他看到的不是深埋在地下的月亮石，而是一片草地，这里充满了潮湿的泥土气息。

火心撑着坐起身，发现自己竟然在“四棵树”的巨岩旁边。周围便是四株巨大的橡树，夜空中横过一道绚丽的银河。

他心想：我怎么到了这里？这就是炭毛所说的梦境吗？

他仰天而望，只见夜空变得异常清澈，他感觉银河从来没有像此刻这样低过，简直要贴在树冠上了。火心定睛细看，顿时热血上涌。

群星居然在移动。

它们盘旋着缓缓落下，来到了森林，来到了“四棵树”，来到他的面前。火心看得心里扑通直跳。

星族从夜空中走来。他们的爪子和眼睛都亮晶晶的，身上发出白色的光芒，散发出夜晚大自然的气味。

火心恭恭敬敬地趴在他们面前，既不敢唐突直视，也不愿移开目光，他想把这一刻永远留在脑海里。

那一刻漫长得犹如过了千百年，却又短暂得就像电光闪过。星族里所有的猫都降临到地面。“四棵树”所在的山谷被他们带来的光照得明亮耀眼。他们把火心围在当中。火心发现距离他最近的一些猫竟然是那么熟悉。

是蓝星！他高兴地几乎要叫起来，还有黄牙！接着，他嗅到一股熟悉的幽香，他转过头，看见自己梦里时常见到的那个玳瑁色的身影、那张温柔的脸庞。

斑叶——噢，斑叶！火心深爱的那位巫医来到了他面前。他快乐得想跳起来大吼大叫，可是他不敢破坏眼前这神圣的气氛，只得乖乖趴在地上。

“欢迎你，火心。”这个说话声似乎糅合了火心认识的所有猫的声音，但又像只有一只猫在说话，“准备好接受你的九条性命了吗？”

火心环视四周，却没有看见有谁在说话。他强作镇定地说："是的，我准备好了。"

一只金黄色的虎斑猫站起来昂首阔步地向他走来。火心认出他是狮心。狮心做副族长时火心还是一名学徒，他在一次和影族的战斗中壮烈牺牲。在火心的记忆中，他是一只老年猫，可如今看上去却年轻力壮，光彩非凡。

火心倒吸了口凉气，说："狮心！真的是你吗？"

狮心没有回答。他用鼻子触了触火心的额头，火心感觉自己就像触到了千年烈火万古寒冰。这种感觉令他很不舒服，但他没有向后退缩。

狮心低声说："在这一条性命里，我授予你勇气，希望你能保卫好你的族群。"

一股能量如闪电般涌遍火心全身，他的毛一下子竖立起来，耳边仿佛有千军万马在奔腾咆哮。他感到自己就像在打仗、在捕猎，只想撕开敌人的皮毛，将牙齿插入猎物体内。

痛苦渐渐消失，火心变得虚弱不堪，身体不住地颤抖。如果这是他接受的第一条性命，那么他要受九次这样的罪。他想：这我怎么受得了？

狮心转身回到星族的队列中，另一只猫站起身走了过来。火心起初没有认出他，后来看见对方拖着一条火红的尾巴，这才想起对方一定是红尾了。火心从来没见过这位副族长，红尾死的时候火心不过是一只初入丛林的小宠物猫罢了。可是火心发现了红尾死亡的真相，并由此揭开了虎星的真面目。

红尾低头用鼻子触了触火心的额头，说：“在这一条性命里，我授予你正义，希望你能辨别是非。”

火心随即感到一阵钻心的疼痛，他紧咬牙关才没有叫出声来。痛苦过后，他气喘吁吁，仿佛刚刚一口气跑回营地。红尾凝视着他，郑重其事地说：“谢谢你。若不是你，真相将伴随我的尸体永远掩埋地下。”

火心点头致意，红尾回到原来的位置坐下。这时第三只猫从行列里出来了。

这一次，当火心认出那只漂亮的母猫时，吃惊得下巴颏差点儿掉到地上。原来第三只猫竟然是灰条的爱侣银溪，这只河族母猫在难产中死去。只见她飘飘然地来到火心面前。

银溪说：“在这一条性命里，我授予你坚贞不屈，希望你能在族群陷入迷惘时为他们指引方向。”火心不知道她指的是不是他对灰条的态度。灰条违背武士守则，陷入与银溪的苦恋中而无法自拔。火心一直对灰条不离不弃，千方百计使他看清自己所处的困境。

火心硬着头皮等待着又一次痛苦的折磨，但当这条性命进入他的体内时，他感到痛苦要比前两次轻得多。这是一种爱的暖流，犹如银溪一生的写照——对她的族群的爱，对灰条的爱，以及用生命换取的对两个孩子的爱。

银溪转过身，火心低声对她说：“银溪！先别忙着走，难道你没有口信让我捎给灰条吗？”

但银溪没有再说话，她只是回眸凝望，眼睛里充满爱意和悲伤。此情此景胜过了千言万语。

火心闭上眼睛，等待下一次生命的洗礼。第四只猫走上前，这回是雷族武士奔风。在一次外出执行巡逻任务时，他在雷鬼路边被虎星杀害。

奔风低头触了触火心的额头，说：“在这一条性命里，我授予你无穷的精力，希望你能做一位尽职尽责的族长。”

随着这条性命进入火心体内，他感到自己在森林大地上急速奔跑，迎面的风将他的毛吹得贴在身上。这是一种酣畅淋漓的奔跑，他感到任何敌人都别想跑到自己的前面去。

奔风回到他的位置，第五只猫走过来。火心见了顿时万分欣喜，她是云尾的养母纹脸。虎星为了激发恶狗嗜血的欲望，将她残忍杀害并且抛尸在营地门前。

纹脸说：“在这一条性命里，我授予你爱护，希望你能像母亲呵护孩子们一样悉心照顾你的族群。”

火心原以为这条性命会像银溪赐予的那条一样充满温柔和爱意，不料一股狂暴的感觉涌遍全身。他感到自己的体内充满了祖先虎族和狮族的全部愤怒，似乎要把所有恃强凌弱的恶霸们打倒。接着，他产生一种惊慌和战栗的感觉，他知道这是母猫在拼死保卫孩子时的心理感受。他体会到纹脸是多么爱她的孩子们——包括她的养子云尾。

火心体内的怒火在减退，他想：我一定要把这种感觉告诉云尾。但他随即想起，仪式上的任何情况他都不能向别的猫透露。

纹脸回到星族的行列里，又一个熟悉的身影站了出来。火心认出对方竟然是迅爪，顿时感到羞愧无比。

他凝视着迅爪，低声说："对不起，是我害了你。"

迅爪不满蓝星拒绝晋升他为武士，为了证明自己的实力，他去查找森林里恶魔的真相，结果被恶狗杀害了。火心觉得当初应该更加努力地使蓝星回心转意，所以心里一直耿耿于怀。

可是此时的迅爪没有表现出任何愤怒的样子。他的眼睛里闪烁着智慧的光芒，这是他那个年龄所不应有的。迅爪对火心说："在这一条性命里，我授予你孜孜不倦的教诲，希望你能多为族群培育英才。"

这一次的生命洗礼令火心痛苦得几乎停止心跳。他感到了濒临死亡时的恐惧，眼前闪过血一样的红光。火心知道这是迅爪临死前的感受。

痛苦渐渐消失了，火心呼呼喘着粗气。他感到自己的身体快要炸开了，再也没有力量接受剩余的三条性命了。

第七次轮到黄牙。她生前独立性强，是根硬骨头，她的作风令火心既钦佩又头疼。他想起那场大火过后奄奄一息的黄牙。尽管她为了使雷族免受灾祸，亲手除掉了自己的亲生儿子断尾，但她仍感到自己罪孽深重，生怕死后不能升往星族。如今她站在火心面前，眼睛里充满了往日那种诙谐的目光。

黄牙宣布说："在这一条性命里，我授予你同情，希望你能怜老惜弱。"

火心知道逃避不过去，于是干脆闭上眼睛，真诚感受黄牙的勇气和忠诚。这条性命就如一道光射进火心体内：她的幽默、她的伶牙俐齿、她的慈悲心肠以及她的荣耀。火心对黄牙的了解又深入了一层。

火心睁开眼睛，低声说："哦，黄牙，我非常想念你。"

黄牙转身离去。第八只猫步态轻盈地朝火心走来，她的身上和眼睛里都星辉闪耀。是斑叶——火心初恋的那只玳瑁色母猫。自从斑叶死后，火心时常梦见她，她的音容笑貌从未像现在这么清晰。火心有满腹的衷肠想向她倾吐，因为他们在一起相处的日子是那样短暂。

"斑叶——"

斑叶柔声说："在这一条性命里，我授予你爱，希望你能好好对待所有你关心的猫——尤其是沙风。"

这一次火心没有感觉到痛苦。那是一种春天般的温暖，那是爱的感受，同时，他也如同依偎在母亲怀抱中的幼崽一般，充满了安全感。他抬头凝视着斑叶，觉得自己别无所求。

斑叶眼睛中闪过一抹嘉许的神情，转身离去。火心既感到失望又觉得欣慰，失望的是他不能和斑叶倾诉衷肠，欣慰的是斑叶赞同他找到新爱。现在，他再也不必感到对不住斑叶了。

最后走上前的是蓝星，脸上再也看不到往日的苍老与消沉，步态矫健，犹如一头威武雄狮。她身上发出炫目的星辉，照得火心难以睁开双眼。

蓝星说："欢迎你，火心，我的徒弟，我的武士，我的副族长。长久以来，我都知道终有一天你将会成为一位伟大的族长。"

火心低下头，蓝星用鼻子触了触他的额头，接着说："在这一条性命里，我授予你高尚的品格、果断的意志和坚定的信仰。希望你能带领族群贯彻星族的意愿，遵行武士守则。"

火心刚刚才享受到斑叶生命的温暖，此时冷不丁地承受蓝星生命的痛苦，身子不由得颤抖起来。他感觉到蓝星的勃勃野心，抛弃孩子的痛苦，还有战斗时的凶猛。他感觉到蓝星在失去对族群信心后的那种深深的恐惧。注入火心体内的能量越来越大，他感到自己的身体再也承受不下这么多的能量了。就在他濒临崩溃的时候，这股力量开始减弱，好像狂风暴雨后的平静和欢愉。

会场上响起一声悠长的叹息。所有的星族武士都站起身，蓝星站在会场中央朝火心摆了摆尾巴，示意他也站起来。火心晃悠悠撑起身子，他感到举手投足之间都充满了无穷无尽的生命活力，他的精神也升华到了一个新的层次。

蓝星宣布说："恭喜你获得了新的名号，火星。你已经告别了过去，成为一位九命族长，领受星族的意志统治雷族。你要誓死保卫你的族群，照顾老弱病残，崇敬你的祖先，严格遵守武士守则，让每一次生命都充满自豪和尊严。"

就像森林里的族群庆贺学徒晋升为武士一样，星族武士们也都高声欢呼这位新族长的名号："火星！火星！"

忽然，欢呼声减弱下来。火星感到情况有些不妙。他看见蓝星的眼睛死死盯着他的身后，于是急忙转身，眼前的情景顿时让他失声大叫。

只见会场的另一边有一座数丈高的小山，这座小山竟然都是由白森森的骸骨堆起来的。整座骨山发出诡异的光芒，每一根骨头似乎都在燃烧——这些骨头既有猫的，也有猎物的。一阵热风扑面而来，夹杂着腐肉的腥臭味。

火星急忙向左右张望，想知道星族怎么解释这件怪事，不料星族的武士们忽然都不见了，会场上只剩下他和那座骨山。火星陷入了极度的恐慌，这时，他感觉体侧传来了阵阵暖意，这是种熟悉的感觉，他知道是蓝星站在身边。“四棵树”一片漆黑，只听蓝星在他耳边说：“大难就要临头了，火星，四个将变成两个，狮子和老虎之间发生大战，血将统治森林。”

说完这些话，她的气味和体温便消失了。

火星大声喊道：“等等！别离开我！我听不懂你说的话！”

可是没有猫向他解释这个可怕的预言。骨山发出的白光开始变成血红色，骨头之间往外汩汩冒血，血流越来越大，最后形成了一条血河朝火星涌来。火星被淹没在血河中，吓得目瞪口呆。他想逃走，可四肢如立地生根一样不能挪动半步。过了一会儿，血浪滚滚而来，四周充满了死亡的气息。

火星大叫：“不！”但森林里没有任何回应，只有血流的哗哗声。

第五章

火星一惊，顿时从梦中醒来，发现自己仍然躺在月亮石边。月光消失了，只有微弱的星光从洞顶处照进来。火星松了口气，但依稀能够嗅到梦里的血腥味，感觉到那黏稠滚烫的鲜血。

他心里扑通直跳，摇摇晃晃站起来。炭毛也站起来冲他晃尾巴。火星真想把梦里的情形讲给她听，但他记得不许在“母亲嘴”说话的禁令。他迫不及待地抢在炭毛前面冲出隧道。

火星循着自己留下的气味踪迹一路疾奔，觉得路程仿佛比进来时远了一倍，狭窄的隧道令他产生了一种被活埋的感觉。空气越来越沉闷，呼吸也渐渐不畅，无穷无尽的黑暗，似乎再怎么跑也看不到尽头。他仿佛掉进了充满血腥的黑暗陷阱，永远也不能自拔。

就在他快受不了的时候，前方豁然开朗。火星嗖地冲出地面。夜空晦暗，月亮在稀薄的云雾中穿梭。火星的爪子深深抠进泥土里，身子不住地颤抖。

过了一会儿，炭毛从洞口中跑了出来。她靠在火星身旁，帮助他稳定情绪。良久之后，火星的身体停止颤抖，呼吸也变得平稳了。

炭毛问："发生什么事了？"

"难道你不知道吗？"

"我知道仪式被打断了——我是通过那股血腥味判断出来的，可我不知道具体发生了什么。"炭毛摇了摇头，关切地看着火星，"告诉我，你拥有九条命和新名号了吗？"

火星点点头。炭毛舒了口气："这就好，其他的事先别管了，我们走吧。"

火星累得挪不动脚步，但他一刻也不想在"母亲嘴"停留，摇摇晃晃地一步步爬下山。炭毛陪在他身旁，带着他专门拣容易走的路走，始终没有问他梦里的情景。

随着距离"母亲嘴"越来越远，火星嘴里的血腥味也渐渐减弱。不过他仍感到，就算自己连续洗一个月也洗不掉身上残留的血腥味。他筋疲力尽，走到一簇矮山楂树丛前重重倒在里面。

他说："我得休息一下。"

炭毛伏在他身旁，默默地为他舔梳皮毛。火星几次想向她倾诉，但话到嘴边又咽了回去。他害怕这件事会吓着她——就算她能解释蓝星预言的含意，可这也不过是多让一只猫为将来感到忧心而已。他还隐隐带有一丝侥幸心理，如果自己不说出来，这件事就有可能不会实现。这个梦是在诅咒他吗？意思是就算他当上了族长也于事无补？蓝星临死前曾说他就是拯救族群的那把火，如果血河熄灭了火，族群又如何得救呢？火星在以往的梦中经常得到预示，因此他不敢掉以轻心，尤其是这一次，竟然出现在他的命名仪式上。

炭毛说："如果你不想谈这件事，也没关系。"

火星的沉思被她的话打断，他将头贴在炭毛身上，缓缓地说："请让我仔细考虑考虑，刚才……这件事刚刚发生。"他打了个寒战，继续说："炭毛，我有个秘密，以前从来没有告诉过别的猫，可有时我在梦里能够看到未来。"

炭毛惊讶地说："那太不寻常了。一般来说只有族长和巫医才能和星族进行交流，我还从来没有听说过普通的武士也能在梦里得到预示呢。这种事情发生多久了？"

火星想起那个在森林里捉老鼠的梦，于是说："我还在做宠物猫的时候就已经开始做这样的梦了，但我……我不知道那些梦是不是来自星族。"毕竟，他在进入丛林之前从不知道世界上还有星族这回事。难道他们一直在关注他吗？

炭毛若有所思地说："所有的梦都是来自星族。那些梦经常变为现实吗？"

火星回答说："是的，可有时实现的方式出乎我的意料。有的梦容易理解，但有的梦则含意颇深。”

“那么你在思考刚才做的梦的时候，应该有些心理准备了。”炭毛舔了他一下表示安慰，“记住，火心，你并不孤单。如今你已经是一族之长，会从星族那里得到很多信息，我可以帮你解释梦里的征兆，想说多少随你便。”

火星很感激她的善解人意，不过她的话令他有些不适。也许他并不想和星族之间建立这种新的联系，他渴望能像从前一样无忧无虑地生活，和灰条一起出去捕猎，或者待在巢穴里和沙风聊天。

“谢谢你的好意。”火星说着，吃力地站起来，“必要的时候我一定会告诉你。”话虽这么说，其实他很怀疑炭毛到底能帮多大忙，他隐隐觉得这件事他不得不独自面对。火星长叹了口气，说：“我们上路吧。”

火星归心似箭，但他的体力早已消耗殆尽。自从发现那群恶狗，他一刻也没有消停过，几乎没有吃东西，睡得也很少，这次到月亮石接受九条性命更是经历了非比寻常的痛苦，再加上梦里见到的恐怖情景，火星几乎心力交瘁。

他越走越慢，心里也越来越忐忑不安。走过巴利居住的农田时，炭毛顶了顶他，说：“够了，火星，作为你的巫医，我建议你好好休息一下。我们去看看巴利和乌爪是否在家。”

“好主意。”火星确实撑不住了。

两只猫小心谨慎地接近两脚兽的谷仓。火星本来担心两脚兽会把拴狗的链子松开，但这里基本上没有狗的气味。随着猫的气味越来越浓烈，火星看见一只健壮的黑白色公猫从谷仓门下的裂缝中钻了出来。

于是他招呼说：“巴利！看见你真好。这位是我们的巫医炭毛，你认识吗？”

巴利点点头，说：“很高兴看到你，火心。”

炭毛纠正说：“是火星，他现在是雷族族长了。”

巴利吃惊地睁大眼睛，说：“恭喜恭喜！不过，这也说明蓝星一定亡故了，真遗憾。”

火星说：“她仍像活着时一样保护她的族群。”

“我猜其中必有故事，”巴利说着，转身回到谷仓，“乌爪肯定想听听。进来吧！”

谷仓里十分暖和，充满了干草和老鼠的气味。老鼠发出的沙沙声在火星的耳朵里简直犹如仙乐飘飘，火星脑子里想的都是美味。

他咽了下口水，说：“软和的铺垫可供睡觉，伸伸爪子便有吃不完的猎物。最好别把这里的情况告诉雷族猫，否则他们都要来当独行者了。”

巴利咯咯一笑，喊道：“乌爪，快出来瞧瞧谁来了。”

随着一声欢快的叫声，一个黑色的身影从干草垛里蹿了出来。乌爪曾经是雷族的一名学徒，当时只有他知道红尾死亡的真相——他是被乌爪的师父虎星杀害的。虎星曾试图杀乌爪灭口，幸亏火星为他找到了一个新家。对乌爪来说，做一名独行者要比做武士逍遥自在得多，不过他也从未忘记过生他养他的族群。对雷族来说，乌爪是个忠诚可靠的伙伴。

当乌爪从巴利嘴里得知雷族的消息后，神情悲伤地说："这么说蓝星已经亡故了，我永远怀念她。"

巴利安慰了他几句，火星见了这种情形，猜想这么长时间巴利和乌爪一定相处得很好。

乌爪感激地瞅了巴利一眼，站起来对火星说："你现在是雷族族长了，星族选了一位好族长。"他把火星和炭毛引到谷仓的另一边，"你们想吃点儿东西吗？"

炭毛回答说："想得不得了。"她带着征询的目光看着火星，说："需要我帮你捉些猎物吗？"

火星尽管疲惫不堪，但他还是摇了摇头。一位优秀的族长连自给自足都做不到，那还像什么话！他站起身听了一会儿，听到干草垛里传出轻微的沙沙声，于是俯下身子摆出捕猎姿势。他通过听觉认准猎物的位置，然后跳过去一口咬住。

火星衔起猎物走回伙伴身边，心里暗暗羡慕乌爪的美好生活。这里的老鼠比森林里的不止大上一倍，而且谷仓里光线昏暗，有利于猎捕。火星三两口便将老鼠吞进腹中，感觉体力渐渐恢复。

乌爪说：“再多吃些，这里的老鼠多得是。”

火星和炭毛盛情难却，于是敞开肚皮大吃一通。吃饱肚子后，他们把雷族最近发生的事向两位独行者娓娓道来。

乌爪和巴利凝神倾听，当他们听到恶狗的事情时，都震惊地睁大眼睛。

乌爪说：“我知道虎星很残忍，可我没想到他居然妄图把整个族群都毁灭掉。”

巴利说：“你们现在必须阻止虎星，别让他再为祸丛林。”

火星点点头，犹豫了一下，然后坦白说：“可没有蓝星指点，我感到无从下手，所有的事情看上去都一团漆黑而且……而且压得我喘不过气来。”他没有把族长仪式上发生的意外明说出来，但炭毛同情的目光告诉他，她知道他心里想什么。

炭毛说：“记住，整个族群就是你坚强的后盾，大家不会忘记是你和蓝星把我们从恶狗的威胁中救了出来。”

“也许他们对我期望过高了。”

炭毛立刻提高嗓门儿喊道：“胡说八道！他们知道你将会成为一位伟大的族长，他们会和你并肩战斗到最后一息。”

乌爪凝视着火星说：“我也是。”他见火星扭头看着自己，不由得有些不好意思，“我知道我不是武士，但如果你需要我的帮助，尽管开口好了。”

火星感激地说：“谢谢你的好意，乌爪。”

乌爪问：“我能去营地一趟吗？我想去蓝星的坟前向她表示一下敬意。”

火星说：“当然可以了。蓝星授予你自由出入雷族领地的权利，现在没有理由改变这一点。”

乌爪低头行礼说：“谢谢你。”当他重新抬起头时，眼睛里充满了敬意，“火星，你曾经救过我的命，我永远都报答不了你的大恩。如果虎星再找你们麻烦的话，我会很荣幸地与雷族武士们一起同他拼个你死我活。”

第六章

火星和炭毛顺着山坡走近营地时，天色已经大亮。他们在巴利和乌爪的谷仓内一觉睡到太阳升出地平线才起来，离开之前他们又美美享用了一餐老鼠肉。噩梦的恐惧从火星的心头渐渐消散，他现在只想早点儿回到营地。

这位新族长和炭毛从金雀花通道走出来时，最初并没有引起别的猫注意。白风和蕨毛正坐在荨麻丛边吃东西，有三名学徒在他们的巢穴外打闹。火星瞅见自己的徒弟黑莓爪，不由得暗暗提醒自己，一定要尽快将黑莓爪的训练提上日程。虽然他事务繁忙，但没有理由荒废徒弟的学业——毕竟，蓝星当族长时就曾孜孜不倦地对他进行教诲。

火星正要朝白风走去，忽听有猫在大喊他的名字，转头一看，蜡爪正从老年猫巢穴向他跑来。蜡爪兴奋地喊道："火心——不，是火星！你回来啦！"

他的吵闹声惊醒了族里其他的猫，大家都奔过来围住火星，呼喊他的新名字，欢迎他回来。火星想和大家像往日一样平易相

火心——不，是火星！
你回来啦！
火星一定会成为一个伟大的族长的！

处，但他注意到，众猫在看他时眼睛里都带有敬畏的目光。他心里一痛，知道自己和族里的其他猫之间已经竖起了一道墙。

香薇爪睁大眼睛问："你真的见到星族了？"

火星回答："真的见到了，可我不能谈论仪式上的任何事。"

香薇爪并没有显得失望，她忽闪着大眼睛，充满了崇敬的目光。她转头对尘毛说："我敢打赌他一定会成为一位伟大的族长！"

尘毛说："那就最好了。"尽管他与火星不合，但他很爱香薇爪，不忍心和她争论。尘毛恭敬地向火星点了点头，火星知道他忠诚于武士守则，必定会支持自己的。

灰条从猫群中挤过来说："看见你回来真好。"看样子灰条已经从惊惶的情绪中恢复过来了。他友善而同情地对火星说："你看上去就像一只死了一个月的狐狸，是不是很辛苦啊？"

火星小声说："的确很辛苦。"云尾听见他的话，大声说："你就是因为相信那些古老传统，才认为不从这里到石林来回折腾那么一趟就当不了族长。其实在我看来，你早就证明自己是一位合格的族长了，火星。"

火星瞪了他的外甥一眼，虽然云尾对他忠心耿耿，而且很尊重他，但他仍然为云尾的固执己见感到头疼。他真想把昨晚的情景告诉云尾，好让他不要再有这种亵渎星族的念头，可是他知道这是不可能的。

“嘘！古老的传统都是有道理的。”夺面走过来，舔了一下云尾的耳朵，“我们都在星族的关注下生活。”

云尾温柔地舔了舔夺面的那侧伤脸。火星怒火顿熄。虽然夺面的容貌被严重毁坏，但云尾仍对她不离不弃。火星很欣赏他这份坚贞不渝的感情。他的这个外甥也许时常头脑发热，喜欢制造点儿麻烦，对星族也不那么恭敬，但是他把夺面从死亡线上硬生生地拉回来，并且给了她活下去的勇气。

群猫渐渐散去，火星瞅了眼白风。白风向火星表示完祝贺后便一直站在旁边等着和火星说话。

火星问：“营地里的情况怎么样？我离开的这段时间有什么麻烦事吗？”

白风报告说：“一切都好。我们巡逻了整个领地，没有发现恶狗和影族活动的迹象。”

“很好。”火星瞧着地上堆满的猎物，说，“看来大伙儿干得不错啊。”

白风说：“沙风带领一支巡逻队出去了，鼠毛和蕨毛去训练学徒了，黑莓爪的捕猎技巧很熟练，我都数不清他捉回猎物的数目了。”

火星说：“很好。”听到自己的徒弟得到白风的夸赞，他当然很高兴，不过一想到虎星的儿子越来越能干，他又感到很不安。虎星也是一位捕猎好手，可他还是一个凶手和叛徒。

炭毛走过来说："我回巫医巢穴去了，有什么需要尽管开口。你还记得在月亮升起前你要指定一位副族长吧？"

火星点了点头。虽然其他的事情更为紧急，但他现在需要认真考虑一下副族长的人选。蓝星便因为虎星的背叛而没有及时指定火星为副族长，以至于火星的副族长仪式被推迟了一天举行，这是史无前例的。当时雷族陷入了恐慌中，害怕星族为此发怒，火星的这个副族长也因此变得不那么名正言顺了。他不能再犯同样的错误。

火星目送炭毛一瘸一拐地离开，忽然想起，到目前为止还有两只猫没来向他表示祝贺。一个是黑条，这不奇怪。另一个却是沙风，这令他感到很苦恼。难道他做了什么惹她生气的事了吗？

火星一转头，看见沙风竟然就站在不远处望着他，脸上的神情有些异样。两只猫目光刚一相接，沙风立刻瞅向别处。

火星走过去问："沙风，你没事吧？"

"我很好，火星。"沙风垂头看着地面，没有直视他，"你回来就好。"

现在火星敢肯定情况不对劲。一路上他都希望能回家和沙风躺在武士巢穴里聊天谈心，可如今他不能再那么做了。从现在开始，他将独自住在高岩下的族长巢穴里。

想到这里，他顿时反应过来，原来沙风是为了这件事不答理他啊。"别傻了。"火星深情地贴在她的面颊上，"我仍然是原来的我，一切都没有变。”

沙风固执地说："一切都变了！你现在是族长。”

火星宽慰她说："而你仍然是族里最能干、最美丽的猫。在我的眼里，你是唯一的。”

沙风说："可你……你现在变得遥不可及。炭毛和你的关系才是最密切的，你们都知道星族的秘密，而普通武士们根本无法得知。”

火星回答说："炭毛是我们的巫医，而且也是我最好的朋友之一。但她不是你，沙风。你知道最近我一直忙于处理族里的事务，尤其是虎星招来了那群恶狗之后，可这几天我们就可以一起外出捕猎了，就像过去那样。”

沙风的脸色缓和了些，眼神不再显得彷徨。她说："你需要派一支夜班巡逻队。我能带领几只猫出去吗？”

火星不忍心打消她的工作热情，说："好主意。你们去太阳石那里检查一下，看看河族有没有故技重施。”现在雷族的老族长亡故，那位野心勃勃的河族族长很可能会来趁火打劫。

“好的。”沙风奔向荨麻丛，蕨毛和长尾正在那里吃饭。蕨毛又叫上他的徒弟黄爪，四只猫一起走向金雀花通道。

火星迈步朝族长巢穴走去。他仍然感到很不习惯，在他心里，躺在武士巢穴的苔藓窝里要比孤零零地待在石洞里舒服得多。突然，他听见身后有猫在喊他的名字，一转头，看见灰条正急匆匆地跑过来。

“火星，我想对你说……”灰条一副欲言又止的样子，神情有些尴尬。

“出什么事了？”

“唉，”灰条迟疑了一下，咬了咬牙说，“我不知道你是不是打算让我当副族长，可我不要你这么做。我知道自己刚回雷族时间不长，有些猫还不信任我。如果你选其他的猫做副族长，我不会介意的。”

火星心中十分难过。在他眼里，灰条是副族长的最佳人选，他希望能有这么一个副族长追随在身边，同他并肩战斗。可灰条刚离开河族不久，现在就让他做副族长确实不大妥当。尽管火星相信灰条对雷族忠贞不贰，但他仍需做出些成绩来才能让别的猫接受他。

火星斜过身子和灰条对触了下鼻子，说：“谢谢你，灰条，很高兴你能体谅我的难处。”

灰条耸了耸肩膀，更加不好意思了。“我只是不吐不快罢了。”说着，他转身跑进武士巢穴里。

火星心潮起伏。他抖了抖身体，走到族长巢穴外，听见里面有响动。火星走进去，看见族里年纪最大的学徒刺爪正在忙活。刺爪听见有猫进来，猛然转身。

“嘿，火星！”他叫喊道，“白风让我给你弄些新的铺垫——还有些猎物。”他朝石壁边晃了晃尾巴，只见那里摆放着一只兔子、一堆厚厚的苔藓和干草。

火星说：“看上去很不错，刺爪，谢谢你——代我向白风说声谢谢。”

刺爪低头行礼正要离开，火星叫住他。

火星说：“提醒鼠毛明天来找我谈谈。”鼠毛就是刺爪的师父，“我们该考虑一下你的武士典礼了。”他心想：这个仪式已经延迟得太久了。刺爪表现得很能干，如果不是在蓝星那里遇到阻碍，他早在几个月前就能成为武士了。和他一批的还有迅爪和夺面，他们中没有一个能有幸参加武士典礼。

刺爪顿时兴奋得两眼放光。“是，火星！谢谢你！”刺爪说着，兴冲冲地跑了。

火星躺进苔藓窝里，吃了几口兔子肉。虽然白风想得很周到，特意更换了巢穴里的铺垫，但火星仍觉得这里到处都有蓝星残留下的气味。也许这种气味会一直有，这倒也不是件坏事。每当想起蓝星领导族群所表现出的智慧和勇气时，火星便会感受到想念她的痛苦。她留在这里的气味多少会给他些安慰。

夜色渐渐凝集，将巢穴笼罩在黑暗中。自从火星加入雷族以来，他还是头一次感到这么孤独：没有睡在身旁的猫传来的体温，没有朋友们的交谈，没有鼾声和睡梦中翻身的声音。这一刻，他觉得自己成了孤家寡人。

但他随即对自己说这些都是愚蠢的念头。他还需要做出一个重要决定，这个决定将对族群的未来影响深远。

火星寻思自己该睡上一觉，去梦里问问斑叶谁是副族长的合适人选。于是他合上双眼，不一会儿，他嗅到斑叶的气味。但四周漆黑一片，他看不到斑叶的身影。

斑叶轻柔的声音在他耳边响起："哦，不，火星，这件事应该由你自己来决定。"

火星叹了口气，睁开眼睛，他大声说："好吧，斑叶。我自己决定好了。"

灰条不可能当副族长，这是显而易见的事。灰条的通情达理使火星不至于在这件事上为难，对此他深表感激。他把心思转到其他的猫身上。这位新的副族长应该经验丰富，对族群忠心耿耿。

沙风勇敢而机智，指定她做副族长是表明他看重她、需要她的最佳方式。但他不该假公济私，况且，武士守则规定副族长的首要条件便是收过徒弟，沙风从没有收过徒弟。想到这一层，火星不由得暗暗难过。因为沙风之所以没能当上师父都是他的错，他把沙风撇在一旁，却把黄爪交给蕨毛。他这么做是为了保护沙风，因为做虎星孩子的师父是一件危险的事，虎星有可能会因此对孩子的师父下毒手。为了这件事，沙风很长时间都不能原谅他。他希望沙风永远都不会发现由于他以前的错误，使得她现在做不成副族长。

不过话又说回来，沙风真的是合适人选吗？难道没有别的猫比她更有资格吗？白风经验丰富有智慧，而且勇敢。蓝星指定火星做副族长时，白风没有丝毫怨言，换成别的猫绝对做不到这一点。而且白风从一开始就非常支持他，每到关键时刻，他总是向白风征询建议。没错，白风老了，但他仍然身强体壮、行动灵活，现在距离他加入老年猫行列的时间还早着呢。

蓝星也会赞同这个决定的。在她生前最后的日子里，白风一直勤勤恳恳地陪在她身旁。

火星暗想：是的，就让白风做新的副族长。他心满意足地伸了个懒腰，剩下的事就是等待向大家宣布这个决定了。

火星把剩余的兔子吃进肚内，躺在窝里打了个盹儿。他生怕误了时辰，不敢睡得太沉。月亮终于升起来了，月光照进石洞中。火星站起身，抖了抖身上的苔藓，然后迈步走出巢穴进入会场。

一些猫已经聚在会场边等待火星宣布任命。沙风带领着夜班巡逻队也赶了回来，此时正在吃东西。火星冲她晃了晃尾巴，但没有过去说话。他跳上高岩喊道：“所有够年龄的猫带上猎物到高岩下开会。”

大家有的从巢穴里，有的从营地边的阴暗处走了出来。黑条走到距离高岩不远的地方坐下来，将尾巴盘过来盖住爪子，脸上挂着一副不屑的神情。蕨毛装作不经意的样子跟着他走过来，在他旁边找了个位置坐下。

黑莓爪从学徒巢穴里走出来，火星忍不住猜想他是否会过去找黑条。结果黑莓爪和妹妹黄爪都留在猫群边，他们都向高岩望去，尾巴前后摆动。鼠毛从黄爪身边经过，训斥了她几句，只见黄爪生气地转过头去，似乎她们为什么事发生过争执。火星知道黄爪天性聪颖，而且很自信，难免会时常顶撞一些经验丰富的武士。

沙风和灰条坐在高岩边，旁边是云尾和夺面。一些老年猫晃晃悠悠地走到会场正中央坐下。

火星看见白风从荨麻丛那边走过来，丝毫不知道自己将要成为新的副族长。白风和香薇爪、蜡爪简短说了几句话，然后才在高岩旁找了个地方坐下。

火星咽了口唾沫，紧张地说："是到任命新的副族长的时候了。"他顿了顿，感到此时蓝星就站在他身边，他回想着蓝星通常在典礼上说的话，朗声道："我在星族面前宣布这项任命，让祖先见证我的选择。"

这时，所有的猫都仰头望着他。他低头俯视着下面一双双闪亮的眼睛，从中看到了兴奋与期待。

火星大声说："白风将成为雷族新的副族长。"

那一刻，所有的声音都消失了。白风仰起头，脸上显出又惊又喜的样子。火星喜欢看他吃惊的表情，白风从未想到过自己居然被指定为副族长。

他缓缓站起身说：“火星，雷族的各位同胞们，这项荣誉实在出乎我的意料。我以星族的名义发誓，我将尽我所能为你们服务。”

白风说完这一番话后，猫群中渐渐响起吆喝声和欢呼声。“白风！”大家都围过去向他表示祝贺。火星知道自己的决定得到了族群的高度认可。

他站在高岩上，顿时觉得未来一片光明，心里充满了自信和温暖。他得到了九条性命，有了一位最优秀的副族长，率领着一群同甘共苦的武士。恶狗的威胁已成为过去，火星相信他们很快就能把虎星逐出丛林。

就在他要跳下高岩去向白风表示祝愿的时候，一瞥眼看见黑条既没有说话，也没有活动，只是孤零零地坐在那里冷冷地望着自己。

火星顿时想起了族长典礼上的可怕情景，想起了阴森森的骨山和从骨山上涌出的血河。蓝星的话又在他耳边响起：“四个将变成两个，狮子和老虎之间发生大战，血将统治森林。”

火星仍猜不透这个预言的真实含意，但这些话是通向厄运的阶梯。火星看着黑条凶狠的目光，似乎看到了暴风雨来临前的滚滚乌云。

第七章

火星走在松林里，感到身上冷飕飕的。天空中布满了乌云，不知将要下雨还是下雪。那场大火在松林这里烧得最凶，因此地面上积了厚厚的炭灰，新长出的植物随着落叶季的到来再次凋零。

火星让昨天刚刚上任的白风守在家里处理族中事务，自己则独自出来溜达，顺便视察一下边界的情况。他想给自己留些空间和时间，以便能逐步适应族长的身份，认真考虑族群的未来。有时他感到自己被星族任命为族长是件了不起的事，可他知道这份责任并不轻松。蓝星的死给他造成的伤痛久久不能抚平，而且他担心虎星下一步会干出别的坏事。近来雷族没有在领地里发现影族的踪迹，大家都认为天下太平了，可火星不敢麻痹大意。他知道虎星不把敌人打倒誓不罢休，而且自己当上雷族新族长的消息无疑会进一步增强虎星复仇的决心。

火星走到两脚兽的地盘边，朝公主居住的花园内望去，想看看她有没有从两脚兽的巢穴里出来。可是花园里没有公主的影子，他嗅了嗅空气，也只嗅到她淡淡的气味。火星沿着树林边一路行走，走到他很少去的地方，认出那个很久以前他做宠物猫时居住过的两脚兽的巢穴。在强烈的好奇心驱使下，火星跑过树林和花园之间的空旷地带，跳上围栏。

火星望着花园内的草坪，心头涌起儿时的回忆。他想起那次蓝星身患绿咳症，他曾来这里采过猫薄荷。火星看见这里仍然长着成簇的猫薄荷，一阵阵香味扑鼻而来。

这时，两脚兽巢穴内的动静吸引了他的目光，他看见老主人从窗户前走过。火星忽然想知道自己离开这些两脚兽去森林生活后，它们是什么感受。他希望老主人不会为他担忧。它们将他照顾得很好，火星十分感激。他真想把森林里的故事告诉它们，让它们知道他是如何履行星族为他安排的命运的。但他知道那些两脚兽根本听不懂他说的话。

他后腿弯曲，正要从围栏跳下去回森林里，这时，旁边的花园里闪过一个黑白色的影子。火星凝目远望，看见了他做宠物猫时的老朋友斯玛。斯玛还像以前那么臃肿肥胖，脸上挂着心满意足的表情。斯玛正在和一只漂亮的棕色母猫说话，火星不认得她。他听见他们的说话声，但由于距离太远，他听不清他们在说什么。

火星正要打招呼，忽然意识到如果他们看见他这位不速之客肯定会被吓坏的。他曾经和斯玛在丛林里相遇，那一次差点儿把斯玛的魂儿吓飞了，后来火星自报姓名，斯玛才认出他来。他们如今生活在两个截然不同的世界中。

这时，开门声打断了火星的沉思。他沿着围栏走到灌木丛里躲了起来，他的一位老主人从屋子里走出来大声呼唤。那只漂亮的棕色母猫立刻和斯玛道了声再见，从两处花园之间的围栏下钻过去跑到两脚兽身边。那个两脚兽抱起她，在她身上爱抚了几下，然后走进屋里。

火星这才明白：原来她是它们的新宠物猫！随着关门声响起，那一瞬间火星还真有些忌妒呢。那只小母猫肚子饿了张嘴就吃，不必先去捉猎物；她还有个温暖的窝，不用在无数次的战斗中面对死亡的威胁；她有斯玛和其他宠物猫等好朋友，还能得到主人的疼爱——这些都是火星进入森林前所享受到的。

可同时她永远不知道学习武士技能时所获得的满足，不知道和朋友们并肩战斗时的乐趣。她永远也不知道什么是武士守则，不知道按照星族的意愿生活的意义。

火星默想：如果再给我一次选择的机会，我仍然会不改初衷。

忽然，他听见围栏下响起爪子蹭地的声音，用眼角的余光火星看见一个棕色的身影快速闪了一下。他转过头，发现自己和黑莓爪面面相对。

两只猫大眼瞪小眼，过了好一会儿，火星才缓过神来说：“你在这里干什么？”

“我从营地跟踪你的气味来到这里，火星。我……我想知道你要去哪里，而且我还想练习一下自己的追踪技能。”

“嗯，营地距离这里很远，看来你的追踪技能还不错。”火星不知道他该不该冲这个徒弟发火。黑莓爪未经允许不应该跟踪他，可他又不得不佩服这个徒弟的技能。同时火星也感到有些羞愧，他站在围栏上偷窥两只宠物猫时竟然被黑莓爪逮个正着。火星做学徒时就曾经历过类似的事情。那次是虎星监视他，发现他和斯玛说话。虎星回去后把这件事添油加醋地向蓝星报告，并且大做文章来影射火星对族群生活怀有二心。

这时，黑莓爪从原先的慌乱中渐渐稳定下来。火星发现他竟然在打量自己。那是机智的目光，流露出对火星的尊敬。火星坚信如果黑莓爪能够从他父亲的阴影中走出来，终有一天会成为一位出类拔萃的武士。可是虎星仍然生活在这片丛林中，黑莓爪能死心塌地地忠于雷族吗?

火星突然脱口而出说：“我能信任你吗？”

黑莓爪并没有生气，而是神情凝重地看着火星，反问道：“我能信任你吗？”说着，他朝花园的方向扭动了一下耳朵。

火星原本不想在徒弟面前评价自己。黑莓爪没有资格向他的师父——如今还是族长提出质疑，但火星十分佩服这种大胆提问的精神。

他深吸了口气，郑重地说："你可以信任我。我选择了告别宠物猫的生活，无论发生任何事情，我都会将族群放在首位。"说到这里，他决定让黑莓爪多了解一些自己内心的想法。于是他又说："但我并不是头一次来这里。有时我来看望我的姐姐，时而还会问自己，如果我当初留在这里，生活会变得怎样。不过我知道我的心在雷族。"

黑莓爪微微点头，似乎对火星的答案颇为满意。他说："我知道忠心遭到质疑是什么滋味。"

尽管火星知道怀疑黑莓爪的不仅他一个，但他心里仍忍不住产生了一丝愧疚。他问："你和其他学徒们相处得怎么样？"

"他们都很好。可我知道有些武士不喜欢我和黄爪，这都是因为虎星是我们父亲的缘故。"

黑莓爪通情达理的话令火星更加感到不好意思。他寻思：我们通常不会意识到自己在干什么。为了证明自己的忠诚战斗时奋不顾身，为了保护自己而不惜伤害敌人——甚至我们的同胞。

他小心翼翼地问："你能想开吗？"

黑莓爪眨了眨眼睛，说："我知道自己对雷族忠心耿耿，有一天我会用行动来证明的。”

这些话没有吹嘘的成分，而是一种冷静的决定。火星知道自己可以相信黑莓爪。他老老实实地把自己拜访两脚兽地盘的事告诉徒弟，因此他的徒弟对他也开诚布公。火心意识到他该向黑莓爪表示一下自己的信任。

他问：“黄爪怎么样？”

“嗯……”黑莓爪迟疑了一下，显得有些心烦意乱，“她有时很不开心——不过那也只是她的表达方式罢了。其实她是一只忠诚的猫。”

火星注意到黑莓爪不愿多谈他的妹妹，于是说：“她的确是。”他还需要对黄爪做进一步的观察，以确认她能否成为一名合格的雷族武士。这件事必须和黄爪的师父蕨毛谈谈。

火星看着自己的徒弟，心里突然涌起一股暖意。他说：“天黑前我要把边界巡视一遍，你愿意和我一起去吗？”

黑莓爪眼睛一亮，说：“我能去吗？”

“当然可以。”火星从围栏上跳下，“路上我们还能进行一些训练。”

黑莓爪兴高采烈地说：“太棒了！”

他们一起离开这里，向森林走去。

火星站在雷鬼路边，鼻子里嗅到从对面影族领地飘过来的气味。他心想：虎星在哪里？他有什么计划？下一步会怎样行动？

就在他忧心忡忡的时候，天空中落下了白色的碎片。“下雪了！”火星仰起头，天空更加阴沉。这时，黑莓爪发出一声惊叫。火星转头看见一片雪花落在他的鼻子上渐渐融化。黑莓爪伸出粉红的小舌头舔了一下，那片雪花立刻消失了，他顿时惊奇地睁大眼睛。

他问：“这是什么，火星？这东西可真凉！”

火星呵呵直笑，回答说：“这是雪。只有落叶季才会下雪。如果雪持续下，就会把整个森林都覆盖住。”

“真的？可它们这么小！”

“只要下得多，自然就盖住了。”

雪花越飘越大，地上的积雪也渐渐变厚，几乎盖住了雷鬼路对面的树林，掩埋了影族的气味。尽管怪物们吼声震天，但它们移动得十分缓慢，似乎大雪遮挡了它们的视线。

火星知道这场大雪会带来更多的难题。猎物要么冻死，要么躲进深深的地洞里。族群要获取食物会变得更加困难。

黑莓爪睁大眼睛看着漫天雪花，试探性地伸出一只爪子去拍打。过了一会儿，他开始兴奋地跳啊叫啊，似乎想捉住每一片将要落地的雪花。

火星看着徒弟天真可爱的样子，心中顿时产生了一种温馨的感觉，连他自己都觉得惊讶。难道虎星小时候就没有像这样快乐地追赶过雪花吗？如果他也曾这样玩耍过，那么他是什么时候失去了这份童趣，开始变得只关心权力了？

这是一个没有答案的问题。火星知道无论是虎星，还是他自己，都已经没有回头路可走。他们都在按照星族安排的命运生活，迟早有那么一天，他们会一决高下。

第八章

火星和黑莓爪回到营地的时候，大雪已经停了。乌云散尽，太阳又露出了笑脸。两只猫嘴里都衔着猎物，火星看到了徒弟的捕猎技能，对他捕猎时的专注和娴熟尤为赞赏。

他们刚走到山沟边，就听见背后传来呼喊声，火心转头看见灰条从灌木丛里跑了出来。

“喂。”灰条赶上来，大口喘着粗气。他瞧见他们的猎物，顿时睁大了眼睛：“你们比我的运气好，我连只老鼠都没捉到。”

火星宽慰了他几句，朝金雀花通道走去。他瞅见栗崽爬到山沟另一侧的陡坡上。柳带一共有三个孩子，栗崽是其中最爱冒险的一个。令火星惊奇的是，栗崽居然和黑条在一起，黑条正低头对她说着什么。

火星暗自想：奇怪，黑条以前对幼崽们总是凶巴巴的，他到底在搞什么鬼？

就在他犯嘀咕的时候，灰条突然发出一声惊叫，从他身边冲了出去。地上积雪松软，灰条奔跑起来深一脚浅一脚。只见栗崽腿脚发软，身子倒在地上。灰条大吼一声："不！"随即向黑条扑过去。黑条抬腿反踢，灰条侧身避开，一口咬住对方的喉咙不松开。

"怎么了？"火星急忙放下猎物奔下山坡，黑莓爪紧跟在后。火星绕开正在扭打的两只猫，跑到栗崽身边。

栗崽躺在地上不停地抽搐，双目圆睁，嘴里发出痛苦的呻吟，口角处有泡沫。

火星急忙对黑莓爪喊道："快去叫炭毛来！"

黑莓爪接到命令撒腿就跑。火星低头匆匆检查了一遍，小声说："没事的，炭毛就快来了。"

栗崽张着嘴，火星看见她的嘴里有些嚼烂的浆果，汁水的颜色将她的牙齿都染红了。

他失声叫道："死亡浆果！"

只见他前方的一道石缝中长着一簇黑叶灌木，上面结了许多猩红色的浆果。火星记得许久以前炭毛曾阻止云尾吃这种死亡浆果，并且告诉他这些浆果的毒性如何如何大。黄牙就是用死亡浆果毒死了她的亲生儿子断尾。火星亲眼看见，这些浆果的毒性发作得又快又强。

火星尽力把栗崽嘴里的浆果往外抠，可这只小猫心里害怕，肚子疼得在地上翻腾，根本不配合他。火星忙活了一阵，看见栗崽的头来回摆动，身体的抽搐也平稳下来，他心中的惊慌稍减了几分。灰条和黑条仍在那里打得难分难解，但火星的心思都放在栗崽身上，几乎听不到他们的打斗声。

片刻之后，炭毛来到他身边。他松了口气，飞快地说："是死亡浆果！我已经从她嘴里抠出了一些，但……"

炭毛和他换了一下位置。她放下嘴里的草药，说："很好，扶着她，让我看一看。"

在两只猫的帮助下，栗崽的抽搐减弱了。炭毛抠出她嘴里残留的浆果，然后嚼了些草药喂进她的口中，说："咽下去。"她向火星解释，"这是蓍草，能治她的病。"

栗崽的喉头一阵涌动，随即开始往外呕吐。火心看见她的呕吐物里有草药叶子，还有些吃进肚内的浆果。

炭毛舒了口气，说："好啦，这就好，你不会有事的，栗崽。"

栗崽躺在地上喘着粗气，身体瘫软，双目紧闭。火星见了着实心疼。

他小声说："她会死吗？"

还没等炭毛回答，就听营地门口传来呼叫声。"我的孩子！我的孩子在哪儿？"只见柳带在黑莓爪的引领下狂奔而至。柳带趴在栗崽身旁，惊叫道："出什么事了？"

炭毛解释说："她误食了死亡浆果。不过我已经把她腹内的浆果都弄出来了。我们把她抬进巫医巢穴，我要观察一段时间。”

柳带心疼地舔了舔栗崽身上的毛，栗崽开始有了微弱的呼吸。她不会死的，但火星从炭毛焦虑的神情中看出，栗崽仍然处在危险中。

直到此时火星才有时间喘口气。他转头寻找灰条，看见在不远处灰条压在黑条身上，一只爪子按住对方的脖子，另一只爪子则按住对方的腹部。黑条有一只耳朵在流血，他一边骂骂咧咧，一边徒劳地挣扎。

火星问："这是怎么回事？"

灰条厉声喝道："别问我。"火星还从未见过好朋友发这么大的火。"你问问这个……这个浑蛋，问他为什么要对一个孩子下毒手！"

火星说："毒手？"这个罪名太出乎他的意料，一时间他愣在那里。

灰条说："没错，问问他为什么要给栗崽吃死亡浆果。"

黑条冷冷地说："你这蠢货，我没有喂她吃浆果，我是在阻止她吃浆果。"

灰条火冒三丈地说："还想狡辩，我都亲眼看见了。"

火星仔细回想了一下当时的情景，不情愿地说："让他站起来。黑条，告诉我这是怎么回事。"

黑条站起来抖了抖身子。火星看见他的侧腹上被灰条抓出了好几道口子。

黑条说："我回营地时，发现这个小笨蛋在往嘴里塞死亡浆果，我刚要去阻止她，这个傻瓜就向我扑过来了。"他怨恨地瞪了灰条一眼，"我为什么要对一只幼崽下毒手？"

灰条吼道："这正是我要问你的！"

黑条讥讽道："当然喽，我们知道高贵的火星将会相信谁的话！现在别指望雷族里还有公正可言。"

尽管火星知道这句话有一定的道理，但他仍感到很不快。在他的眼里，无论什么时候灰条都比黑条可信，但他必须确定灰条没有弄错。

于是火星说："我现在不忙下结论，等栗崽醒来后，她会把事情的经过告诉我们的。"

他说完这句话，发现黑条的眼睛里闪过一丝不安的神色，但这只是一瞬间的事，火星也不能肯定。黑条动了动耳朵，不屑地说："很好。那样一来，你就能知道我们两个之间到底谁在说真话。"说完，他翘着尾巴趾高气扬地走向营地门口。

灰条大口喘着气说："我确实看见了，火星，虽然我不明白他为什么要谋害栗崽，可我很清楚他在干什么。"

火星叹了口气，说："我相信你，但我们必须公正处理这件事，让每只猫都没有话讲。在栗崽告诉我们事情的经过之前，我不能惩罚黑条。”

他随即默默在心里补充了一句：如果栗崽指认了他，我绝不会轻饶他。他看着炭毛和柳带轻柔地衔起栗崽，托着她往金雀花通道走。栗崽的头软软地耷拉着，尾巴拖在地上。想起这个幼崽在营地里蹦蹦跳跳的景象，火星心里一阵紧缩。如果黑条真的想杀她，他一定要为此付出代价。

火星小声说：“灰条，你和炭毛一起回去，我想让你或者别的武士守在巫医巢穴门口，直到栗崽醒来。问问沙风和金花是否愿意帮忙。我不想在栗崽开口说话前出什么岔子。”

灰条明白他的话，说：“好的，火星，我这就走。”他奔下土坡，跟着其他猫走进金雀花通道。

火星和黑莓爪待在原地。他朝山沟上仰了仰头，对徒弟说：“我把松鼠丢在那里了，你能帮我把它送回去吗？之后你可以吃点儿东西，休息一下，你今天跑了一整天。”

黑莓爪说：“谢谢你。”他走出几步，回过头来问：“栗崽不会有事的，是吗？”

火星长叹了口气，说：“我不知道，黑莓爪，我真的不知道。”

第九章

火星一边想着心事，一边往营地走。他扫视了一眼周围，看见黑条正在荨麻丛边吃饭。鼠毛、金花和霜毛也在那里，不过火星注意到她们都背对着黑条，谁也不正眼瞧他。

灰条一定把刚才发生的事在族群里传播开来了。霜毛和金花都生过孩子，因此特别痛恨那个谋杀幼崽的嫌疑犯。火星想，如果她们相信灰条的话，这倒是个好迹象，这表明灰条已经被大家重新接受，又要开始像以往那样左右逢源了。

火星正要去找灰条，突然看见蕨毛神态慌张地从武士巢穴里走出来。蕨毛瞅瞅黑条，向前迈了一步，随即又折回朝火星这边走来。

他着急地说："我刚刚听说！火星，对不起，他从我身边跑掉了，这都是我的错！"

"平静些，"火星用尾巴拍了拍蕨毛的肩膀，"告诉我发生什么事了？"

蕨毛喘了两口气，定了定神，这才说："黑条说他要出去捕猎，我就跟他一起去，可到了森林里他又说要拉大便。他走到灌木丛后，我便在外面等着他。哪知过了很长时间他也没有出来，于是我过去一瞧——他竟然不见了！如果栗崽死了，我永远也不会原谅自己的。”

火星安慰他说：“栗崽不会死的。”但他也不能确定自己说得准不准，栗崽中的毒实在太厉害了。

而且现在还有别的要紧事。蕨毛反映的情况说明黑条已经发现自己被监视了，而且他还干脆利落地甩掉了监视者。火星心里想：这件事必有原因。黑条想干什么，他为什么要杀栗崽？

蕨毛颓丧地问：“现在你想让我做什么？”

火星回答说：“别再责怪自己，迟早有一天，黑条会现出原形的。”

如果不是担心栗崽的生死，火星倒觉得今天的事未必是件坏事，这样一来，大家都看清了黑条的真面目。尽管他希望能留住这位武士，可事实证明黑条永远也不会忠于他、忠于雷族，而且雷族里也绝不能留下一个能下狠心毒害手无缚鸡之力的幼崽的猫。火星暗想：就让他去投奔虎星吧，那里才是他的极乐世界。

他对蕨毛说：“继续看住他，不必顾忌被他发现。在栗崽醒来前不要让他离开营地，告诉他这话是我说的。”

栗崽中毒好重啊！
听灰条说是黑
的。
大家开始相信灰条说的话了。
太好了！
都是我
错，让黑
从我身边
掉了。
火星……

平静些，黑条早晚会现出原形的。
那我现在要做些什么呢？
看住黑栗崽醒来要让黑条。
好，我这就去。

蕨毛紧张地点点头，匆匆走向荨麻丛。他趴在黑条身边说了几句话，只见黑条愤怒地哼了一声，继续撕扯他的猎物。

火星听见身后的脚步声，扭头看见沙风走过来靠在他身上。火星深吸了口气，感觉很温馨。

沙风说：“你想吃东西吗？我等你一起吃。灰条把事情的经过告诉我了。”两只猫开始朝荨麻丛走去，“我说过一会儿去接替他看守巫医巢穴。”

火星说：“有劳了。”

从黑条身边经过时，火星瞥了他一眼。黑条吃完东西后，站起来走向武士巢穴，对火星视而不见。蕨毛亦步亦趋地跟在他后面。

黑条走到巢穴门口时，恰巧尘毛往外走。火星瞅见尘毛转身去学徒巢穴外找香薇爪。雷族猫爱憎分明，虽然尘毛曾经是黑条的徒弟，但现在他一句话都不想和这位师父说。

火星从猎物堆里拣了只喜鹊，走到荨麻丛旁。

鼠毛见他过来，对他说：“喂，火星，刺爪说你想和我谈谈他武士典礼的事，现在行吗？”

火星说：“好啊。”现在族里所有的猫都很关心刺爪何时晋升为武士。“明天早上我们三个为什么不一起去早班巡逻呢？我可以有机会好好见识他的本领——我可不是不相信他的能力。”他赶紧又补充了一句。

鼠毛说：“这个主意太好了！咱们两个谁去告诉刺爪明天巡逻的事呀？”

“我去吧。”火星咬了口喜鹊肉，“我也想同香薇爪和蜡爪谈谈。”

沙风吃完饭后去炭毛的巫医巢穴，火星则朝学徒们聚餐的树墩走去。尘毛、香薇爪、刺爪和蜡爪已经在那里了，云尾也带着夺面从老年巢穴里走了过去。

火星坐下来说：“刺爪，你的爪子锋利吗？你的武士技能纯熟吗？”

刺爪立刻两眼放光，身体坐得笔直说：“是的，火星！”

火星说：“那么你就参加明天的早班巡逻吧。如果事情进展得顺利，明天白天我们为你举行仪式。”

刺爪激动得身体发颤，可随即他的目光暗淡下来，转过头去。

火星问：“有什么问题吗？”

“迅爪……还有夺面。”刺爪的声音很低沉，“他们本该和我一起晋升的。”

火星心里一痛，说：“我知道，可你应该打起精神来，这个典礼很久前就该为你举行了。”

这时，坐在云尾身旁的夺面说：“我会支持你的，刺爪，我要第一个向你表示祝贺。”

刺爪感激地说："谢谢你，夺面。"

云尾突然插言说："说到名号的问题，她怎么办？"他朝夺面仰了仰头。云尾一直拒绝使用蓝星起的那个残酷的名字。"她的名字是不是也该改改了？"

火星问："你能改变一位武士的名字吗？武士的名字都是在星族的眼皮底下取的。"

云尾夸张地叹了口气："我原本不想称我的族长为笨蛋的，可这是实话！你以为一只眼和半尾一开始就用那个名字吗？他们一开始还有别的武士名号，我敢打保票，一定有什么更改名号的仪式。我知道除非你发话，否则，族里别的猫是不会改称她的新名字的。"

夺面充满期待地看着他说："求求你，火星，我敢肯定，如果我换了名字，其他猫和我说话时就不会显得尴尬了。"

"那是当然。"火星发现自己忽视了夺面所承受的心理负担，不由得暗自惭愧，"我立刻去和老年猫们谈谈，一只眼应该知道这种事。"

他站起来，猛然想起自己来的目的，这才说："蜡爪、香薇爪，别以为你们被忘记了，你们在恶狗事件中表现得很勇敢，但你们的年龄还有点儿小，暂时不能做武士。"这是表面上的理由，其实火星想让刺爪优先成为武士，"我保证你们等的时间不会太久。"

蜡爪说："我们明白，我们还有很多东西需要学习。"

香薇爪紧张地问："火星，黑条出什么事了？如果栗崽真是被他害的，我不想让他做我的师父了。"

火星保证说："如果这件事真是他干的，他将不会继续做你的师父。"

云尾问："栗崽？栗崽怎么了？在我们出去打猎的时候，是不是出事了？"

刺爪和蜡爪立刻趴在他和夺面两边，附在他们耳朵边开始悄声嘀咕。

尘毛问火星："那么谁来教导香薇爪呢？"在他心里已经认定黑条有罪了，他满怀希望地说，"我可以同时教导她和蜡爪。"

香薇爪的双眼顿时亮了起来，但火星摇了摇头说："绝对不行，尘毛，你对她不够严格。"

尘毛脸上闪过一丝怒色，紧接着他又不好意思地点点头，说："就算你说得没错好啦。"

火星一边朝老年猫巢穴走去，一边说："放心吧，我会为她找一位好师父的。"

火星走进老年猫巢穴里，看见他们都在睡觉。

小耳抬起头抱怨说："现在又有什么事啊？难道我们就不能睡个囫囵觉吗？"

斑尾懒洋洋地说："别听他胡说，火星，我们随时欢迎你来。"

火星说："谢谢你，斑尾，不过我只想和一只眼谈谈。"

一只眼伸了个懒腰，眨眨她那只独眼，张口打了个哈欠，这才说："我听着呢，火星，有话快说。"

"我想问问你名号的问题。"于是火星把云尾想为夺面改名字的事讲了一遍。

一听到夺面的名字，纹尾立刻凑了过来。夺面刚受伤时，纹尾曾照顾了一段时间，因此她们之间建立了深厚的友谊。

等火星讲完，纹尾说："这件事不能怪云尾，因为谁都不想有那么个名字。"

一只眼打着哈欠说："他们给我改换名字的时候我已经老了，说老实话，我才不在乎他们叫我什么呢，只要他们给我送吃的来就行，可年轻猫就不同了。"

火星急忙问："那你能告诉我该怎么做吗？"

"当然可以了。"一只眼冲他晃了晃尾巴，"凑近点儿，仔细听好了……"

夜里下起了大雨。第二天清晨，火星带着鼠毛和刺爪走出营地大门，看见薄薄的雪层都融化了。阳光明媚，每一棵灌木、每一株草上都挂满了晶莹剔透的水珠。火星精神抖擞，迈开轻快的脚步。

火星能从刺爪的眼神中看出他的兴奋，但他极力保持镇定，决心要在族长面前露一手。三只猫爬上山沟，迎面吹来一阵清风，夹杂着浓烈的老鼠气味。

刺爪带着询问的目光瞅了瞅火星，火星点点头说："虽然我们不是出来捕猎的，但顺便捉几只猎物也不错。让我们看看你的能耐吧！"

刺爪静静站立了一会儿，确认老鼠发出的沙沙声是从一簇灌木丛里发出来的。他熟练地摆出捕猎姿势，朝声音来源处匍匐过去，这么做是为了防止老鼠感觉到他脚步发出的震动。火星见刺爪做得有板有眼，不由得暗暗称赞。刺爪几乎是足不点地纵身跳起，飞扑过去，转眼间，他已经叼着猎物凯旋。

鼠毛说："干得漂亮！"

火星同意道："确实很棒。先把猎物埋起来，我们回家时再带走。"

等刺爪扒了些土盖住猎物后，火星带着巡逻队向蛇岩进发。自从那天在蛇岩发现虎星故意丢下的死兔子后，他还没有走过这条路。回想起那股血腥味，火星就感到有些反胃。不过今天早上这里除了正常的森林气息外，他没有嗅到任何异样。三只猫走到蛇岩，发现这里非常安静，石洞中的号叫和犬吠声都成了过去。

火星身临此地，仍然感到不寒而栗。他定了定神，说："好啦，刺爪，你都嗅到什么了？"

刺爪仰起头张开嘴，让嗅腺充分接触空气。火星看出他做得十分专注。

片刻过后，刺爪说："有狐狸的气味，不过很陈旧，估计是两天前的吧。有松鼠的，还有，还有狗的气味。"说完，他瞅了火星一眼，脸上闪过悲伤的神情。迅爪就是在这里被杀死的，夺面也是在这里受到重创。

"还有别的吗？"

刺爪回答："有雷鬼路，还有别的东西。"说着，他又嗅了嗅，"火星，我不明白这是怎么回事。我嗅到了猫的气味，但这股气味不属于任何族群，是从那里传来的。"他晃了晃尾巴，"你认为呢？"

火星深吸了口气，刺爪说得没错，微风中隐隐有一种陌生的气味。

他低声说："我们去看一下。注意戒备，也许仅是只宠物猫，但这种事情谁也说不准。"

三只猫小心翼翼地穿过灌木丛，那股气味越来越浓。火星肯定地说："是泼皮猫或者独行者，我猜他们一共有三只。气味很新鲜，他们一定刚从这里经过。"

刺爪问："可他们到我们的领地里干什么？你认为他们是

虎星手下的泼皮猫吗？”他指的是虎星在流放期间曾经率领的那群攻打雷族营地的泼皮猫。

鼠毛回答说：“不会，虎星手下的泼皮猫早就沾上了影族气味，这一定是新的泼皮猫。”

火星说：“至于他们在干什么，这也是我想问的问题。我们跟过去瞧瞧，刺爪，你带路。”

面对着可能来自泼皮猫的威胁，刺爪暂时忘却了即将成为武士的兴奋，表情立刻严肃起来。他施展出浑身解数追踪气味，但走到一片沼泽地时，这股气味消失了，就连火星也嗅不到。

刺爪沮丧地说：“对不起，火星。”

火星宽慰他：“这不是你的错。如果气味消失了，谁也别想嗅到。”他抬头顺着气味踪迹的方向望过去。那些泼皮猫似乎是去往雷鬼路，但也可能是去往两脚兽的地盘。不管他们往哪个方向走，反正是从雷族领地里出去了。于是他耸了耸肩膀说：“我让巡逻队对此事多加关注，希望没什么可担心的。”他转头夸赞刺爪说：“干得不错，刺爪，返回营地吧，我们还得安排一下武士典礼呢。”

“所有够年龄的猫带上猎物到高岩下开会！”

话音未落，火星便看见刺爪从学徒巢穴里跑了出来，身后跟着鼠毛。两只猫都梳理得甚是光鲜，刺爪的毛在阳光下更加闪闪发亮，他看上去似乎欢喜得都快发疯了。

其他的猫渐渐出现在会场上。火星看见炭毛从巫医巢穴那边走过来，灰条陪着她，两只猫一边走，一边小声交谈。火星想知道栗崽的情况，在外出巡逻前，他曾去巫医巢穴简单探望了一下。栗崽仍处于昏迷中，炭毛也不能确定她身上的毒减轻没有。火星打定主意，等仪式一结束便去看望栗崽。

这时，黑条从武士巢穴里走出来，蕨毛紧跟在后。他们在高岩前找了个位置坐下，别的猫自动和他们保持了一段距离，大家都不想答理黑条。黑条昂首端坐，脸上挂着一丝讥讽。不过火星猜他和别的猫一样，都急于知道栗崽能否醒来。

火星俯视着高岩下的猫群。这是刺爪在今后的日子里永远怀念的一天，这一天对火星也同样特殊，因为刺爪是他当上族长以来册封的第一位武士。

同样的典礼，同样的话。火星朗声说："我，雷族族长火星，请诸位武士祖先从天上俯视这名学徒。他经过刻苦训练，终于掌握了武士守则的要旨。在此，我请求诸位祖先赐予他武士的荣耀。"他凝视着刺爪，"刺爪，你能够保证将不折不扣地遵行武士守则，努力保卫族群，即使付出生命也在所不惜吗？"

刺爪坚定而自信地回答说："我保证。"

火星宣布说："那么，凭借着星族的力量，我赐予你武士的名号。刺爪，从现在起你的名字就叫刺掌。你的忠诚和机敏为星族带来了荣耀，欢迎你成为雷族的武士。”

火星走上前，用鼻子在刺掌的额头上触了一下。这位新武士激动得浑身颤抖。刺掌舔了一下火星的肩膀作为回礼，脸上的表情又喜又悲。火星知道他想起了迅爪，那位没等成为武士便死去的学徒。

刺掌回到武士的行列里。夺面立刻走过去，高兴地说："刺掌！"她舔了舔刺掌的耳朵。夺面曾经保证过要第一个向他表示祝贺，现在她做到了。她的声音里充满了温馨和钦佩。

云尾跟在夺面后面向刺掌表示了祝贺，然后朝火星投来疑问的目光。

火星朝他点了点头。等大家向新武士表示完庆贺后，火星摆了摆尾巴示意大伙儿安静。他说："在会议结束前，我还有些事情要讲。首先，我要向一位学徒表示敬意，这位学徒本该和刺掌一起获得武士名号。你们都知道迅爪是因为找寻恶狗的下落而牺牲的，他的族群永远也不会忘记他是怎么死的。"

猫群中响起一片赞同的声音。火星瞥了眼长尾，长尾是迅爪的师父，此时他的脸上充满了悲戚和自豪的神情。

火星继续说："还有，我要代表族群向香薇爪和蜡爪表示感谢。他们参加了把恶狗们引到山涧的行动，在那次行动中，他们表现得非常勇敢。尽管他们因为年龄太小而不能晋升为武士，但我们应该向他们表示我们的敬意。"

“香薇爪！蜡爪！”两位学徒沉浸在如潮水般涌来的赞誉声中，尘毛的眼睛里放射出喜悦的光芒。只有香薇爪的师父黑条冷眼旁观，眼睛直勾勾地盯着前方，连头都没有向香薇爪转一下。

火星等欢呼声平息后，高声说：“我们还要进行一项仪式。”他冲夺面晃了下尾巴。夺面紧张地走过去站在他面前，云尾跟在她身后，和她保持了约莫一步的距离。

众猫纷纷惊讶地议论起来。火星知道许多猫还不知道接下来将发生什么事。为一名武士举行更名仪式，这可是一件很久都没发生过的稀罕事。

火星按照一只眼交代他的话开始说：“列祖列宗在上，你们清楚每一只猫的名字。现在，我请求你们取走站在你们面前的这只猫的名字，因为这个名字不能再作为她的象征了。”

说到这里，他顿了顿，看见这只年轻的母猫身子在微微颤抖。如今她是一只没有名字的猫，站在星族面前等待着她的新名字。火星希望她能喜欢这个新名字，这是他经过一番深思熟虑后取的，他认为非常适合她。

火星宣布：“经过祖先们的同意，我以族长的名义赐予这只猫新的名号。从现在起她的名字就叫亮心，尽管她身患残疾，但我们敬重她不屈不挠的精神和内心坚定的信念。”

他走上前，按照武士典礼的礼节用鼻子在亮心的额头上触了触。亮心也在他的肩膀上舔了一下。

“亮心！亮心！”猫群中爆发出震天动地的欢呼声。亮心在做学徒的时候便与大家相处得很好，所有的猫都为她的残疾感到难过。虽然她感官不全，不能感知到完整的世界，但雷族永远都会善待她。

火星带着亮心走到云尾面前，他问：“怎么样？这下你高兴了吧？”

云尾兴奋地贴在亮心身上，两只猫尾巴绞缠在一起。他喃喃地说：“太好了，火星。”

亮心的那只好眼里充满了幸福的光辉，激动得说不出话来，她感激地冲火星直眨眼睛。长期以来，她受到池鱼之殃，蓝星对星族的愤恨给她造成了巨大的心理负担。如今，就算她不能成为一名真正意义上的武士，但起码拥有了一个值得骄傲的名字。

火星咽了口唾沫，眼前的情景使他感动得差点儿流出眼泪。这一刻，他深切感受到当族长的意义。

过了一会儿，云尾说：“听着，火星，亮心和我准备一同训练。我们准备发明一些格斗技巧，使她用单耳单眼也能战斗。如果她能重新战斗，能否离开老年猫巢穴和其他的武士们住在一起呢？”

“嗯——”火星拿不定主意。亮心永远也不可能成为一名真正意义上的武士，因为她身患残疾不能独自捕猎，对战斗也非常不利。可他不忍心拒绝她的请求，况且，火星也希望她能够尽可能地保护自己、保卫族群。于是他同意说："你还没有收徒弟，云尾，那你就趁这个机会多陪陪亮心吧。"

云尾追问说："这就是说我们能够一同训练喽？"

亮心说："求求你，火星，我想做一只对族群有用的猫。"

"好吧。"火星突然产生了一个想法，于是补充说，"如果你们想出了一些新动作，也让其他的猫来学学。亮心不是第一个身患残疾的猫，也不会是最后一个。"

云尾连声答应。随后，两只猫欢天喜地地离去。亮心的师父白风向她祝贺了几句后，走过来对火星说："典礼前我去看望了一下栗崽，她醒了，炭毛说她会恢复的。"

"这是件天大的喜事！"火星高兴地说。想起白风就是栗崽的父亲，火星接着问："你觉得现在就去问她中毒的经过合适吗？"

白风回答说："这得听炭毛的。你去找炭毛吧，我来安排巡逻队。"

火星道了声谢，急匆匆向巫医巢穴跑去。

炭毛在香薇通道入口处迎上他，说："我正要找你呢。"火星刚听完白风带来的好消息，此时见炭毛忧心忡忡的样子，不由得吃了一惊。只听炭毛说："栗崽醒了。她的身体不会有什么大碍，但你需要听听她讲的故事。"

第十章

栗崽躺在巫医巢穴门口的苔藓窝里。看见火星和炭毛回来了，她抬起头，目光显得很呆滞。

沙风卧在一旁看护栗崽。她小声对火星说："可怜的小家伙，她差点儿把命都丢了。我们一定不能轻饶黑条。"

她和炭毛一样充满了忧虑的神情，想必栗崽讲述故事时，她也在旁边听着。火星点了点头，说："放心吧，黑条的事交给我办。"他坐在栗崽身旁，柔声说："很高兴看见你醒过来，栗崽，你能把事情的经过讲给我听吗？"

小家伙眨眨眼睛，有气无力地说："烟崽和雨崽都在育婴室里睡觉，可我睡不着。我见妈妈不在，便独自跑到山沟里玩，想去捉一只老鼠，然后我就看见了黑条。"说到这里，她迟疑了一下。

火星鼓励她说："说下去。"

"他独自往山沟外爬。我知道他本该和蕨毛一起的，于是我……我很好奇，想知道他去哪儿了。我悄悄地跟在他后面——

我记得当初就是他把黑莓爪和黄爪带出了营地，于是我也想有一次那样的经历。”

火星知道这个小家伙一向聪明好奇，由于生性鲁莽，因此常常惹些麻烦。经过这件事，她现在再也不敢冒险了，火星希望她在炭毛的照料下能够尽快恢复到原来那个活泼开朗的栗崽。

栗崽有些得意地说：“我跟了他好长一段路程，我还从没离开营地那么远过。黑条一路上都没有察觉到我在跟踪他。然后他和另外一只猫会面——那只猫我以前从未见过。”

火星急迫地问：“什么另一只猫？长得什么样？身上的气味如何？”

“我认不出那种气味。”栗崽困惑地说，说着，她的鼻子皱了皱，“不过那股气味很臭。他是一只身材高大的白猫——比你的个头还大，他的爪子是黑色的。”

火星失声叫道：“是黑脚！虎星的副族长。你嗅到的是影族的气味，栗崽。”

沙风吼道：“黑条搞什么名堂，在我们的领地里和影族的副族长会面！”

火星问：“接下来发生了什么？”

栗崽低头看着自己的爪子，承认说：“我当时吓坏了，撒腿便往营地跑。不过我想黑条一定听到了我的动静，因为他在山沟里追上了我。我原以为他会生我的气，因为我在偷偷监视他，不料他竟对我赞不绝口，夸我聪明伶俐。他给了我一些红色的浆果，那些浆果看上去很好吃，可我吃了几枚后就开始感觉不舒服——然后我就什么都不知道，醒来后便在这里了。"

讲完后她又把头垂了下去，似乎一口气讲完这么长的故事令她感到非常疲惫。

炭毛检查了一下她的呼吸，说："那种浆果名字叫死亡浆果，永远也别再碰它们了。"

小家伙低声说："不会啦，炭毛，我保证。"

火星说："谢谢你，栗崽。"他很气愤，真正令他震惊的不是黑条给栗崽下毒，而是黑条居然和黑脚勾结在一起。

沙风问："你打算怎么处置黑条？"

火星回答说："我得先向他问个清楚，但我想他一定什么都不会说。"

沙风口气坚决地说："经过这件事，他不能再在雷族待下去了，大家都恨不得把他的皮扒下来。"

火星面色阴郁地说："交给我处理吧。"

这时栗崽又沉沉睡去，火星和沙风转身回到会场。典礼结束后，许多猫仍逗留在会场上聊天。白风带着金花和长尾正向金雀花通道走去。

火星跳上岩石高声召集大家开会。众猫听到他的呼唤声，纷纷惊讶地抬头望过来，巡逻队也转身返回。火星扫了一眼会场，没看见黑条。

于是他问灰条："黑条在哪里？"

灰条回答说："在巢穴里。"

"把他带过来。"

灰条立刻跑进武士巢穴里，过了一会儿，他和黑条、蕨毛一起走了出来。三只猫走到高岩下，黑条坐下来仰头望着火星，脸上兀自挂着冷笑。

他问："怎么了？我们的族长大人有何贵干呢？"

火星淡淡地说："栗崽醒了。"

黑条和他对视了一会儿，然后移开目光。"你召集全族开会就是为了告诉我们这个吗？"他语含嘲讽，但身上的毛却不安地竖立起来。

火星朗声说："各位同胞们，我召集大家来是为了请你们为黑条下面将要说的话做个见证。你们都听说栗崽昨天发生的事情，如今她醒了，炭毛说她的身体没有大碍。我和栗崽谈了谈，她证实了灰条昨天说的话，是黑条骗她吃了那些死亡浆果。那么，黑条——"他的目光转向坐在高岩下的黑条，"你还有什么可说的吗？"

黑条争辩说："她在说谎。"周围的猫立刻发出怒喝。于是他随即补充说："要么就是她弄错了。小孩子从来就自以为是，我叫她别吃那些浆果，她显然没听明白我的话。”

火星说：“栗崽既没有说谎也没有误会，而且她还告诉我们一些有趣的事——那就是你为什么给她吃死亡浆果的原因。她看见你和影族的副族长黑脚在我们的领地里会面，你能告诉我们这是怎么回事吗？”

猫群中顿时如炸开了锅一般，只听有一只猫吼道：“叛徒！”火星不得不摆了摆尾巴示意大伙儿安静。过了好一阵子，大家的愤怒才渐渐平息下来。

黑条大声说：“我没有必要向一只宠物猫做自我评价。”

火星勃然大怒，厉声喝道：“你不想说也得说，我要知道你和虎星在密谋什么。”提到虎星，他感到心中顿时升起一种不安的情绪，他强压住内心的惊慌，“黑条，你清楚虎星在与我们为敌，上次整个族群差点儿被恶狗撕成碎片。经过了那件事之后，你仍然执迷不悟，想要追随他吗？”

黑条怨恨地看着他，没有吱声。火星想起恶狗来袭的那天早上，黑条试图带着虎星的两个孩子偷偷溜走，结果被他逮了个正着。黑条已经知道虎星在密谋一些事，却不顾族群的生死安危，甚至连声警告都没有。这就是他对雷族的所谓忠诚。

火星想把这件事处理得公道明白，他要让所有的猫知道，即使黑条都无法指责他是在迫害虎星的旧同党。尽管火星仍担心黑条投奔虎星后会干出什么事情来，但他已经没有选择了。

对于黑条的罪行，流放是唯一可能的判决。

火星对黑条说：“你本可以成为一名优秀的武士，我给了你一次又一次的机会让你证明自己，我想信任你，而且……”

黑条打断他的话说：“信任我？你从来就没有信任过我。你派蕨毛那个笨蛋来监视我，以为我不知道吗？”说着，他朝坐在旁边的蕨毛啐了口唾沫，“你想让我在余生里始终生活在一个阴影中吗？”

火星直视着黑条愤怒的目光，毫不退缩地说：“不，我是在等你证明自己的忠诚。这是生你养你的族群，这里有伴你一同长大的伙伴。难道这些对你全无意义吗？武士守则规定你应该用自己的生命来保护他们！”

黑条站起身，火星看见他的眼睛里充满了恐慌的神情，似乎他从来没有料想到自己竟然会与雷族决裂。毕竟，他也不能肯定虎星是否接纳他。当初虎星遭到流放时，他没有追随而去。在恶狗袭击营地前，他又没能把黑莓爪和黄爪带给他们的父亲虎星。虎星可不是一只宽宏大量的猫。

但黑条眼里的恐惧和悔恨转瞬即逝，只听他轻蔑地说：“这不是我的族群。”他的话引起周围的一片惊呼。“再也不是了。雷族被一只宠物猫领导，再没什么值得为之战斗了。我感觉不到自己对雷族的忠诚。整个森林里，值得我追随的只有虎星一个。”

火星说：“那就追随他去好了。从今往后，你不再是雷族的武士。如果今天日落之前你仍然在我们的领地里，我们会像对付敌人那样对待你，你走吧。”

黑条默默地怒视着火星，眼睛里简直要冒出火来。过了好一会儿，他才转身背对火星，不慌不忙地朝营地门口走去。所经之处，众猫纷纷让开道路。

云尾凶巴巴地说：“如果你敢回来，有你好瞧的！”柳带没有说话，只是怒气冲冲地呸了一声。

黑条终于消失在金雀花通道里，猫群中立刻响起一片嗡嗡的议论声。一个声音高喊道：“黑条去投奔影族了吗？”问话的是黄爪。

当火星逼迫黑条承认罪行时，她并没有随着众猫吆喝。后来她默默地看着黑条一步步迈向营地大门，脸上的表情有震惊，也有嫌恶，但还有种火星琢磨不透的表情。

黄爪的问题令火星吃了一惊。她知道影族族长便是她的父亲，她是否真的认为黑条的行为是一种背叛呢？

火星坦白说：“我不知道，那是黑条自己的事。从现在起他已经不是雷族的成员了。”

白风问：“那是否意味着如果在我们的领地里看见他，我们就可以将他赶走呢？”

“是的，你说得没错。”火星转身对大家说，“如果你们嗅到黑条或者影族猫的气味，立刻向我或白风报告。这倒让我想起一件事来——今天早上刺掌在我们的领地里嗅到泼皮猫的气味。请大家严密监视，发现异常立刻报告。”

火星下着命令，头脑渐渐冷静下来。黑条的离去令他头一回感到轻松起来。从此以后，再也没有谁骂他是宠物猫，族里的机密再也不会外泄给虎星了。尽管火星担忧黑条接下来会做出什么事来，但他的离去总的来说是利大于弊。话虽如此，未能赢得黑条的忠心终究是火星的一件憾事。

“嘿，火星！”尘毛的声音打断了火星的沉思，“香薇爪怎么办？她现在没有师父了。”

“多谢提醒，尘毛，我这就办这件事。香薇爪，请走到巨岩前来。”

香薇爪温顺地从尘毛身边离开，步态娴雅地从猫群外圈绕开走到巨岩下。

火星扫了一眼猫群，确定他要找的武士在场，这才说道：“长尾，自从迅爪死后你就没有徒弟了。你教出了迅爪那样的好徒弟，我相信，在香薇爪剩余的学徒生涯里，你一定能够把你的技能传授给她。”

长尾一下子跳起身，眼睛睁得大大的，脸上的神情又惊又喜。火星朝他摆了摆尾巴，如今黑条走了，他希望此举能彻底抹平他和长尾之间的隔阂。只要长尾用心，他一定能成为族里优秀的武士。

长尾恍恍惚惚地走过去和香薇爪对触了下鼻子。香薇爪低头行礼，两只猫一同回到尘毛和蜡爪坐着的地方。

火星从高岩上跳下来。如今所有的事情都已办妥，他感到自己就像泄了气的皮球，一下子蔫了。此刻他最想要做的就是能够和伙伴们躺在武士巢穴里痛痛快快地聊天。但作为族长，他不能那么做。

黑条的背叛和影族猫在雷族领地里的出现勾起了他的回忆，他想起在族长仪式上看到的情景。那座骨山，以及从骨山里流出的血河为什么会出现在他的梦里？蓝星的预言又是什么意思？

火星迫切地想知道答案，他决定去巫医巢穴找炭毛，看看她有没有从星族那里得到什么启发。

幸好此时沙风没有在巫医巢穴门口守卫，火星不想让她看见自己这个样子。栗崽正在睡觉，巫医巢穴里传出炭毛活动的声音。火星走到近前，看见她正在整理草药和浆果。

“杜松浆果快用完了……”她嘟囔着，一抬头瞅见火星，“什么事？找我有事吗？”

她一瘸一拐地走出巫医巢穴，伸出鼻子在火星身上嗅了嗅，嗅到他散发出的恐惧气味。于是她问：“火星，出什么事了？”

火星抖了抖脑袋，克制住内心的焦虑。他把那天在族长仪式上发生的事情向炭毛讲了一遍。

炭毛坐在他旁边，一言不发地听着，目光一直没有离开他的脸。

最后火星说："蓝星告诉我，'四个将变成两个，狮子和老虎之间发生大战，血将统治森林。'然后鲜血就从骨山里涌了出来，把山谷都淹没了，到处都是血。炭毛，这意味着什么？"

炭毛坦白地说："我不知道，星族没有向我传达过这方面的信息。该告诉我什么不该告诉我什么是由他们说了算的。对不起，火星。不过我会认真思考你说的情况，也许很快事情就会水落石出了。"

她斜过身子抚慰火星，火星很感激她的理解，但那个恐怖的梦境仍在他脑海中挥之不去。他将面对什么样的可怕命运呢？如果连炭毛都不能回答这个问题，那么雷族还有什么希望能够脱离苦海呢？

第十一章

火星从太阳石附近的树林里走了出来，停下脚步嗅嗅空气。太阳从他身后照过来，将他的影子拉得长长的，一直拉到河边。自从黑条离开雷族以后，巡逻队并没有发现他的踪迹，也没有发现影族猫出现在雷族领地里。但梦里的情景实在太可怕了，使得火星坚信这不过是暴风雨来临前的平静罢了。

灰条和刺掌跟上来，灰条问：“嗅到什么了吗？”

火星耸了耸肩膀说：“只有些河族猫的气味，这不奇怪，这里是边界嘛。但我想确认他们到底有没有来太阳石。”

灰条说：“我们更新一下气味标记，走吧，刺掌。”

看着伙伴们消失在石群中，火星站在原地没有动，继续仔细辨别空气中的气味。在担心来自影族威胁的同时，他一刻也不敢忘了那位野心勃勃的河族族长豹星。豹星曾试图用武力夺走太阳石，就算她再来上那么一次，火星也不会感到惊奇。

这时，火星嗅到了一股新鲜的河族气味。他疑惑地绕过石群，不久就看到了雾脚。只见她独自趴在河边，突然前爪探出，从河里捞出一条鱼来。

火星大叫："好身手！"

雾脚转过身看见他，然后爬上河岸一直走到雷族和河族的边界处，火星急忙迎上去。尽管上次雾脚离开雷族营地时闹得很不愉快，但此时她显得很友善。不过，与上次见面时相比，雾脚瘦了许多。火星猜想她和蓝星之间的母女关系一定给她带来了不少麻烦。

于是火星问："近来怎么样啊，雾脚？希望你没有遇到什么麻烦。"

"你指我和石毛吗？"雾脚迟疑了一下，"石毛把蓝星的事对族群说了，族里有些猫很不高兴，其中有一两只连话都不同我们讲了，大部分猫见了我们都很不自在。"

火星说："我真为你感到难过。豹星怎么样？她说什么了吗？"

"我能看出来她很不快。表面上她帮我们说话，但我想她在密切注意我们的动向，以查明我们是否仍然忠诚。"

火星失声叫道："你们当然忠诚了！"

"是啊，族里其他的猫迟早会意识到这一点的，况且……"雾脚顿了顿，接着又说，"这并不是我们最糟糕的问题。"

"此话怎讲？"

“是虎星啊。”雾脚打了个寒战，“他时常拜访豹星，我也不知道他们想干什么，不过我能肯定他们在密谋什么事。”

火星吓了一大跳：“密谋什么？”

雾脚动了动耳朵，说：“我不知道，豹星没有告诉石毛，尽管他是副族长。但有两名影族武士常驻我们的营地。”

“什么？那不可能！这种事情违反了武士守则啊！”

雾脚耸了耸肩膀，沮丧地说：“你去对豹星说这句话吧。”

“可他们在那里干什么？”

“豹星说他们驻扎在我们的营地里是为了两族之间能够更好地切磋捕猎方法和格斗技巧，但我看情形不像。他们只是冷眼旁观，倒像在窥探我们的秘密和弱点似的。”说到这里，她身上的毛竖立起来，仿佛看见敌人就站在她面前，“所以我才来这里，离他们远一点儿。”

火星说：“太糟糕了。豹星怎么想？”

“你是问我的看法吗？她一心为了族群好，因为她觉得虎星是森林里最强大的族长，所以她想和虎星结盟。”

火星警告说：“虎星要的不是同盟，而是追随。”

雾脚点点头：“我知道。”她坐下来舔了舔爪子，然后用爪子抹了抹耳朵。

火星寻思她是不是后悔自己说的过多了，于是他岔开话题，问：“猎物够吃吗？至少这条河现在还没有封冻。”

雾脚忧心忡忡地说："是啊，猎物很稀少，但这已经不是新鲜事了，毕竟现在是落叶季。而且虎星手下的那两个武士一点儿忙也不帮，他们整天仰着脸待在营地里，从未见他们带回来猎物。"

这时，远处传来灰条的吆喝声。火星转头看见他奔下河岸向他们跑来，刺掌紧跟在后。

灰条气喘吁吁地说："嘿，雾脚，羽爪和风爪的情况怎样？"

雾脚乐呵呵地说："他们都很好，灰条。"尽管灰条在河族里生活的时间不长，但两只猫之间已经结下了深厚的友谊。雾脚时常向灰条透漏他两个孩子的情况。"羽爪将来肯定能成为一名战斗高手，等她成为武士后，雷族可要当心点儿。"

灰条笑逐颜开，说："嘿嘿，名师出高徒嘛。"

火星让灰条和雾脚在那里聊两个孩子的情况，自己走到了一边。刺掌走过来说："我们更新了一下气味标记，火星，附近没有发现新鲜的河族气味。"

火星说："很好。"他并没有认真听刺掌说话。雾脚带来的消息在他内心中引起了很大的震动。看情形，河族和影族比以往任何时候走得都近。这样一来，如果虎星决定发动战争，雷族势必将腹背受敌。

火星默默祷念：噢，星族啊，请给我指条明路吧。

经过和雾脚的一番谈话，火星回去后便增加了巡逻次数。可是几天忙活下来，并没有发现异常情况。日子一天天安静地过去，森林大会的日期渐渐临近。

太阳落山了，火星和白风坐在荨麻丛边吃临行前的晚餐。

白风问："今晚你准备带谁去参加森林大会？"

火星咽下嘴里的松鼠肉，说："你就别去了，我敢肯定虎星一定会搞出些小动作来的，所以我想让你守卫营地。我会给你留几名身强力壮的武士。"

白风吃完水老鼠后，舌头在嘴边转了一圈："你说得对。上回虎星利用恶狗袭击我们不成，一定贼心不死，还会再找麻烦的。"

火星说："我带香薇爪和蜡爪，还有刺掌，他一直期待着参加他武士生涯里的第一个森林大会。我再带上沙风、灰条和霜毛。如果虎星派武士来偷袭，我给你留下的帮手足够你应付他们了。"

白风问："你觉得他敢破坏森林大会的传统吗？"

火星抽动了一下耳朵，说："你说呢？他引了一群恶狗来袭击我们——你以为他还会把星族的意愿放在眼里吗？"

"星族？"白风的鼻子里发出嗤的一声，"看虎星的所作所为，不知道的还以为他没有听说过星族呢。"他顿了顿，又问：“那两名年轻的学徒怎么办——我是指虎星的那两个孩子，你想带他们同去吗？”

火星摇了摇头，说：“这件事想都不要想。你知道那样会引起什么事，是吗？虎星想要走这两只幼崽。在上次森林大会上，他给蓝星一个月的时间来考虑移交幼崽的事，如今时间到了，如果黑莓爪和黄爪在那里，虎星一旦在森林大会上要强行带走他们，我怕自己应付不来。”

白风赞同道：“这话不错，那么，你觉得我们应该留住他们了？”

火星吃了一惊，说：“你不想吗？”他想当然地以为雷族应该不惜一切代价保住这两个学徒，但如果他的副族长认为雷族应该把这两个学徒交给他们的父亲，他会认真考虑这个意见的。

不料白风却点了点头，说：“他们是雷族的孩子，这毫无疑问。他们的母亲属于雷族，父亲也是从雷族中出去的。虽然虎星现在加入了影族，但事实不容改变。只是如果我们想保住他们，难免会与虎星发生冲突。”

火星毅然说：“那就冲突好了。况且，如果我们轻易就把孩子们交出去，恰恰是一种软弱的表现，他会得寸进尺。”

“没错。”

火星又吃了口松鼠肉，心思转移到森林大会上。他说：

“白风，有些事恐怕由不得虎星想怎样便怎样。这次森林大会上，我也要带去些消息。如果我把虎星利用恶狗来袭击我们的事情抖出来，别的族群会怎么想？就连断尾也不会那样残忍。即使是影族也会对虎星的行为感到不满的，他们甚至可能把他从丛林里驱逐出去，那我们就达到目的了。”

白风的耳朵动了动。令火星惊讶的是，他的副族长并不像他这么乐观。白风说：“也许吧，可如果这一招不奏效，你也别感到吃惊。”

火星看着他说：“你认为武士守则允许一只猫利用恶狗来毁灭另一个族群吗？”

“不，当然不是啦。可如果虎星对这件事矢口否认，我们有什么证据吗？”

火星认真思索白风提出的意见。有一只猫——就是长尾——曾看见虎星送了一只兔子给那群恶狗吃，族里还有些猫在兔子的气味踪迹里嗅到了虎星的气味。虎星为了让恶狗们追上火星，还在山涧边阻拦他的去路。要不是蓝星突然出现，他肯定小命不保。

当然了，雾脚和石毛亲眼看见虎星在河边出现，可他们在本族里已经遇到了不少麻烦。如果他们站出来指认虎星，河族有可能根本不会相信他们的话。火星不想给他们增加难题。

这样一来，所有对虎星的指控就成了雷族的一面之词。风

今晚你准备带谁去参加森林大会？
你就别去了。
我估计虎星一定会搞小动作的。

那两名年轻的学徒怎么办？你想带他们同去吗？
当然是留他们在营地，虎星想要他们门儿都没有。
那样难免会与虎星发生冲突。
就算和虎星开战，我也要这么做。

族和河族都知道虎星和雷族之间的恩恩怨怨，虎星一定会装出一副无辜者的样子，反诬雷族撒谎。

火星又气又恼，固执地说："那我们就看看他们到底相信谁。不是所有的猫都认为虎星是星族赐给森林的礼物，他不能为所欲为。"

白风见他嘴硬，于是站起来伸了个懒腰，说："希望他不能吧。今晚可够你忙活的，火星，我去通知参加森林大会的武士们作好出发准备。"

说着，白风转身离去。火星趴在荨麻丛边把剩下的松鼠肉吃光。森林大会上将会有一场风波，虎星肯定会再次向雷族要回他的孩子。火星怀疑虎星会借此机会公开蓝星的秘密，并指责雾脚和石毛身上的血统不纯。

火星抛开白风的顾虑，心想：但我也有很多事情要说，等我讲完后，森林里没有猫——即使是影族——再信任虎星了。

第十二章

火星率领雷族众武士站在“四棵树”的山谷边。夜色深沉，云层从远方的地平线向这里蔓延过来，不知道星族是否因为这次森林大会违背了他们意愿的缘故，准备将月亮遮盖住。

不过到目前为止，天上依旧明月高悬，山谷内飘来阵阵猫的气味。

趴在火星身边的灰条说：“只有风族来了，其他两个族群呢？”

火星耸了耸肩膀说：“鬼才知道。说心里话，我巴不得虎星别出现呢。”

说完，他晃动了一下尾巴，带领众武士爬下山坡进入会场。正如灰条所讲，山谷内只有风族猫，族长高星和他的副族长坏脚坐在巨岩下。

等火星走近，高星彬彬有礼地低头行礼说：“你好啊，火星。裂耳说你去石林了，我们对蓝星的死深表哀痛。”

火星低头回礼说：“我们也一样感到悲痛，她是一位品格高尚的族长。”

高星说：“她选了一位优秀的继任者，你为你们族群出了很多的力。”

高星和善的语气令火星感到十分意外，不由得说话有些结巴：“我……我希望将来能为族群做更多的贡献。”

高星点了点头后跳上巨岩。火星扫视了一眼会场，雷族猫已经和风族猫围成一团，相互交流对方族里的新鲜事。两个族群之间的和睦气氛令火星暗暗高兴。他很担心影族和河族会联合起来对付雷族，如果他能够和风族结盟那就好了。

他见一根须、金雀花爪正在和沙风聊天，于是朝他们晃了晃尾巴，这才跳上巨岩站在高星旁边。

这是他第二次站在这里，第一次是因为蓝星在火灾后病倒了，但他仍然不习惯从这么高的地方俯视猫群。看见本族猫仰头望着他，一双双眼睛里反射着月光，他感到有一道巨大的鸿沟。想起再过不久就要面对虎星，他心里越发不安。

他说：“影族和河族迟到了。”

高星动了动耳朵表示赞同，他脸上掠过一丝忧虑的神色，说：“云层快要遮蔽住月亮了，也许星族很不高兴。”

火星仰头望见远方的云层渐渐逼近。

空气很潮湿，他的心情开始激动起来。如果星族遮住月亮，而虎星还没有出现在这次森林大会上，这将意味着什么？

火星觉得和风族族长开诚布公地交流想法的机会来了，于是他说：“高星，我很担心虎星也许在密谋……”

还没等他把话说完，就听山谷边传来得意扬扬的号叫声。片刻之后，影族和河族一起走进会场。虎星纵身跳上巨岩，豹星紧随在他身边。

虎星既不和高星、火星打招呼，也不和他们商量该由哪位族长先讲话，便高声说：“所有族群的猫们，我有个消息要宣布，听好了，森林里正在发生一场剧变。”

火星困惑地看着虎星。当虎星提到消息时，火星还以为他指的是雾脚和石毛的事，可那件事根本称不上是“剧变”呀。

会场上顿时陷入死一般的寂静，所有的猫都睁大了眼睛等着虎星往下说。火星身上的每一根毛都竖立起来，不知道是由于紧张的缘故，还是因为满天乌云的缘故。

虎星说：“是的，剧变。星族告诉我说，帮助森林里的每一只猫应对这场剧变是影族不容推卸的责任。”

“每一只猫？”高星小声嘀咕了一句，随即走上前，“虎星……”

虎星没有理会他，继续说：“星族会助影族一臂之力。在我们当中，只有我得到了祖先的赐福，这是因为我肩负着复兴族群的伟大使命。”

火星暗想：哦，是吗？他可不相信星族会给这个背信弃义的家伙什么一臂之力。火星扫了一眼会场，没有发现奔鼻。在影族前族长夜星患病期间，全赖影族巫医奔鼻主持大局，他对虎星接替影族族长一事显得并不怎么高兴。火星本想看看奔鼻对虎星的上述一番话作何反应，但他找来找去，也没有看见奔鼻的影子。

火星想：把奔鼻留在家里，这样他就不能反对虎星的言论了吧。

与此同时，火星还注意到河族副族长石毛也没有参加大会，不知是因为他身上那一半雷族血统的问题，还是因为他对豹星与虎星结盟的事情有看法。

应该在的不在，不该在的却在。火星看见黑条居然坐在巨岩下，他和影族副族长黑脚坐在一起，仰望着虎星，目光中充满了崇拜之情。显然，黑条被逐出雷族后便径直投奔他的旧同党了。

虎星又说："众所周知，变化已经出现在我们身边——这种灾难性的变化超出我们的控制能力。去年落叶季，森林里多处地方都遭受了洪灾。接着，一场大火又席卷了雷族的领地。"说到这里，他瞥了火星一眼。火星见他那副傲慢样，恨不得在他脸上狠抓几下。"侵入我们领地里的两脚兽越来越多，我们的生活举步维艰，我们必须做出相应改变以应对这场危机。"

巨岩下有许多猫大声吆喝表示赞同，不过他们都是影族和河族的。雷族和风族的武士们面面相觑，都不明白虎星说这番话到底有何企图。火星也感到十分震惊。他本以为虎星会在这次森林大会上公开雾脚和石毛的身世，并向雷族要回黑莓爪和黄爪，因此已经筹划好了应对的办法，不料事情竟会发展得如此出乎意料。

“星族已经为我们指出了一条明路。”虎星说着，仰头望了眼天空，乌云越积越厚。虎星继续说：“为了生存下去，我们必须联合起来。如今森林里四个族群各自为政，我们的大部分精力都耗费在相互争斗上。如果我们成为一家，实力一定会大大增强。四大猫族必须合并！”

会场上一片寂静，微风拂过，四棵树发出轻轻的沙沙声，远方传来一声闷雷。火星目瞪口呆地看着虎星。森林里只保留一个族群？可一直以来星族规定的都是四个族群啊

虎星说：“豹星已经同意将河族和影族并为一族，新成立的族群名字叫虎族，我们将会分享领导权。”

分享领导权？火星才不会相信这种鬼话呢。虎星永远也不会和别的猫分享权力。

这时，虎星转头对火星和高星说：“我们诚恳邀请你们加入新的族群。让我们一起统治这片森林，从此一团和气共享和平吧。”

没等虎星把话讲完，高星怒气冲冲地走上前。他并没有对虎

星，而是对会场上的所有猫说："虎族是古时候一个伟大族群的名号。"他的声音清朗而有力，就如一只年轻猫，"虎星没有权力用这个名号，而且我们也没有权力改变森林里族群的数量。自古以来，我们就生活在四大族群的环境里，这是星族为我们制定的武士守则所规定的。违背武士守则，是要遭报应的。"他转头对虎星低嘶着说，"除非我死了，否则别想让风族加入你们！"

虎星缓缓眨了眨眼睛，眼里凶光乍现，但他仍旧语气平和地说："高星，我理解你的想法。这是件大事，像你这样年迈的老猫需要些时间来考虑一下我的建议，这是为了我们所有的族群着想。"

高星厉声喝道："我还不至于老到头脑发昏的地步，你这浑蛋！"

虎星将双耳贴平，但他的怒火没有立刻发作。他冷笑说："那么，这位雷族的新族长怎么看待这件事？"他的话里充满了刻骨的仇恨，就连空气中都充满了火药味。

火星听到自己的心脏在扑通直跳。雷族和风族的领地恰巧在河族和影族之间，如果豹星和虎星结盟，那他和高星也可能结成统一战线。

火星俯视猫群，看见雷族和风族的武士们脸上都充满了不安的神色。沙风站起来高声说："不能答应，火星，永远也不能答应！”不过此时风族里有几只猫开始低声交谈起来，似乎在讨论虎星的提议。火星发觉虎星实在是很聪明，他讲的大部分理由都是事实——日子的确过得越来越艰难。也许各族之间联合起来是解决问题的好方法，但火星坚信即使森林里族群数量不变，大家也能另想办法应对危机。况且就算他考虑合并族群的意见，新族群的族长也决不能让虎星担任。

虎星又瞥了眼布满乌云的天空，说："嘿，火星，你哑巴了吗？"

火星上前两步站在高星身侧，毅然说道："我永远也不会让你接管我的族群。"

高星喝道："尽管动手好了！"

"动手？"虎星睁大眼睛，看上去仿佛受到了委屈一般，"我来这里是为了提出一个对大家都有好处的办法。高星、火星，我希望你们认真考虑之后再决定，但别拖延得太久了，星族不会永远等下去的。"他的语气中隐隐含有威胁的意味。

火星顿时雷霆大怒。虎星怎么敢借星族之名独霸森林呢？

火星猛地转身背对虎星，大踏步走到巨岩前端。到他说话的时候了。等他讲完下面一席话，虎星的真面目就会暴露在众猫面前——他是一个凶手，为了达到目的不择手段，双手沾满了鲜血。就让豹星好好看看她信任的猫究竟是个什么东西好了！

火星朗声说："风族、河族还有影族的武士们，我再也不能保持沉默了。你们宁可相信獾头上会长角，也不要相信虎星的话。”

虎星的肌肉一下子绷紧了，但他并没有朝火星扑过去，而是仰脸站立，刻意做出一副冷漠的样子。

火星继续说：“我知道你们当中，有许多猫都不知道虎星为什么会离开雷族。你们想知道真相吗？那是因为这只猫野心勃勃、穷凶极恶，他为了达到目的不择手段，甚至宁愿牺牲别的猫的生命。”

一道霹雳划破夜空，森林里立刻被照得煞白。上空响起咔喇喇一阵雷声，将火星的话淹没了，听起来似乎巨岩就要炸开一般。

“天意！这是星族的意思！”虎星大吼道，他仰天望着从乌云后透过的些微月光，“感谢你，星族，感谢你们向我们表达了你们的意愿。森林大会到此结束。”

他转头恶狠狠地对火星说：“真是不巧啊，宠物猫，好好考虑一下我的提议，这是你拯救那些可怜虫的最后机会了。”

说完，这位影族族长便跳下巨岩，带领手下消失在周围的灌木丛里。一阵狂风卷来，火星差点儿被吹倒，接着就下起了瓢泼大雨。

火星半跳半滑地从巨岩上下来，向雷族众猫发出招呼后，便奔到灌木丛里躲雨。过了一会儿，灰条和沙风围了上来。火星抖了抖身上的雨水，四下寻找高星，但高星并没有跟过来。

雨越下越大，雨水打在树叶上四下散去，四株巨大的橡树在狂风中剧烈地摇摆，长草和灌木都被吹得趴在地上。虽然外面电闪雷鸣、风雨大作，但火星的内心却更加混乱。

他仰天长啸："这不可能！我以为虎星还没有独霸整个森林的想法。"

灰条问："但我们能怎么办呢？你没有把虎星的真面目揭发出来。"

沙风生气地说："这不是火星的错，都怪这场暴风雨。"

火星说："现在说什么都晚了，我们得决定下一步该怎么做。"

"有什么可决定的？"沙风厉声喝道，战斗的火焰在她的眼中燃烧，"当然是奋起反抗了——直到我们把那个浑蛋赶出丛林为止。"

火星点了点头，没有说话。他不由得想起蓝星说的那个预言："四个将变成两个，狮子和老虎之间发生大战。"

"'老虎'指的一定是虎族了，可'狮子'指的又是什么呢？"火星想起了蓝星的后一句预言。

第十三章

暴风雨很快结束了，火星率领雷族众猫返回营地。大雨过后，乌云散尽，每一处枝头都挂满了水珠，银河璀璨明亮。火星仰天默默祷告：伟大的星族，请给我指条明路吧。

他开始担心虎星会趁着他离开、营地防守空虚的机会搞突然袭击。如果虎星能借此削弱雷族的力量，火星为了保住剩余猫的性命，就只得乖乖向他屈服了。一路上火星都心急如焚，直到他奔回营地，看见这里平安无事，这才松了口气。

白风原本在武士巢穴外站岗，这时走过来说：“你们回来得可真早，我还一直担心月亮被乌云遮住了呢。”

火星回答说：“是的，可那还不是最坏的。”

“最坏的？”白风吃惊地睁大眼睛。火星把森林大会上发生的事讲述了一遍，族里的猫渐渐围了过来，大家听了虎星的计划后，均感十分震惊。

火星最后说：“后来暴风雨来了，虎星说那是他得到星族支持的一个信号。他和豹星离开后，森林大会就中断了。”

白风若有所思地说："也许那的确是个信号，可那是星族对虎星发怒的信号。"

火星见炭毛从头到尾都紧皱眉头，于是问她：'炭毛，你怎么想？"

"我不知道。如果那是个信号，就说明星族不愿让你揭露虎星的真面目，可这也太不可思议了。"炭毛耸了耸肩膀，"有时暴风雨仅仅就是暴风雨罢了。"

长尾嘟囔说："对雷族来说，这场暴风雨来得也太不是时候了。"

云尾大声嚷嚷："真希望我当时在场。我会把虎星的喉咙掐断，所有的欠账都一笔勾销。"

火星反唇相讥："幸好你不在场。在森林大会上袭击一族族长，星族一定会大发雷霆的。"

云尾不服气地眯缝起眼睛说：'如果星族真有那么大的威力，他们为什么不帮助我们？"

亮心温和地说："也许他们会帮助我们的。"

鼠毛问："我们接下来该怎么做？"她一直坐立不安，仿佛想立刻冲出去和敌人大打一场，"你不会想加入那个什么虎族吧？"

"永远也不可能。但这件事需要从长计议。"火星坚决地说，"从现在起，我们需要增加巡逻的次数。有谁自愿执行早班巡逻任务的？”

鼠毛立刻主动地说：“我去。”

火星说：“有劳了，注意影族边界的情况。假若撞见虎星手下的武士，不用我说你也知道该怎么做。”

云尾热切地说：“算我一个，鼠毛，我要把影族的毛揪来当铺垫。”

火星对云尾这句充满敌意的话没有理睬。尽管云尾不把星族和武士守则放在眼里，但他对族群的赤胆忠心众所周知。

白风又安排了蕨毛和刺掌凑成了一组巡逻队，然后他们各自散开准备执行巡逻任务去了。族群里其他的猫也纷纷散去，火星看见他们的脸上带着惊惧的神情。

会场上只剩下他和炭毛，火星长长叹了口气，说：“这种日子到底还有完没完？”

炭毛将鼻子贴在他的面颊上，宽慰他说：“我不知道，这是由星族说了算的。不过有时我觉得虎星一日不死，丛林里便一日不得安宁。”说着炭毛眯缝起了眼睛。

火星说：“好了，向我攻击。”

几步开外的地方，黑莓爪趴在训练沙坑的地上。他开始匍匐接近火星，眼神左顾右盼，游走不定，似乎在寻找最佳的攻击地点。

过了一会儿，黑莓爪纵身跃到半空。火星早有准备，他迅速地侧身避开，等黑莓爪落地的一瞬间，一脚踹在黑莓爪的侧腹。黑莓爪顿时摔了个四仰八叉，样子狼狈至极。

火星说："你还应该再快一些，别给敌人思索的时间。"

黑莓爪爬起身，吐掉嘴里的沙子，突然又扑了过来。他前爪探出，抓住火星的脸部猛地一推，火星立足不稳登时摔倒在地。黑莓爪抢上去压住他，两只猫的鼻子几乎触到一起。

黑莓爪问："像这样吗？"

火星把他从身上推开，说："让我起来，你这大块头！"他抖了抖身上的沙子，"是的，就像这样。你进步得很快，黑莓爪。"

黑莓爪立刻容光焕发，忽然间，火星似乎看到了一个小虎星——强壮、敏捷、勇敢而且野心勃勃。不过黑莓爪的野心好像只在成为一名最优秀的武士以便更好地为族群服务上面。

火星舒了口气，感到心满意足。他一整天都公务缠身，能够忙里偷闲来训练徒弟实在是一件轻松惬意的事。

"火星，我想问你，为什么所有的猫都认为加入虎族很糟糕呀？"黑莓爪接下来的话令他心里一沉。

"什么？"火星心头顿时蹿起一股怒火，他简直不相信他的徒弟竟然问出这样的问题来。

黑莓爪有些胆怯，但仍硬着头皮说："蜡爪把虎星在森林大会上说的话告诉我了。现在的确是艰难时刻，每一只猫都在抱怨猎物短缺以及森林里出现了更多的两脚兽等问题。况且，如果河族加入了影族，那么虎族将成为森林里势力最强大的族群。加入他们有什么不对吗？”

火星深吸了口气。毕竟，他刚进入丛林时也不明白族群之间为什么会有争斗，曾经也提出过类似的问题。于是他坐在黑莓爪身边说：“问题并不是那么简单。第一，自古以来森林里便有了四大族群；第二，加入虎族将意味着雷族走向覆灭。”

“为什么？”

“虎星说四位族长将会联合领导新的族群，但他的话并不可信。”火星尽量语气温和地谈论黑莓爪的父亲，但事实不容回避，“虎星会进行独裁统治，到那时，我们将失去雷族的一切特征。”

黑莓爪沉默了一会儿才说：“我明白了。谢谢你，火星，这正是我想知道的。”

“那么咱们就继续来吧。”火星跳起身，“我这里有一招你应该会觉得管用。”

虽然训练继续进行，但火星对黑莓爪的信任毕竟蒙上了一层阴影。

训练结束后，火星派黑莓爪去为老年猫们捕猎，自己则返回营地。这时，云尾从训练沙坑外跳了进来，身后还跟着亮心。

“火星！亮心准备练习一下她的动作，你想看看她的进展情况吗？”

“哦，当然了——开始吧。”尽管亮心的伤口已经愈合了，但火星不相信她还能战斗。不过自从换了名字后，她变得更加开朗和自信了，因此他也想尽量给亮心一些鼓励。

云尾和亮心跑到沙坑中央。两只猫彼此绕着对方走动了一会儿，然后云尾冲上去对亮心瞎眼的一侧接连挥出两拳，亮心被打翻在地。火星一阵紧张，如果这是真的临阵对决，敌人必定继续攻击。

不料亮心并没有从云尾身边滚开，而是反身向他扑去。她紧紧缠抱住云尾，将他掀翻在地。火星饶有兴趣地看着两只猫在地上扭打，争斗中，亮心突然翻身而上，用爪子按住云尾的脖子，将他死死钉在地上。

火星走过去说：“这真是令我大开眼界。”亮心放开云尾，云尾跳起抖掉身上的沙子。“亮心，这次冲我来。”火星说道。

亮心神情紧张地面对他。火星发现想从她瞎眼的一侧接近过去要比料想的困难，亮心不停地移动身体，逼得他不得不改变方位。最后，火星瞅准机会扑过去，亮心从他爪下躲过，又使出刚才对付云尾的那一招。两只猫在地上来回滚打，直到火星将她制伏。

云尾神采飞扬地走到他们身边说："比看上去要难对付，是吗？"

"确实如此。干得漂亮，亮心。"火星放开亮心让她起来。亮心听到火星的夸赞，顿时独眼放光。火星头一回对亮心将来能够成为一名真正意义上的武士抱有了一线希望。他对亮心说："继续练习，等过一阵子让我再看看。我觉得大家也许能从你这里学到几招呢。"

暴风雨过后，天气变得更加寒冷。每天清早起来，都会见到树丛草丛间结满了白霜。几天后又下了一场小雪。猎物越来越少，捕到的那些也都是瘦骨嶙峋的，对饥饿的猫们来说连塞牙缝儿都不够。

灰条抱怨说："再不能饱餐一顿，我就要瘦成一把干柴了。"

灰条和火星、长尾、刺掌等在"四棵树"附近捕猎。火星希望他们能在距离营地较远的地方捕到猎物，谁知猎物仍是出奇的少。

火星说："我去小溪边碰碰运气。"

他走下坡岸，来到一处灌木较为茂盛的地方。这里有一丝很微弱的猎物气味，但火星却听不到任何猎物穿行草丛时发出的沙沙声。

由于吃不饱肚子，近来族群的实力也大大减弱。虽然落叶季难熬，但雷族最大的威胁还是来自虎族。雷族能够保卫自己吗？火星对此心里也没底。

他不由自主地走到小溪边俯下身子喝水。太阳从他身后照过来，金灿灿的光射在水面上，将火星笼罩其中。那一瞬间，他的头发生了变化，好像一只咆哮的雄狮。他仿佛长出了厚密的鬃毛，目光也变得炯炯有神。火星曾听说，狮子只在古老的传说中出现过。

他吓得大叫一声，急忙向后跳开，冷不丁撞在一棵大树上，立刻摔了个四爪朝天。当他站起来时，发现斑叶竟然站在小溪对面望着他。

美丽的斑叶面带微笑，发出银铃般的笑声。

火星倒吸了口凉气："斑叶！"斑叶从来只是在火星梦中出现，他不知道眼前的景象是真是幻。火星正要跳过小溪，只见斑叶晃了晃尾巴，示意他站在原地。

斑叶脸上的笑容就像清晨的白霜一样忽然消失，她严肃地说："按照你看到的去办，那是你的足迹，火星，认清你的使命。"

火星急切地说："我不明白你的意思啊。"

斑叶说完话，身影越来越淡。她凝视着火星，目光中充满了爱，最后彻底在小溪对岸消失了。

火星哀求道："斑叶，别离开我，我需要你。"

但斑叶的眼睛亮了一下，随即便不见了。

"火星！"

火星定了定神，转头看见灰条向他跑来。

灰条问："没事吧？你刚才大叫一声，把附近的猎物都吓跑了！"

火心回答："我很好，只是被吓了一跳而已。"

灰条打量着他，似乎对他的答案有些不满意。过了一会儿，灰条说："就算相信你好了。咱们去瞧瞧长尾捉的兔子——像狐狸一般大啊！"

火星站在原地没有动，仍在想刚才水里的那副面容，他看上去就像狮族中的一员。蓝星的预言又在他耳边响起："狮子和老虎之间将发生大战。"

预言的意思是说森林里将会产生一个新的族群——狮族来对抗虎族吗？难道星族想让火星来领导这个新的族群吗？

第十四章

灰条说："火星，我想问你件事。"

火星卧在荨麻丛旁，蕨毛带领队伍外出执行夜班巡逻任务去了。他要先吃一顿晚餐，然后再去影族边界巡查一番。

火星回答："没问题，什么事啊？"

灰条趴在他身边正要开口，忽然见黄爪怒气冲冲地从老年猫巢穴里出来，径直朝金雀花通道走去。黑莓爪紧跟着出来，嘴里衔着一捆苔藓，样子显得十分焦急。

火星喊道："黄爪！出什么事了？"

黄爪犹豫了一下，随后走过来站在他面前，生气地说："是小耳！如果有谁想把他的皮毛扒下来……"

火星呵斥说："你不该用这种口气谈论老年猫。小耳为族群做出过贡献，我们应该尊重他。"

"可谁又来尊重我啊？"黄爪被怒火冲昏了头，竟然忘记自己在和族长讲话，"就因为我为老年猫清理铺垫迟到了一会儿，小耳就说虎星也从来不情愿为老年猫服务，他还说我长得和我父亲一个德行。”她的爪子狠狠地抓着地面，似乎将地面当做了小耳的皮毛，“他也不是第一次说这种怪话了，我不明白自己为什么要忍受这种侮辱！”

就在黄爪发火的时候，黑莓爪赶过来，放下嘴里的苔藓说：“你知道每到冷天，小耳的关节就痛得要命。”

黄爪瞪着哥哥吼道：“你不是我的师父，别来告诉我该做什么！”

火星说：“冷静点儿，黄爪。”他想说族里没有谁相信她会成为虎星那样的凶手和叛徒，但这种话连自己都不相信。于是他说：“作为一名学徒，你尽心尽责，就会成为一名伟大的武士，大家迟早会看到这一点的。”

黑莓爪说：“我一直都是这么告诉她的。”他随即又对妹妹说：“我们不得不生活在虎星的阴影中，只有自立自强，大家才会相信我们的忠诚。”

灰条插言说：“有些猫已经相信了。”黑莓爪感激地瞅了他一眼。

黄爪的怒火稍减了几分，她哼了一声，一甩头走开了。她一边走向金雀花通道，一边扭头说：“我去找些新的苔藓回来。”

黄爪走后，黑莓爪说：“对不起，火星，不过黄爪的确很生气。”

火星宽慰他说：“我知道，我会找个时机和小耳好好谈谈的。”

“谢谢你，火星。”黑莓爪感激地低头行礼，他衔起苔藓，匆匆忙忙追赶妹妹去了。

火星担忧地看着两个学徒远去，决定抓紧时间和小耳谈谈。拿出身来羞辱那两个学徒会令他们对雷族更加疏远。

火星意识到灰条仍耐心地等候在旁边，连忙说：“好啦，说说你的事吧。”

灰条说：“是关于我的两个孩子。自从森林大会过后，我更加担心他们了。雾脚和石毛没有到场，我得不到孩子们的任何消息。如今虎星接管了河族，我的孩子肯定很危险。”

火星咬了口水老鼠肉，边嚼边想。他咽下嘴里的肉，说：“我觉得他们不会比别的猫更危险，现在虎星最需要的是实力，他想让所有的学徒组成一支战斗力量。”

灰条反驳道：“但虎星知道两个孩子的父亲是谁，他对我恨之入骨，我担心他会迁怒于风爪和羽爪。”

火星知道灰条对虎星的敌意很深，于是他说：“那你想怎么样？”

灰条紧张地眨眨眼睛，说：“我想咱们俩到河对岸去，把孩子们接过来。”

火星瞪着他说：“你疯了吗？你想让你的族长潜入河族领地里去偷两名学徒吗？”

灰条不安地说："嗯，如果你把它当做……"

"你还能把它当做别的什么？"火星尽量保持冷静，但灰条的建议跟断尾偷盗幼崽的罪行没什么两样。如果河族发现他们这么做，雷族将会招来疯狂的报复。到时候影族也会插上一手的，这个风险令火星难以承受。

"我知道你不会听的。"灰条垂头丧气地准备离开。

"我在听啊，灰条，你回来，这件事还可以商量嘛。"见灰条停住脚步，火星又说，"你并不知道羽爪和风爪是否身处危险。他们现在是学徒，而不是幼崽了，他们有权利决定自己的将来。如果他们想留在河族怎么办？"

灰条绝望地说："我知道。别担心，火星，我明白你也无能为力。"

"我不是这个意思。"火星关心地说，他不可能对朋友的困难袖手旁观。灰条听了他这句话，立刻竖起耳朵，好像又看到了一线希望。火星继续说："假若我们去那里，就我们两个，看看他们的情况，你说怎么样？如果他们平安无事，你就没什么可担心的。如果他们真的很危险，我就邀请他们来雷族。"

灰条顿时来了精神，说："太棒了！谢谢你，火星，我们现在能走吗？"

"你说了算，不过先得让我把这只水老鼠吃了。你去找白风，请他帮忙处理一下族务，但别把我们的去向告诉他。”

灰条朝武士巢穴奔去，火星吞下最后几块鼠肉，伸出舌头舔净嘴角周围。这时灰条也回来了，两只猫向金雀花通道走去。

刚走到营门口，便看见一个熟悉的黑色身影走了进来。

火星大喜，叫道：“乌爪！看见你真高兴。”

乌爪回礼说：“我也很高兴。”他和火星、灰条先后触了触鼻子，“灰条，我有好长时间没有见到你了！你好吗？”

“我很好。”灰条见乌爪毛色光鲜，于是又说，“看来你过得不错嘛。”

乌爪解释说：“我是来悼念蓝星的，火星，你说过我可以来的。”

“是啊，当然可以了。”火星瞅了眼灰条，见他急得犹如热锅上的蚂蚁一般，“乌爪，你能去找炭毛吗？她会带着你去蓝星的墓地。灰条和我正要外出执行任务。”

乌爪有些忌妒地说：“听起来就像过去的日子一样啊！这次是什么任务？”

灰条悄声告诉他：“我们去河族探望我的孩子，现在虎星接管了河族，我很担心他们的安全。”

乌爪吃惊地睁大眼睛。火星这才想起来乌爪对森林大会上发生的事情还一无所知，于是他简要地把虎星的所作所为对乌爪讲了一遍。

乌爪听完后惊呼："这可真是场灾难啊！我能帮什么忙吗？我可以和你们一起去。"

他显得精神十足。火星估计乌爪期待着这次历险，想想当初乌爪被虎星吓得魂飞魄散的模样，如今的变化可真大啊！

火星觉得让乌爪随行能多个帮手，便说："那可就太好了。"

火星在丛林间疾奔，两位老朋友伴随左右。他仿佛又回到三只猫从前做学徒时一同训练一同捕猎的光景，肩上担负的责任没有了，自己又是一只无忧无虑的小猫。

不过他知道往日的时光一去不返，如今他是族长，一族老小的生活都指望他了。

他们走出森林时，太阳已经偏西了。火星让灰条和乌爪留在原地等候，自己则利用灌木丛做掩护一直走到能够望见河流的地方。

这里的河水很浅，有些鹅卵石露出了水面，踩着它们就能过河。火星嗅到一股浓烈的猫的气味——是河族和影族的混合气味。只见一支巡逻队正沿着对岸行走，由于距离太远，火星看不清他们是谁，不过可以肯定的是，巡逻队里没有雾脚和石毛那灰色的身影。

火星心里一阵失望。如果雾脚和石毛能在边界处出现，那么灰条就能向他们打听孩子们的消息，他们也不必再进一步冒险了。现在，他们不得不潜入河族领地。

火星知道要想神不知鬼不觉地进出河族领地是件极困难的事。如果对方发现他这个族长竟然偷偷溜进外族的领地，那他的麻烦可就大了。但为了灰条，他不得不这么做。

灰条匍匐过来，小声说："出什么事了？为什么停下来？"

火星将耳朵朝那支巡逻队摆了摆。过了一会儿，只见巡逻队消失在河岸的芦苇丛里，气味也渐渐淡了。

火星说："好啦，咱们走吧。"

火星第一个踩着河面上的鹅卵石过河。奔腾的激流令他回想起上一次发洪灾的情景。为了救雾脚的两个幼崽，他和灰条差点儿淹死，他们还为吃不饱肚子的河族猫提供猎物。豹星显然已经忘了这些。

不过现在想这些事情也是白想。火星过河后立刻钻进芦苇丛里，探察附近有无敌人。这里只有巡逻队的气味，而且越来越弱。

他蹑着脚步沿着河边逆流而上向河族营地走去，灰条和乌爪跟在后面。

一阵微风吹来，空气中忽然多了一股新的气味。火星心生警觉，立刻停下脚步。这是一股腐烂的气味，简直是臭气熏天。

乌爪忘记了身处险境，大声说："呸！什么味道？"

火星强忍住没有呕吐，说："我不知道，说是狐狸的粪便吧，可又没有狐狸气味。"

灰条抱怨说："不管是什么，反正臭死了。好啦，火星，我们得赶紧走，别让敌人发现我们。"

火星说："不行。我知道你担心孩子们，灰条，但这件事太奇怪了，我们必须去探个究竟。"

只见前方不远处，一条小溪缓缓而下汇入主河道。火星沿着小溪行走，芦苇丛越来越茂盛，那股臭味也愈发浓烈，其中还夹杂着许多猫的气味，既有影族的也有河族的，似乎是一支巡逻队。火星朝伙伴们晃了晃尾巴，示意他们跟来。这时他逐渐听到前方传来的声音：一群猫在芦苇中穿梭发出的沙沙声和讲话声混在一起。

灰条小声说："怎么回事？这里并不靠近营地啊。"

火星摆了摆尾巴，示意灰条不要出声。幸好这里的臭味浓烈，遮掩住了他们身上散发出的雷族气味，他们隐蔽起来，不太容易被发现。

火星继续向前靠近，行动时更加小心翼翼。他爬到会场边，芦苇丛到这里开始变得稀疏。火星紧贴阴湿的地面尽可能地向前爬，直到他能够看见外面的情景。

火星一眼望去，惊得差点儿失声尖叫。只见小溪几乎被随意丢弃的猎物残骸堵住了，溪岸上趴着许多猫，都在撕咬着猎物。不过这并不是令火星感到震惊的。

原来在他藏身处的正对面，竟然有一座白骨堆成的小山。骨山在夕阳的余晖中发出白森森的光，其中有些骨头小若牙齿，有些骨头则大如狐狸或者獾的腿骨。

火星顿时如坠冰窟，那一刻他仿佛又回到了梦里，那座阴森森的骨山，如今竟然出现在真实的世界里。更令他感到胆寒的是，昂首高卧在骨山上的就是新近合并成立的虎族族长。

火星恨不得撒腿就跑，但他必须查清楚虎星在干什么勾当。这时灰条和乌爪也爬过来，乌爪身上的毛竖立起来，灰条则显出一副难受至极的样子。

震惊过后，火星定了定神，开始做进一步的观察。他发现这座小山仅仅由猎物的骸骨组成，不像梦里那样还有猫的骨头。骨山的一侧站立着影族副族长黑脚，另一侧则站着豹星。只见豹星不停地东张西望，神情非常紧张。火星猜测她是否后悔把族群交给虎星了，他知道豹星胸怀大志，一心想壮大河族的实力，但这种雄心蒙蔽了她的眼睛，令她认不清虎星的真面目。但不论这位前河族族长怎么想，此时她已经没有回头路可走了。

什么味道？好难闻啊！
说是狐狸的粪便吧，可又没有狐狸气味。
嘘！

灰条附在火星耳边说："我没有看见我的孩子们。"

火星发现雾脚和石毛也不在这里。实际上，这里大部分的猫都来自影族，河族的除了豹星之外，便只有黑掌和巨步了，而且两族的巫医也不在这里，火星隐隐感到大事不妙。

一时之间他也不知道该怎么办。这时，虎星站起来，有几根骨头从小山上滑落。虎星两眼放光，他得意扬扬地大声吼道："虎族的同胞们，都到骨山这边来开会！"

会场上的猫立刻走到骨山前，毕恭毕敬地趴下。另一些猫则从芦苇丛里走了出来。

乌爪悄声说："他一定是依照高岩的样子堆起了这座骨山，这样他就能从高处俯视族群了。"

等武士们纷纷入座后，虎星宣布说："审判开始！把囚犯押上来！"

火星和灰条面面相觑，都感到十分迷惑。虎星从哪里捉来的囚犯？难道他已经袭击过风族了吗？

虎星一声令下，一名影族武士——就是曾经追随断尾的泼皮猫豁牙——立刻消失在芦苇丛里。过了一会儿，他拖拽着另一只猫回到会场。起初火星并没有认出那位瘦骨嶙峋的武士，只见他身上的毛蓬松凌乱，被撕裂的一只耳朵仍在不住地流血。后来，当豁牙把那位武士推到骨山下时，那位武士转过脸，竟然是石毛！

火星察觉到灰条的肌肉紧绷，他急忙伸出爪子挡在灰条身前，防止他冲出去。灰条气得面容扭曲，强忍住没有发作。

芦苇丛又向两边分开，这一次火星立刻认出了走进会场的猫，他皮毛光滑鲜亮，骄傲地仰着头。原来是黑条。火星怒火上涌，心中暗暗骂了一句：叛徒！

这时芦苇丛里又是一阵晃动，另一名影族武士押着两只个头较小的猫走进会场，其中一只是银灰色的虎斑猫，另一只则是深灰色的。他们和石毛一样消瘦，走起路来跌跌撞撞。他们蜷缩在骨山的阴影里，惊恐地四处张望。

火星背上立刻掠过一丝寒意。原来那两只小猫正是灰条的孩子——羽爪和风爪。

第十五章

灰条心急之下，就要跳出去。

“不！”火星赶紧压在灰条的背上，“如果虎星看见我们，我们就死定了！”

乌爪也按住灰条的肩膀，悄声说：“火星说得没错，我们和这么多猫打还有活命的机会吗？”

灰条拼命地挣扎，仿佛根本没有听到他们说什么。他怒气冲冲地骂道：“放开我！我要杀了那个浑蛋！我要把他的心挖出来！”

火星厉声呵斥：“不行！如果我们现在暴露自己，立刻会招来杀身之祸。我们不会丢下你的孩子不管，灰条，我向你保证，但我们必须等待合适的时机去营救他们。”

灰条又挣扎了一会儿，终于顺从地应了一声。火星松开他，向乌爪点了点头，示意他也松开。

就在三只猫闹得不可开交的时候，虎星又开始讲话了，他的声音掩盖了他们发出的响动。

虎星说："虎族同胞们，你们都知道我们所面临的困境。落叶季的寒冷威胁着我们，两脚兽威胁着我们，森林里其他的两个族群依旧执迷不悟，不肯归顺虎族，他们也是我们的威胁。"

火星恼怒地晃了晃尾巴，瞅了灰条一眼："虎星才是威胁呢！雷族和风族只不过是在遵从星族和武士守则确立的传统，和平地生活罢了。"

灰条则一直盯着蜷缩在骨山前的两个孩子。

虎星继续说："我们周围到处都是敌人，因此我们的武士必须忠贞不贰。虎族里不容怀有二心的猫，不容那些在战斗中摇摆不定甚至背叛本族同胞的家伙，虎族绝不容忍叛徒！"

火星默想：可惜影族的族长就是个叛徒，还有那个黑条，那个眼看自己的族群要被恶狗们吞噬，自己却躲在一旁看笑话的家伙。

猫群中立刻响起一片附和的喊声。虎星让喊声持续了一会儿，这才摆了摆尾巴示意大家安静。

他又说："我们尤其不能容忍那些可恨的杂种猫。忠诚的武士不会从别的族群里寻找配偶，纯净的血统是列祖列宗赋予我们的使命。雷族的蓝星和灰条都公然违背武士守则，从外族找配偶。你们面前的这两个孩子就是那些苟且之事的结果，我们不能信任他们。"

这时他的副族长黑脚高喊道："净化血统！净化血统！"

黑条喊了一声，随之猫群就呼喊起来。这一次虎星任由群猫叫唤，自己则心满意足地看着会场上的情景。

火星心里一惊：这都是他和黑脚事先安排好的。

他注意到呼喊声最大的都是些影族武士，而河族武士的热情则相对较小。火星估计他们并不完全认同虎星的话，不过是迫于淫威不敢不喊罢了。

那两名血统不纯的学徒吓得趴在地上，惊慌地看着周围愤怒的猫。石毛将他们护在身下，眼睛里放射出桀骜不驯的目光。

火星心里奇怪：雾脚在哪里？虎星知道她也是血统不纯的猫。他怎么处置她了？

虎星又说："容忍杂种猫的时代已经过去了，虎族里不容许存在脚踏两条船的武士。我们怎么能相信他们不会泄露我们的机密甚至倒戈杀死我们呢？如果我们容忍这些血统和动机不纯的猫继续留在我们中间，我们还怎么能期待战斗时得到星族的帮助呢？"

黑条张牙舞爪地尖叫："不能容忍！"

"对，我的朋友们，我们要除掉族里这些可恶的奸细！我们的族群将会重新变得纯净，我们将能得到星族无条件的支持。"

石毛跳起身。由于身体虚弱，他差点儿摔倒，但他仍努力保持身体正直，不屈地看着虎星。

他叱责说："谁都不能质疑我的忠诚，有种站出来当面说我是个叛徒啊！"

火星被石毛这种视死如归的勇气所慑服，差点儿失声叫好。只要虎星动动爪子就能将石毛撂倒，但他毫不畏惧。

石毛恨恨地说："直到几个月前，雾脚和我还不知道蓝星就是我们的母亲。我们用生命向河族尽忠，谁有异议尽管拿出证据好了！"

虎星恼火地朝豹星摆了摆尾巴，吼道："看看你选的这个副族长！河族里到处都是背叛的气味，我们必须将他们从这里连根拔除。"

豹星垂头不语。虎星的势力已经渗透得很深了，这位曾经不可一世的前河族族长竟然连自己的副族长都不敢保护。

不过，火星从虎星的话里听出了一线希望。虎星似乎准备将石毛和那两个学徒驱逐出去。如果事情真这样发展，那么火星和伙伴们就可以守在边界处，等他们出来后就把他们安安全全地接回雷族。

不料虎星却冷冷地说："石毛，我给你一个证明自己忠心的机会，杀了这两个杂种学徒。"

会场上顿时静得可怕，灰条愤怒地喘着粗气。幸亏虎族的武士们都在关注会场上事态的发展，没有猫听到灰条发出的动静。

灰条小声说："火星！我们必须有所行动！"他的爪子紧紧抓住地面，肌肉收缩准备起跳。不过他仍瞅着火星，似乎在等候族长下命令。

乌爪悲痛地看着火星，说："我们不能眼睁睁地看着他们去死啊！"

火星感到全身的毛都竖了起来，他不可能任由灰条的孩子死在面前而无动于衷。如果真到了迫不得已的那一步，他就算豁出性命也在所不惜。

只听他悄声说："再等一会儿，我们看看石毛会作何反应。"

只见石毛转头面朝豹星，大声说："我只听你的命令。你肯定知道这是错误的，你想让我怎么做？"

那一瞬间豹星似乎拿不定主意，火星真希望她能挺身而出反对虎星，从而避免河族的覆亡。但他错估了豹星，她已经完全迷信于虎星将来不败的地位，她说："现在正是艰难时刻，我们只有把四个族群合并为一族方能生存下去，我们不能脚踏两条船，按照虎星的吩咐做吧。"

石毛瞪了豹星一会儿，那一会儿对火星来说简直如同好几个月一样漫长。接着，石毛转向那两个学徒，两只小猫吓得直往后退缩。

风爪舔了妹妹一下，说："我们跟他拼了，我不会让他杀死我们的。"

火星心如刀绞：真勇敢啊！石毛是一名身手高超、经验丰富的武士，虽然他现在身体虚弱，但要对付两个学徒仍是绰绰有余，何况这两个学徒明显也受到了关押和虐待呢。

石毛向风爪微微点了一下头，就像是师父在称赞徒弟的勇气一般。然后他转头望着虎星，厉声喝道："你先杀了我吧，虎星！"

虎星眯缝起双眼，朝黑条晃了晃尾巴，命令说："那就成全你吧。杀了他！"

黑条因为虎星给了他一个证明忠心的机会而高兴得浑身颤抖。他俯低身子运足气力，随即朝石毛扑了过去。

火星既感到可怜又感到害怕。结局是明摆着的，石毛虚弱得厉害，根本不是黑条的对手。火星真想跳出去和石毛并肩作战，但他知道那无异于自寻死路。此刻他只有隐忍不发，才有希望救出那两个孩子。火星虽然见过不少惨剧发生，但都比不上眼前的这一幕悲惨。眼看朋友将要遭到屠杀，他却只能袖手旁观。

不过石毛也不是好惹的。只见他疾如闪电地向后退去，黑条扑了个空，石毛随即反抓对方。

火星感到心里一痛。他记得自己做学徒时，石毛的母亲蓝星就曾教过自己这一招。火星默默祷念：蓝星啊，求你开开眼，帮帮他吧！

两位武士在地上翻滚扭打，会场上的其他猫纷纷后退给他们腾开地方。火星看到大家都专注于两只猫的打斗，不由得盘算能不能趁着眼前的机会把两个学徒救出来。但虎星就坐在骨山上，会场上的任何动静都逃不过他的眼睛。

石毛死死咬住黑条颈后的皮毛想将他拉倒，但黑条个头高大，体力充沛，用力一挣便挣脱开了。两位武士都向后跳开，呼呼喘着粗气。鲜血从黑条的左眼处流下，侧腹上的皮毛也被抓掉了好几块。石毛身上的伤更是惨不忍睹，他抖了抖前爪，将爪子上的鲜血甩掉。

黑脚嘲笑说：“上啊，黑条！你打起架来就像只宠物猫！”

黑条一声怒吼，又发起一轮攻击。但石毛早有准备，他轻巧地避开，当黑条从他身边经过时，用后脚狠狠踹了对方一下。这一踹的反冲力使得石毛摇摇晃晃站不稳脚步，而黑条却并没有被他踹倒。这次轮到石毛主动发起进攻，他猛地冲过去将黑条撞翻在地，随后咬住对方的脖子。

灰条屏住呼吸，眼睛里简直要冒出火来，乌爪则紧紧抓住地面。石毛能赢得战斗吗？

不过虎星并不打算放过石毛。就在黑条徒劳挣扎的时候，虎星朝黑脚摆了一下头，命令说：‘你去收拾残局。”

黑脚立刻跳上前去，咬住石毛的肩膀将他从黑条的身上拖开。石毛四爪连连挥舞，都被黑脚避开。这时黑条也上前按住石毛的臀部，黑脚在石毛的喉咙上狠狠一抓。

石毛顿时发出惨叫，但只叫了半声便归于沉寂。黑脚和黑条放开石毛退后站立。只见石毛身体不住地抽搐，鲜血从他的喉咙里汩汩涌出。

围观的猫群中响起寥寥的几声欢呼，接着整个会场上欢声雷动，就连豹星略作迟疑后，也跟着大家叫喊起来。会场上只有那两个学徒没有喊叫，他们惊恐地看着拼死也要保住他们的石毛。

眼看着石毛的身体渐渐软了下去，呼出了体内最后一口气，火星的心也不住地往下沉。

第十六章

“不。”灰条哑着嗓子说。

火星紧紧贴在他的身边，和他一样都为石毛的死感到悲痛，为这场不公平的战斗感到义愤填膺。

黑脚志得意满地低头瞅了瞅石毛的尸体。

黑条转身面对两个学徒，说：“虎星，就让我杀了他们吧。”

灰条就要往前冲，忽听虎星摇了摇头说：“真的吗，黑条？一个囚犯都能打败你，你却想在这两个学徒身上找回便宜。”

黑条羞惭地垂头不语。虎星眯缝眼睛冷冷地盯着那两只小猫，他们互相依偎着缩成一团，意识到自己的生命已经悬于一线。

虎星说：“不，我暂时还不想让他们死，他们活着也许对我有用。”

火星看了灰条一眼，灰条的神情稍稍放松了一些。

虎星把豁牙叫到前面来，吩咐道：“把这两个学徒带到监牢里严加看管。"

豁牙低头领命，把两个受惊过度的小猫带进芦苇丛里。灰条一直瞅着他们，直到他们离开视线才收回目光。

虎星宣布："会议到此结束。"

群猫立刻四下散去。虎星从骨山上跳下来消失在芦苇丛里，黑脚和黑条紧随左右。会场上只剩下豹星，她走上前低头看着她的前副族长，缓缓地用鼻子触了触石毛被撕碎的皮毛。不知道她说了再见没有，只见她转身跟在虎星后面走进芦苇丛。

"快去！"灰条跳起身，"火星，我们得去救孩子们。"

火星提醒他说："是的，可我们不能鲁莽行事，要先等所有的猫都离开才行。"

灰条急不可耐地说："我不管！如果他们敢阻拦我，我就把他们都撕成两半。"

乌爪小声说："孩子们暂时安全，我们没必要冒险。"

火星谨慎地抬起头从芦苇丛上望出去。天色已经全黑了，夜空中月光昏暗，群星灿烂。影族和河族的气味不到一时半刻便消失了，寂静中只听到风吹芦苇发出的沙沙声。

火星又趴下说："他们现在都走了，这是个机会。我们去找出关押孩子们的地方，然后……"

灰条截断他的话说："然后带他们离开这里，无论如何都要带他们走。”

火星点点头，说：“乌爪，你也参与这件事吗？这会很危险。”

乌爪睁大眼睛说：“你以为事情到了这一步我还会走开吗？没门儿。我和你们一起去，火星。”

火星眨了眨眼睛，感激地说：“太好了，我没有看错你。”

他晃了晃尾巴，先走进会场。从芦苇丛里的隐蔽处出来，他的脚步落得更轻。他知道自己这么做违背了武士守则，但虎星的做法令他别无选择。他不明白武士祖先们为什么眼睁睁看着石毛惨遭毒手却不出手相救。

三只猫没有走出多远，便看见小溪旁堆满了腐烂的猎物尸体。在这个严酷的季节里，虎族竟然如此浪费食物，火星见了立刻火冒三丈。

他低嘶着说：“看看这都成什么样子了！”

乌爪说：“但从好的方面看，这些臭味掩盖了我们的气味。”

火星略一点头，心里的怒火平息下去。乌爪看问题的眼光非常像一名武士。火星趴在一只兔子的尸体上蹭了蹭，灰条和乌爪也依次照做。

三只猫把全身都染上腐臭气味后，顺着豁牙和两个学徒消失的方向走进芦苇丛。芦苇丛里有一条狭窄的小路，可能是众猫经常从这里走，因此踩踏出了一条路。火星绷紧了每一根神经。

他们走到河族领地和两脚兽农田的交界地带，芦苇开始变得稀疏。火星和伙伴们走到芦苇丛边，看见面前是一处山坡，坡上稀稀落落地长着几簇金雀花和矮山楂树。在半山腰处有一个山洞，豁牙就守在洞口外。

火星小声说：“这些足迹都通向那个山洞。”

灰条嗅了嗅空气说：“你说得对，火星，就是这个地方。”灰条龇着利齿，“豁牙交给我了。”

“不行。”火星急忙朝灰条摆了摆尾巴，“我们不能打起来，那会把所有的猫都吸引过来的。我们得另想法子。”

乌爪谨慎而又坚决地说：“我可以办到。他能认出你们两个，但不认识我。”

火星犹豫了一下，然后点头问：“你打算怎么做？”

“我有一个计划。”乌爪的眼睛里闪着热切的光，火星发觉这位独行者已经把危险置之度外，盼望着能够利用这个机会施展他的武士技能。乌爪向他保证说：“别担心，不会出岔子的。”

说完，乌爪直起身子昂首翘尾走出了芦苇丛。豁牙站起来迎上他，一副警觉的样子。

火星蓄势待发，豁牙一旦发难他便扑过去。不过尽管豁牙心存疑虑，却只在乌爪身上嗅了嗅。

豁牙吼道："我不认识你，你是谁，想来干什么？"

乌爪神情自若地说："你以为自己认识河族里所有的猫，是吗？虎星让我来给你带个口信。"

豁牙嘟囔了几声，又嗅了嗅乌爪："天哪，你可真臭！"

乌爪反唇相讥："你的气味也不如自己想象的那样好。你到底还想不想听口信了？"

豁牙一时间犹豫不决。火星和灰条交换了一个眼光，心里扑通直跳。

最后豁牙说："那你就说吧。"

乌爪说："虎星要你立刻去见他，他派我来接替你看守囚犯。"

"什么？"豁牙不相信地摆了下尾巴，"只有影族猫才能看守囚犯，你们河族猫全是软蛋。虎星为什么会派你而不是我们本族猫来这里呢？"

火星心里一沉：乌爪可能犯了一个致命的错误。

不料那位独行者却不慌不忙地说："我以为现在我们都属于一个族群了。你爱信不信，我就向虎星禀告说你不愿过去好了。"

"不，等等。"豁牙抽动了一下耳朵，"我并没有说不愿去呀，如果虎星让我……他现在在哪里？"

“在那里。”乌爪的尾巴朝河族营地扬了扬，“他和黑条、黑脚在一起。”

豁牙下定决心，嘟囔说：“好吧，可你要守在这里直到我回来。如果我嗅到山洞里有你的恶心气味，我让你吃不了兜着走。”

说完，他走下山坡。乌爪等他离开后，走到山洞口坐下。火星和灰条藏在芦苇丛里，豁牙从他们身边走过时，相距仅有咫尺之遥。由于豁牙慌忙赶路，对周围的空气没有留意。

等他走远后，火星和灰条这才和乌爪会合。灰条嗅了嗅空气说：“没错！他们就在这里！”随后就消失在山洞里。

火星对乌爪说：“干得漂亮！”

乌爪不好意思地舔了舔爪子，又抹了两下耳朵，说：“小事一桩，都是他太笨的缘故。”

火星说：“他是很笨，不过等见了虎星后他就会发觉大事不妙。你守在这里，发现情况后立刻发出警报。”说完，他跟在灰条后面奔进洞内。

山洞里是一条狭长的隧道，还没走进去几步便漆黑一团。这里还有残留的狐狸气味，不过非常淡，似乎山洞的原主人已经离去多时了。越往里走，猫身上散发出的恐惧气味越浓烈，火星仅闻闻气味就知道被关押在洞里的猫都已经放弃了希望。

他沿着隧道一路下行，将要到尽头的时候，他听见一个学徒惊奇地喊道："爸爸？真的是你吗？"

火星又往前走了一会儿，发觉山洞宽阔了许多，随即便踩在一只趴在地上的猫身上，他从气味中得知那是灰条。那两个学徒的气味更加浓烈了，而且火星还嗅到了另一只猫的气味，心里顿时如释重负。

他喊道："雾脚！谢天谢地，终于让我们找到你了。"

雾脚用沙哑的声音说："是火星吗？你们怎么会到这里来？"

火星回答说："说来话长，我会把事情的经过全部告诉你的，不过现在我们得赶紧离开这儿。灰条，准备好了吗？"

灰条紧张地答应了一声。虽然火星看不见他，但知道他和两个孩子抱在一起。

"我们走吧。"火星说着，艰难地在狭小的地洞里转过身，"雾脚，你和我们一同回雷族吧。"他想起雾脚和那两个学徒都很虚弱，于是又问："你们能走那么远的路吗？"

雾脚毅然说："只要出了这个地洞，我能去任何地方。"

羽爪说："我们也能。"

"太好了！雾脚，对不起，我们没能救石毛……"火星不知道该怎么把石毛的死讯告诉给雾脚。

"我已经知道了。"雾脚的声音里充满了悲痛，"徒弟们说他死得很英勇。"

“非常英勇，所有星族的武士都会对他表示敬重。”火星将鼻子抵在雾脚的身上安慰她，“好啦，我们不能让他白白死去，不能让虎星再伤害你。”

火星回到洞口，确认外面安全后才从洞里走了出去。他感到自己的身上仿佛会永远带着监牢里的那种酸臭味。乌爪走在队伍最后，为其他猫保持警戒。

漆黑的夜里寂静无声，众猫沿着小路穿过芦苇丛回到会场。会场上空荡荡的，清冷的月光照在石毛的尸体上，又将骨山的阴影拖在地上，气氛阴森诡异。

雾脚走到弟弟的尸体旁低头去触他的皮毛。火星借着月光看见雾脚和死去的石毛一样都瘦骨嶙峋，侧腹的每一根肋骨都清晰可辨，她的眼睛里充满了痛苦的神色。

雾脚喃喃地说：“石毛，石毛，没有了你我该怎么办呢？”

火星提心吊胆，生怕他们被随时可能出现的敌人发现。但他不忍心催促雾脚，因为他们不能为石毛的尸体进行守灵仪式，这是雾脚的最后一次告别了。

石毛的徒弟风爪也走上去用鼻子触了触石毛的额头，然后回到父亲身边。

眼前的一幕令火星想起了蓝星，蓝星是多么爱她的孩子们啊！她是否来过这里将儿子的灵魂带往星族呢？她和石毛都是英勇献身的，他们都是被虎星邪恶的野心害死的。那一刻，火星义愤填膺，真想立刻就去找虎星讨回公道。

灰条焦急地悄声说：“火星，我们得走了。”

他的话惊醒了悲痛中的雾脚。她深深地望了石毛最后一眼，然后朝大家走去。

火星加快脚步向河边奔去，随着骨山和猎物的腐臭味渐渐远去，他心里的石头也渐渐落地。一路上，灰条陪着孩子们，时不时地顶一顶，说几句话以示鼓励。雾脚腿瘸得厉害，但她忍住剧痛继续前进。乌爪走在队伍后面，时刻注意着有无敌人追来。

寂静的夜里，哗哗的流水声越来越响，众猫一直奔到河边也没有遇到任何敌人。火星带领大家沿着河边往过河石头那边跑，他们就快神不知鬼不觉地逃离这块险地了。

就在此时，远处忽然响起叫喊声，六只猫一下子惊呆了。

“囚犯们逃啦！”

第十七章

火星悄声说："快——到过河石头处！"

如果是单独行动，火星、灰条和乌爪任意一个都能轻松甩掉尾随的敌人，但此刻他们还要照顾河族的那三只猫。灰条留在后面和乌爪一起进行防卫，火星则催促着河族猫前进。

雾脚声音嘶哑着说："你们自己快逃！没有必要让敌人把我们都抓去。"

灰条吼道："不可能！我们要同生共死。"

大家沿着河边继续奔跑，河族猫使出了吃奶的力气才勉强跟上。远处，过河石头激起的水流哗哗声已隐隐传来，但敌人的叫喊声也越来越大了。火星转头吸了口空气，已经能嗅到影族的气味。

他小声说："天哪，他们追上来啦！"

火星和伙伴们到达过河石头时，尾随的敌人还没有追上他们。火星跳上第一块过河石头，然后又跳到第二块上面，摆了摆尾巴示意雾脚跟上。

他焦急地说："快啊！"

雾脚弯曲后腿纵身跳出，落在光滑的石头上差点儿摔倒。两个学徒也依次往石头上跳。火星到河中央时停下来等待，河水不停地冲刷着他的四肢，其他猫也蹦跳着跟了上来。

河族猫身体虚弱，每跳一步都要费好大气力才能站稳脚步。雾脚跟在火星后面，火星后退到过河石头的最边缘让她通过。两个学徒仍落在后面，火星急不可耐，但仍尽量保持头脑冷静。这时，只见芦苇丛里闪出一个黑色的身影，火星一惊，强忍住没有喊出声。风爪仍然非常紧张，不敢起跳，火星平静地对他说："加油，你做得很好。"

不过，风爪身后的羽爪却看见了影族的追兵，她惊呼道："他们追上来啦！"

风爪急忙起跳，但惊慌之下判断错了距离，虽然他前爪扒住了石头，但身体的后半部分却落入水中。河水猛烈地冲击他的身体，他拼命抓牢石头，大声喊道："我掉进河里了！我撑不住了！"

火星回身跳到风爪扒住的那块石头上，石头上剩余的空间几乎令他站不住脚。他咬住风爪颈后的皮毛，风爪一松爪子，身体顿时被激流冲得向下退。一时间，火星同时承受了风爪的体重和流水的冲击力，差点儿从光滑的石头上摔下去。

就在这时，灰条跳进冰冷的河水里朝风爪游过来，他顶着风爪的身体用力向上托，火星配合着使劲将风爪从水里拖上来。

火星回头望去，看见乌爪正催促羽爪往下一块石头上跳。乌爪的爪子都被浸湿了，却把石头上最干燥的部分让给羽爪。

在他们身后，影族的追兵已经赶到。他们以黑脚为首，一同追来的还有豁牙和三四只猫——对方数量太多，火星发现他们根本不能迎战。

于是他喊道："加油啊！快！"他顶了顶浑身颤抖的风爪，催促道："继续前进——跟上雾脚！"

黑脚眼睛紧盯着乌爪站立的那块石头，俯下身子准备起跳。火星心里一阵紧缩，虽然乌爪很勇敢，但他接受的训练毕竟不足，不可能是影族副族长的对手。

灰条朝乌爪游去。影族武士们排在河边严阵以待，发出尖厉的号叫。

火星对雾脚说："继续前进！照顾好风爪，我一会儿就回来。"

就在他起身往回跳的时候，雷族领地内的丛林里忽然响起一声战斗的号叫。只见三个身影从灌木丛里蹿了出来：云尾、沙风和刺掌。

"感谢星族……"火星话说半截，却看见云尾向河边跑来，气势汹汹地直奔刚刚跳上河岸的雾脚。

火星赶紧跳到岸上截住云尾，将他撞了个四脚朝天。火星骂道："笨！敌人在那里。"

他朝河中心仰了仰脑袋。只见乌爪和灰条一起对付黑条，在石头上扭打。风爪已经跳到距岸边最近的石头上，羽爪则落后他两三块石头。沙风和刺掌跳上过河石头迎战影族武士，两名学徒退到石头边缘让他们通过。

云尾对雾脚嘟囔了一句"得罪"，便冲了过去。火星也要跟去，却见黑脚从石头上跌进河里。黑脚扑通一声沉入水面下，但随即笨拙地游回到河族一侧的河岸上，两只耳朵紧紧贴在他的脑门儿上。三位雷族武士挤在一块石头上，对着岸上的影族追兵吆喝发威。

沙风厉声喝道："想活命的就老老实实地待在那里！"

影族武士群龙无首，一时间拿不定主意。他们既不懂水性，又在石头上站不稳脚步，因此无心和这些凶狠的雷族猫拼斗。

黑脚爬上河岸，浑身湿漉漉的犹如落汤鸡一般。他大声吼道："别追了，让他们走！不过是几只杂种猫罢了，闹不出什么名堂来。"

他手下的武士巴不得听到这句话，顷刻间就消失在芦苇丛里。

火星帮助两个学徒渡过河，灰条和乌爪紧随其后。火星为他们检查了一下伤势，发现灰条肩膀上的皮毛掉了一块，乌爪的左耳在流血，但除此之外都无大碍。

“大家干得很漂亮。”火星转头问那三名雷族武士，“没想到你们竟然会从树林里跑出来，真是太好了。谁让你们到这里来的？”

云尾气喘吁吁地说：“是你呗，你命令在边界处增加巡逻次数，我们能恰巧赶到是你的运气。”

火星紧张的心情放松下来，四肢立刻觉得发软。是星族及时派来了这支巡逻队。他说：“好啦，我们返回营地吧，这三只猫需要休息。乌爪，你最好也和我们回去，让炭毛处理你耳朵上的伤口。”

火星走在队尾防止影族渡河追击，但河对面一点儿动静都没有。过了一会儿，沙风放慢脚步和他一起走。

她问：“出什么事了？这些河族猫怎么会来这里？”

火星舔了一下她的耳朵，解释说：“他们都是囚犯，如果我们丢下他们不管，虎星会杀了他们的。”

沙风惊恐地睁大眼睛问：“为什么啊？”

火星说：“因为他们的父母分属于不同的族群，虎星说要杀光所有混血的猫。”

沙风反驳说：“可他自己的孩子也是混血猫啊！”

火星摇了摇头：“不是的，他们出生时虎星还是雷族猫，至少他会把这个作为理由。你不会认为虎星除了杀光混血猫之外不会再干别的出格事了吧。”

沙风眼里震惊和嫌恶的神情越来越浓，她同情地看着三只河族猫，小声说：“可怜的家伙们。你想让他们留在雷族里吗？”

火星点点头，说：“我们还能怎么做呢？”

火星和伙伴们到达营地时，月亮已经高高升起，整个山沟都沐浴在银色的月光下。经历了刚才惊心动魄的场面，看过骨山和弥漫血腥味的会场，营地里宁静祥和的气氛令火星恍恍惚惚，好像到了另外一个世界。

不过好景不长，他刚从金雀花通道里走出来，便看见白风急匆匆地朝他跑来，后面还跟着蕨毛，蕨毛看上去急得快要发疯了。

“感谢星族，你终于回来了，火星！”他叫喊着，“黄爪失踪了！”

第十八章

火星大吃一惊，问：“失踪了？怎么回事？”

“我们也不能确定。”白风比蕨毛略显镇定，但双眼里也充满了忧虑的神情，“是黑莓爪最先发现找不到她了。我原本怪他小题大做，但我们寻遍了整个营地也没见到她的影子，而且营地里没有猫看见她何时离开的。”

蕨毛插言说：“都是我的错！我是她的师父啊。”

白风宽慰他说：“这不怪你，我派你去捕猎了嘛，你又没有分身术。”

蕨毛沮丧地摇了摇头。

火星命令说：“去把黑莓爪叫来。”刺掌立刻往学徒巢穴跑去。

这时火星让乌爪和那三只河族猫去炭毛那里治伤。灰条随他们一同前往，一来可以向炭毛当面解释，二来也是他对自己的孩子放心不下。虽然他自己掉进河里冻得够戗，但心思仍放在孩子身上。他呵护备至地陪着两个孩子走进香薇花通道。

白风说："我一点儿头绪都没有。也许黄爪突然心血来潮独自离开营地，也可能她在某个地方中了圈套或者受了伤……"

蕨毛生气地截断他的话说："或者在影族里，她可能被虎星偷走了！"

火星平静地说："但虎星一直待在河族的领地里，黑脚和黑条也在。"他看见白风惊讶地动了动耳朵，这才意识到这位副族长对刚才发生的事情还一无所知。

云尾插言说："他可能派了其他猫来替他干这件龌龊的勾当。"

火星问白风："你在营地附近嗅到影族或者河族的气味了吗？"

白风摇摇头说："附近只有我们本族的气味，火星。"

火星说："看情形她似乎是自愿离开的。也许她只是想出去找件事情来散散心吧，比如捕猎什么的。"他不由得想起自己离开营地前发生的那件事。当时小耳将黄爪与她的父亲虎星相提并论，黄爪为此大发脾气。火星怀疑自己没有充分估计到黄爪受伤害的程度。

就在他沉思的时候，黑莓爪走了过来。火星命令说："你老实告诉我，黄爪离开前都干了些什么。"

"只是些学徒们的日常事务啊。"黑莓爪的语气显得很焦虑，但脸上却充满了迷惘的神情，“我们为老年猫更换了铺垫，又为他们捉来猎物。然后我就去炭毛那里要了些老鼠胆汁为小耳捉虱子。等我回来后，黄爪就不见了，从那以后我再也没看见她。”

“你都去哪里找了？”

黑莓爪回答说：“我回到取苔藓的地方，但她不在那里，于是我又去训练沙坑找了一圈。”

火星点了点头：“你问过老年猫们她是否说过什么话了吗？”

白风回答：“我问过了，可他们记不得有什么异乎寻常的情况。”

火星又问：“那么金花呢？黄爪向她说什么了吗？”

白风摇了摇头说：“她都快急疯了。我派她和鼠毛去松林里找找看，她们还没有回来。”

火星问：“你嗅到黄爪的气味踪迹了吗？”

蕨毛回答说：“这个自然。我们循着她的气味追到山沟上，然后就嗅不到了。”

火星一时间迟疑不决。他非常希望黄爪的失踪能够用一个简单的理由解释清楚。作为族长，他首先应当考虑她的安危，但那并不是他最害怕的，他心里真正担心的是黄爪去找她的父亲了。

他说：“我再想想法子，也许来不及了，但……”

云尾自告奋勇地说：“我和你一起去。”

火星感激地冲他点点头，云尾是族里最优秀的追踪能手，于是他说：“好吧，沙风，刺掌，你们也一起去。”

火星带领队伍又走出营门。此时已经是大半夜了，他却连眼都没有合一下。他身上一点儿力气都没有，最想做的事就是躺在巢穴里美美吃上一顿，不过目前那只是奢望罢了。

在山沟里找到黄爪的气味并不难，可到了山沟外他却怎么也找不到黄爪的气味，就像蕨毛所说的一样。火星怀疑黄爪是不是为了躲避追踪，故意在石头上跳跃着离去的。难道黄爪真的在雷族里过得不快乐，以至于决意要离家出走吗？

就在他沉思的时候，忽然一处灌木丛里传来云尾的叫喊声：“在这里！她从这里走的！”

火星急忙赶过去。虽然黄爪的气味很微弱，但他只嗅了一下便识别出来了。他和云尾在充满繁杂气味的空气中努力搜寻着黄爪的气味踪迹，一路追踪到树林里。从气味中看，黄爪是独自离去的。

但当他们追到一处空地边的时候，黄爪的气味再度消失，这一回，连云尾那灵敏的鼻子都嗅不到了。

一阵寒风吹来，云层遮住了月亮，他们都冷得瑟瑟发抖。火星心有不甘地又绕着那片空地找了一圈。这时，冰凉的雨点儿开始从天上滴落。

云尾骂道："该死！这下我们可没法子再找了。"

火星虽然不情愿，但也不得不同意云尾的意见。他把仍旧在四处探寻的沙风和刺掌叫过来，说："我们回去吧，现在即使找也是白找。"

沙风朝着气味踪迹的方向望去，说："看情形她似乎往'四棵树'去了。"

火星觉得她的话很有道理。如果黄爪想去会见外族猫或者去外族的领地，十有八九会经过"四棵树"。想到这里，他心里顿时充满了恐慌。他可不相信黄爪只是外出捕猎，而且从其他武士的眼神中他也看出他们和他的想法一样，黄爪去投奔影族了。

搜寻队回到营地时，蕨毛和黑莓爪仍在会场上焦急地等待着，黄爪的母亲金花和鼠毛也在。四只猫眼看着雨越下越大，心里都感到烦乱和绝望。

火星刚走进营地，金花立刻迎上去问："怎么样？找到什么了？"

火星平静地说："什么也没有，我们不知道她去哪儿了。"

金花厉声说："那你们为什么不继续在外面找？"

火星摇了摇头，说："天黑加下雨，我们无能为力呀。她

在这里，她从这
里走了！
我们快去追她
又下雨了！
SASA
好

看情形她似乎往
“四棵树”去了。
天黑加下雨，我
们无能为力呀。
你们为什么不继
续在外面找？
你根本不在乎，
是不是？

可能到什么地方去了。”

金花愤怒地尖叫：“你根本不在乎，是不是？你认为她是有意离开的！你从来就没有信任过她！”

火星承认金花的指责并不完全没有道理，他正要加以辩白，却见金花一转身走进武士巢穴里。

火星喊道：“请听我说！”但金花并没有理睬他。

沙风同情地说：“她并不知道自己说了什么，我去帮她平静下来。”说着，她也走进了武士巢穴。

火星身心疲惫，转头看着黑莓爪，以为免不了又要受一通指责。不料，黑莓爪只是静静地站在那里，眼里的神情不可捉摸。

他说：“别难过，火星，我知道你已经尽力了，谢谢你。”说着，他垂下头，耷拉着尾巴向学徒巢穴走去。

火星看着他离去，一种心力交瘁的感觉袭上他的心头。这一天他觉得仿佛过了好几个月一般。天边隐隐透出了一线曙光，火星很想倒在地上睡一觉，但他还有件事情要做，他还得去炭毛那里看看河族猫的伤势怎么样了。

在前往巫医巢穴的路上，火星又开始怀疑起自己的领导能力。一位武士被驱逐出去，投奔他的敌人了。一名学徒失踪了。整个丛林中都充满了恐怖和仇恨，令火星有种力不从心的感觉。他在小溪中看到的那个狮子的影像似乎越来越离谱，火星不由得怀疑他们是不是选错对象了。

第二天早上，火星召集族群会议，准备把昨天发生的事情向族里通报，并且解释一下河族猫进入雷族营地的原因。

他站在高岩上，看着大家纷纷从巢穴里出来。雾脚和两个学徒已经坐在高岩下，灰条和炭毛陪着他们。三只河族猫看上去气色好多了，一顿美餐加上炭毛的精心照料似乎使他们精力恢复了许多。

乌爪一大早便离开了营地。他的耳朵上裹着蛛丝，昨日的战斗依然令他感到心潮澎湃。

临走前他对火星说："真是太美妙了！以前的训练课程真不是白上的，我竟然还记得许多格斗招式。"

火星高兴地说："你表现得非常好，你是雷族真正的朋友。"

乌爪郑重其事地说："虎星现在的势力越来越大，雷族需要所有朋友的鼎力相助。"

他花了一些时间到蓝星的墓地前哀悼，然后才离开，返回他的两脚兽农田。火星不知道自己是否还需要请乌爪来帮忙，大家只有联合起来才能把虎星赶出森林。但火星知道事情发展到最后，仍然是他和虎星的单独对决。

等大家到齐后，火星开始讲话。

"想必大家都已经知道，昨天晚上，灰条、乌爪和我到河族领地里走了一遭。”接着，他把骨山、腐烂的猎物以及虎星对混血猫的刻骨仇恨讲述了一遍。当他讲到石毛被杀的情景时，声音禁不住颤抖起来。群猫听到这个悲惨而可怕的事情时，都非常同情河族猫，心里充满了恐惧。

尘毛大声吼道："我们现在为什么不向影族发动攻击，报这血海深仇呢？"

火星说："事情没那么简单。仅靠雷族无法对付影族和河族，更别提打赢了。"

云尾跳起身嚷嚷："试总比不试强吧。"

火星继续说："我和你们的心情一样，我也痛恨虎星的所作所为，也担心他将来会做出什么别的坏事来。我只想知道星族想要我们怎么做，但到目前为止星族还没有任何指示。炭毛，星族向你传达消息了吗？"

炭毛仰头说："没有。"

云尾恼火地晃了晃尾巴，又坐了回去。亮心赶紧轻抚他的肩膀帮助他消火气。

火星犹豫了一下，其实星族并非没有给他任何消息。在那条小溪边，他在水中的倒影变成了一头威风凛凛的雄狮。他又想起蓝星的预言："四个将变成两个，狮子和老虎之间发生大战。"

想到这里，火星脑中突然灵光一闪，顿时感觉眼前光明一片。四个将变成两个，那是否意味着雷族必须和风族联盟呢？

“嘿，我们还没走呢，火星！”尘毛的声音打断了火星的沉思。

他猛地一惊，急忙说：“对不起，我召集大家来是为了向我们营救出的三只河族猫表示欢迎。雾脚和灰条的两个孩子羽爪、风爪大家都很熟悉了，我觉得我们应该让他们暂时留在雷族，直到他们安安全全地返回家园。”

会场上顿时响起一片嗡嗡的议论声。大多数猫都表示赞同，但也有个别猫拿不定主意。

长尾首先说出了自己的疑惑：“火星，你的本意很好，而且我也对他们的不幸遭遇感到难过，但如果他们住下来，食物问题怎么解决？现在正值落叶季，我们连自己都养活不了。”

灰条跳起身说：“我为他们捕猎！我在为族群捕猎的同时，也为他们三个提供食物。”

雾脚说：“我们可不是坐等吃白食的废物，给我们一两天的时间来恢复体力，我们会为自己和大家捕猎。”

鼠毛站起来对火星说：“现在不是谁去捕猎的问题，今年的落叶季比往常更加难熬，我们都吃不饱肚子。要和这个什么虎族战斗，大家又需要充沛的体力……我的意见是他们应该回家去。”

还没等火星说话，沙风便跳起来说：“他们不能回家，难道你没长耳朵吗？如果他们回去，会像石毛那样被杀死的！”

蕨毛补充说：“难道你想让雷族背负上背信弃义的骂名吗？”

鼠毛低头看着地上，身上的毛因为恼怒而竖立起来。

白风不紧不慢地说：“有件事我得说明一下，那就是这三只猫的身上都具有雷族的血统，他们有权利要求我们提供庇护。”

众猫立刻纷纷向那三只河族猫投去惊奇的目光。只见雾脚坐在高岩下，那神态活脱脱就是另一个蓝星。白风提这件事是冒了很大风险的，当初雾脚和石毛在蓝星的遗体旁进行哀悼时，雷族众猫就表现出很强的敌意。

不过这一回大家听完发生在骨山旁边的事情后，都已经对这三只河族猫充满了深深的同情，因此并没有表现出敌意，就连鼠毛和长尾也不再刁难。

火星低头俯视这三只河族猫，说：“欢迎到雷族来。”

雾脚感激地低头行礼说：“谢谢你，火星，大恩大德永念不忘。”

火星说：“这只是我该做的事罢了，希望你们能尽快康复。”

炭毛说：“放心吧，火星，只要他们能吃好睡好，不会有大碍的。”

羽爪心有余悸地说：“是啊，我们在那个可怕的洞牢里连个铺垫都没有。”

雾脚舔了她一下说：“别再想过去的事了。从现在开始，集中精力把身体养好，等你恢复体力后，我们继续课程训练。”

火星这才记起，雾脚还是羽爪的老师呢。不过这是在雷族的领地里，河族猫不熟悉环境，训练时会遇到很多困难的。就在他考虑这些事情的时候，灰条说：“风爪的老师石毛已经死了，他需要再找一位师父。我能做他的师父吗？”

说着，他慈爱地看着自己的儿子，眼中充满了骄傲。火星见了也为他感到高兴，说：“好主意，我们立刻举行拜师典礼。”风爪其实并不算是真正的雷族成员，因此为他举行典礼有些不伦不类。但火星内心中隐隐希望能够通过这个古老的仪式和星族保持联系。

于是他跳上高岩，朝风爪晃了晃尾巴。风爪走上前，虽然他脚步虚浮，但依然把头高高昂起。

火星说：“风爪，你已经进入了学徒期。石毛是一位品格高尚的老师，雷族为他的死感到十分痛心。现在你需要一位新老师来指导你完成学徒训练。”他转头对灰条说：“灰条，风爪的训练将由你来负责指导。你是一名经验丰富的武士，我希望你能把自己的知识传授给这名学徒。”

灰条庄严肃穆地点了点头，走过去用鼻子触了触儿子的额头。火星瞅了眼蕨毛，看见他脸上充满了欣喜的神情，显然是在为老师收了名徒弟感到高兴。

火星主持完会议，从高岩上跳了下来。他看了眼周围，看见沙风还没有离开，于是说：“沙风，我想求你帮个忙。”

沙风抬起头问：“什么事啊？”

“是关于雾脚的。她对这里环境不熟悉，既不知道训练的场所在哪儿，也不知道哪里是捕猎的最佳地点，因此训练羽爪时肯定会遇到不少困难。”

其实火星对自己的这个建议也是没底。不久前他让蕨毛做黄爪的师父，沙风对此事一直耿耿于怀，认为火星小瞧她，这次她也许又会采取抵触态度。

只听沙风说：“说下去啊。”

“我……我想问你是否愿意帮助雾脚训练羽爪，我想不出还有谁比你更合适来做这件事。”

沙风打量着火星，半晌后方才说：“你觉得你可以对我呼来喝去，是吗？”

“我不是……”

沙风扑哧笑了，说：“嗯，也许你可以。我当然愿意帮助她了，你这傻瓜，我现在就和她谈谈。”

火星松了口气，说：“太谢谢你了，沙风。”

正在这时，营地外忽然传来尖叫声，仍逗留在会场上的猫纷纷扭头向营地门口望去。火星看不见那边到底发生了什么事情，但他嗅到一股血腥味和陌生猫的气味。

他分开众猫走到营地出口处，只见一只猫一瘸一拐地从金雀花通道里奔了进来。他浑身布满了伤口，毛上全是血污和泥土，一只眼睛紧闭，几乎变成了一只血猫。

火星嗅到他身上的风族气味，立刻认出对方是风族的泥掌，不由得失声叫道："是泥掌！出什么事了？"

泥掌重伤之下，再加上远途劳顿，几乎站不稳脚。他摇摇晃晃地走上前，声音嘶哑地说："你一定要帮帮我们，火星！虎族正在袭击我们的营地！"

第十九章

火星跳出山沟向风族营地快速跑去，跟随在他身后的武士有灰条、蕨毛、沙风、云尾、尘毛及其徒弟蜡爪。火星不敢带过多的武士去支援风族。为防止虎星用调虎离山之计，他让白风率领其余的武士留守雷族营地。

雷族众猫踏上松软的风族领地时，迎面吹来一股寒风，其中夹杂着影族的气味。虽然他们距离风族营地尚远，但火星仿佛听到了那里传来的喊杀声。

灰条气喘吁吁地说："太迟了！泥掌受了那么重的伤，跑到我们营地得花多长时间啊？"

火星为保存体力没有回答灰条的话，但他知道灰条说得很对。这是雷族第二次帮助风族抵抗影族和河族的联手攻击了。不过上一次他们事先得到了足够的警告，才得以将敌人赶跑。这一回等他们赶到风族营地时，战斗只怕早已结束了。不过道理虽然如此，但火星他们也不能放弃最后一线希望。武士守则的精神，他自己和风族之间私下的友谊，还有欲结盟风族共同抵御虎族的迫切心情，都促使他用尽全部气力前去营救。

风族营地越来越近，影族的气味也越来越浓。不仅是影族的气味，还有河族的气味，以及虎族的那种独特气味。营地内并没有传出震天的喊杀声，相反却是一片寂静。战斗一定是结束了。火星和众猫放慢脚步，提心吊胆地走过去，生怕眼前出现惨不忍睹的景象。

火星走到风族营地所在的盆地边缘，从那里他能够俯瞰整个营地。空气中弥漫着浓烈的风族气味，其中还有一阵阵的血腥味和恐惧气味。就在他观察敌情的时候，一声凄厉的惨叫声突然划破寂静。

盆地周围长满了金雀花丛，有几处枯枝仍然挂着黄花。火星看见有许多猫一动不动地趴在营地中央的会场上。这时，一只玳瑁色的母猫仰起头又发出一声惨叫。

火星失声叫道：“是晨花！”

他朝武士们摆了摆尾巴，立刻钻过金雀花丛冲进营地。乍一进入会场，火星便看到风族族长高星迎了过来。只见他身上的皮毛被撕扯得不成样子，尾巴也无精打采地垂在地上。

他嘶哑着声音说：“火星！我知道你会来的。”

“我来晚了，对不起。”

“你已经尽力了。”高星无可奈何地摇了摇头，转头看着满地的伤员，“你看看，虎星都干了些什么！”

灰条急切地问："快告诉我们到底出什么事了。"

高星抽动了一下耳朵，说："事情明摆着的。虎星和他手下的武士悄悄接近我们，我们猝不及防，而且对方在数量上也占压倒性优势。"

火星走上前细看，心里犹如翻江倒海一般，所有的风族武士的身上都挂了彩。风族副族长坏脚的侧腹上裂开了一道深深的口子，静静地趴在地上。旁边的奔溪也是伤痕累累，肩膀上的皮毛被成片地撕扯下来。他们的目光呆滞，似乎仍然没有从最初的震惊中恢复过来。

火星大为恼火。这是一次彻头彻尾的毫无征兆的挑衅，虎星在上次森林大会上没有表露任何意思。他没有从风族手里夺走一寸土地，这次袭击的目的明确，就是为了先声夺人，在风族当中造成一种恐惧的气氛。

"嘿，火星！"火星听见一个虚弱的声音唤他，转头看去，原来是他的老朋友一根须。一根须躺在地上，喉咙和肩膀处都受了伤。风族的巫医青面正在往他的伤口上贴蛛丝，但鲜血仍止不住地流。

"一根须……"火星不知道该说什么好。

一根须痛苦地呻吟着："情况不像表面上那么坏，你该去看看别的猫。"

火星说："真希望我能早来一点儿。"

“是啊，我也希望你能早来，你看那边……”

一根须说着扭过头，青面急忙呵斥说：“别动！”

火星顺着他的目光看见晨花正趴在一具尸体上悲泣，那具尸体的个头很小，身上的毛黄白相间。

“别……”火星的喉咙顿时哽咽住了，“别是金雀花爪。”

“虎星杀了他。”一根须的声音里充满了愤恨，“虎星把他按在会场中央，手下的武士们团团围上去，我们根本冲不进去。虎星……虎星说如果我们拒绝加入虎族，金雀花爪就是我们的下场。”

火星合上双眼，前方飘来的血腥味令他窒息。他仿佛看到那位弱小的学徒如何被虎星的巨爪踩在地上，又如何被残忍地杀害。火星不由得打了个寒战。想当初风族被影族赶出领地时，他和灰条前去寻找风族并将他们带回家园。那时金雀花爪年龄还小，是火星衔着他穿越雷鬼路的。念及往事，当日的情形历历在目。

这都是拜虎星所赐！火星甚至怀疑虎星是否知道金雀花爪和他之间的那一层特殊关系，因此有意选择金雀花爪下毒手。

火星睁开眼睛，轻轻走到晨花身边，用鼻子触了触她的肩膀。

晨花抬头看了看他，悲声说："火星，当初是你救了我的孩子，没想到他最后还是落得这样的结果。这星族还讲不讲道理啊？"

火星趴下来，紧紧贴在她身边，低声说："如果这孩子还活着，一定能成为一名优秀的武士。"

这时，灰条走过来低声安慰了晨花几句，然后问："火星，我们在这里该做些什么？这里一片狼藉，我们得帮帮他们。"

火星轻轻舔了舔晨花的耳朵，命令灰条说："你带上两三只猫出去巡查一遍，看看有没有还能行走的风族猫，叫上一两只，他们熟悉边界的情况。仔细搜查虎星的手下，看他们是否仍在风族领地内逗留。如果你们发现了他们，你知道该怎么做——把他们赶出去，迫不得已时就杀了他们。回来时别忘了捕些猎物，风族需要吃点儿东西，他们现在无法外出捕猎。"

灰条说："好的。"他叫上沙风、尘毛，然后去高星那里请求在领地里巡逻的许可。高星道了声谢，命令伤势较轻的网脚陪同雷族猫前往巡查，顺便带他们去最容易捕到猎物的地方。

等巡逻队离开后，高星对火星说："我有些话对你说，虎星让我给你带个口信。"

火星一下子竖起耳朵："口信？"

高星说："他让我们明天在'四棵树'与他会面。他说他已经不想再等了，要我们立刻做出是否加入虎族的决定——如果我们胆敢拒绝，他就要对我们不客气了。"

说着，他朝伤员们和金雀花爪的尸体晃了一下尾巴，所有的悲伤都化作了这一个简单的动作。

火星看着他，两位族长相互凝视了很久。

最后火星说："我宁死也不加入虎族。"

高星同意说："我也一样。很高兴听到你说这句话，蓝星一直都没有看错你。当她选你做副族长的时候，许多猫都认为你年纪太轻，资历太浅，但你现在证明了蓝星的选择是正确的——森林里需要你这样的猫。"

火星没有想到对方竟然会对自己如此另眼相看，谦逊地低头行礼。火星说："那么，我们明天在'四棵树'见吧。"

高星郑重其事地点了点头："火星，请听我一言，明天多带些武士过去。我们拒绝加入虎族，虎星不会轻易放我们回家的。"

火星背上掠过一丝寒意，他知道高星说得没错。火星问："假如迫不得已，我们会并肩作战吗？"

高星承诺说："是的，我们两个族群将联合起来并肩作战，就像一头狮子和祸害森林的老虎决一死战。"

火星吃了一惊。高星不可能知道蓝星的预言，也不可能知道火星在梦里见到的情景。但高星说的话却和那句预言不谋而合，“四个将变成两个，狮子和老虎之间发生大战。”难道星族也和他说了同样的话？火星知道这位风族族长是不会明言的——一位族长和武士祖先们之间的交流是不可外传的。但高星的话提醒了他：他们都是族长，背后有两个强大的族群在支持。

火星毅然说：“我以星族的名义发誓，我的族群与你们真心结交，我们戮力同心，誓死和这个恶魔战斗到底。”

高星也庄严肃穆地说：“我也发誓。”

火星昂头深吸了口气，空气中依然残存有虎族的气味。他知道这句誓言将会为他们提供不竭的动力，不是虎星被赶出丛林，就是他们失去所有生命。

第二十章

傍晚时分，夕阳悬在河面上，映射出道道金光，犹如千万条金蛇在游动。火星站在太阳石的高处眺望河族领地，沐浴着阳光的温暖。

他喃喃道："不知道明天会是什么样子。"

沙风摇了摇头，没有回答他，只是紧紧贴在他的身旁。从风族营地回来后，火星邀请沙风一起外出巡逻。他想离开族里的其他猫独自静静地待一会儿，以便为明天和虎星的会面作好心理准备。有沙风陪在身旁，他的心里会好受些。

他们先去了趟蛇岩，然后沿着雷鬼路更新了雷、影两个族群交界处的气味标记，走到"四棵树"后顺着河族边界返回。

尽管他们没有在边界处发现侵入者的迹象，但火星知道他们和虎族之间的这场战争已经超越了边界之争。自从他踏入这片丛林的那一刻起，他和虎星便开始了争斗。如今，他们之间的恩怨已到了白热化。

有沙风偎依在身边，火星心里感到十分温暖。他说："虎星铁了心要统治这片森林，我们必须作好迎战的准备。”

沙风说：“雷族将要付出前所未有的代价。今天风族遭到重创，他们还有多少能打仗的武士呢？”

虽然她显得有些心烦意乱，但火星知道不论有没有风族的支援，雷族里的每一只猫都将战斗到最后一刻。

夕阳的余晖渐渐暗了下去。火星回头凝望着他深爱的这片丛林，昏暗的天幕上一颗星星闪烁着。

火星在心里默问：那是你吗，蓝星？你仍然在关注我们吗？

他真希望蓝星仍然在保护着她的族群。如果过了明天，雷族、风族依然屹立不倒，那只能说明星族还不想让四个族群之间的平衡被打破。

周围一片静谧，既没有微风的吹拂，也没有猎物发出的沙沙声，整片森林仿佛都屏住了呼吸，静静等待黎明的到来。

火星用鼻子抵了抵身边的沙风，低声说：“我爱你，沙风。”

沙风回过头，含情脉脉地说：“我也爱你。不论明天发生什么事情，你都能带领我们战胜困难。”

火星可不像她那样有信心，不过沙风的信任毕竟给了他极大的心理安慰。他说：“我们回去休息吧。”

两只猫回到营地时，天色已全黑了，地面上结了薄薄一层白霜。火星刚从金雀花通道里走出，一个白色的身影便从黑暗处闪了出来。

白风说：“我以为你们遇上了麻烦，刚才还在为你们担心呢。”

火星说：“放心吧，我们连只老鼠都没有碰见。”

“嘿，真可怜，我们倒捉了几只老鼠。”接着，白风简要地向火星汇报了巡逻和岗哨的情况，最后说，“你需要睡一觉，明天还有硬仗要打。”

火星说：“你说得不错，谢谢关心，白风。”

“我去查一下岗哨。”白风说完，转身消失在黑暗中。

等他走远后，沙风小声说：“你再也找不出比他更好的副族长了。”

“是啊！少了他，我都不知道该怎么办才好。”

沙风哀伤地看着火星说：“也许明天你就得面对那种情况了。如果虎星和我们打起来，双方伤亡必定惨重，火星。”

“我知道。”不过火星并不愿仔细想这些事。到了明天，他感情深厚的朋友们和衷心拥护他的武士们就要面临着一场生死别离。不论明天的仗赢或输，都将有猫牺牲在战场上。只要他一声令下，他的同胞们就会前赴后继地英勇献身。想到这里，火星心里涌起一股巨大的悲痛，痛得他简直说不出话来。“我知道。”他喃喃地重复了一句，“可我能怎么办呢？”

沙风柔声说："别忧伤了。你是我们的族长，火星，你必须履行职责。你是一位优秀的族长。"

一时间，火星也找不到合适的话语来表达他的心情。沙风贴在他身上低声说："我要睡觉去了。"

"不，请等等。"火星不能忍受族长巢穴里的那份孤独，"我今晚不想自个儿待着，你来我的巢穴吧。"

沙风低头说："好吧，我很乐意。"

火星舔了她一下，带着她走过会场。尽管族长巢穴入口的苔藓帘子还没有长全，但石洞里依然漆黑一团。

火星嗅到巢穴里有一只猎物，明白那是某个学徒放在这里的。猎物的气味顿时勾起了他的食欲。这是只兔子，他和沙风趴下来开始一同享用这顿美餐。

沙风吃完了饭，舒展了一下前爪，然后又使劲儿弓起背，痛痛快快地伸了个懒腰。她打着哈欠心满意足地说："真是享受啊，我能睡上一个月。"

火星分了些苔藓给她做铺垫。沙风蜷起身子合上眼睛，咕哝着说："晚安，火星。"

火星用鼻子触了触她的毛，说："晚安。"

不一会儿，沙风的呼吸就变得均匀而深沉起来，显然已经睡着了。火星忧心忡忡，根本就睡不着。他独自坐在石洞里，眼看着月亮升起，惨白的月光照射进洞内，为沙风身上的毛涂抹上了一层银光。她是那么的美丽，对火星来说又是那么的珍贵，明天她随时会战死沙场……

火星暗想：当族长就必须忍受这一切。虽然他知道，当太阳升起后，他就要担起星族压在他身上的重担，但他不知道自己是否能经受得起那种离别的痛苦。

星族啊，求求你们，让我坚强起来吧。火星一边想，一边在沙风身边躺下。沙风的身体传来阵阵温暖，最终令他沉沉睡去。

第二十一章

火星醒来朝洞外望去，只见天色已经蒙蒙亮了。沙风睡得正香甜，身子下的苔藓乱成一团。火星不愿惊醒她，于是轻轻站起来伸了个懒腰，走出巢穴。

会场上冷冷清清。火星刚走进会场，便见白风从武士巢穴中出来。

白风汇报说："我已经把早班巡逻队派出去了，是蕨毛、鼠毛和灰条。我让他们去影族边界处转一趟，然后立即回来向我们报告。"

火星说："辛苦了。虎星很可能一方面在'四棵树'和我们会谈，另一方面却在别的方向上突然袭击，因此我才要请你留守营地。"

白风说："你尽量多带些帮手去，这里的事情你就不要操心了。亮心自从和云尾训练后，身手已经灵活了许多，足可以独当一面，而且老年猫在危难时刻也会拼着老骨头上的。"

火星说："在这一切结束之前，只怕他们真要拼上一拼了。谢谢你，白风，我就知道可以把这项重任托付给你。"

白风点点头，转身又回到巢穴里。火星则朝香薇通道走去。

他走到巫医巢穴门口，听见里面传出炭毛的声音。

"杜松浆果、金盏草叶子、罂粟籽……"

火星朝里望去，看见炭毛正在检查治伤草药。

他说："嘿，炭毛，一切都准备好了吗？"

炭毛转过头，脸色凝重地说："都准备好了。"

火星问："看你的样子似乎认为战争不可避免了，难道星族和你说话了？"

炭毛走到巫医巢穴门口，说："没有，他们一个字也没说。不过只要不是傻子，都看得出来战争已然临近，我并不需要让星族来告诉我。"

火星知道她说得没错。不过她的话令火星的心里凉飕飕的。在如此重大的会面到来前，星族为什么不给出哪怕一点点信号呢？难道武士祖先们在最为危急的关头抛弃他们了？火星这才想起应该去石林那里和星族交流一下，不过现在为时已晚。

想到这里，他不由得出声问："星族为什么保持沉默呢？"

炭毛摇了摇头："我不知道。"她仿佛猜到了火星的想法，于是接着说："星族并没有抛弃我们。自古以来，他们便宣示森林里应该有四个族群，因此他们不会袖手旁观，任由虎星改变这种平衡的格局。"

火星可不像她那么有信心，他道了声谢，转身回去集合队伍，准备出发。

寒风凛冽，"四棵树"周围的空气中夹杂着许多猫的气味。乌云蔽日，天上淅淅沥沥下起了小雨。

火星带领武士们来到山谷边，找了一处灌木丛隐蔽起来。云尾上前问火星："我们还傻站着干什么？继续前进啊。"

火星说："没有弄清楚情况之前，不可莽撞行事。虎星有可能在这里设下了埋伏。"然后他转头对众武士说："大家都知道我们为什么来这里。虎星要我们加入他的族群，此番他势在必得，我们别想能够兵不血刃地了结这桩事情。"

话音刚落，云尾便用尾巴拍了一下火星的肩膀，然后朝山谷对面扬了扬。火星转身望见高星正带领着风族武士们从他们的领地里走出来。

于是他说："太好啦，风族来了，我们去和他们会合。"

火星带队沿着山谷边缘走到高星面前。

风族族长向他低头致意说："雷族果然守信，火星，对这片森林来说，今天可是黑暗的一天啊。"

火星同意说："是啊。但不论发生任何事情，我们的族群都将联合起来捍卫武士守则。"

他没有想到高星竟然带来了这么多武士。昨天风族营地惨遭袭击，火星原以为风族来不了几只猫呢。看今天的情形，风族想必出动了所有的武士。他们的身上虽然伤痕累累，但眼睛里却射出毅然决然的目光。火星看见一根须侧腹上的那道长长的伤疤仍没有愈合，晨花的眼中充满了为儿子报仇雪恨的怒火。

火星暗想，虎星看见风族来了这么多的武士找他决一死战，也许会大吃一惊吧。他深吸了口气，说："我们走。"

高星低头行礼说："你来指挥，火星。"

火星受到这位德高望重、资历深厚的风族族长如此推崇，不由得感到受宠若惊。站在他面前的是个联合起来的族群——狮族，想到这里，他顿时豪情万丈。这就是他的宿命。

他充满警觉地朝山谷内走去。不过这一路并没有出现什么异常情况，虎族的气味十分微弱。

火星走到橡树下，忽见对面的灌木朝两旁分开，虎星从里面走了出来，黑脚、黑条和豹星亦步亦趋地跟随在他的身边。虎星目光炯炯地逼视着火星，令火星感到这场战争不但是族群之争，也是他和虎星之间私仇的了结。虎星最大的心愿就是将他碎尸万段。

火星把心一横，暗想：哼，有种就来试试看吧！

于是他淡淡说：“你好啊，虎星！你上蹿下跳折腾个不停，难道不想把那几个河族逃犯捉回去吗？”

虎星恶狠狠地说：“你会为那天的所作所为后悔的，火星。”

火星针锋相对地说：“那要看你有没有那个本事了。”

这时，虎星身后的灌木丛里涌现出更多的虎族武士，形成了一支势力庞大的队伍，其中有一些猫的身上还带着咬伤和抓伤，想必是在前一天袭击风族营地的战斗中留下的。火星眼看着自己担心已久的大战在即，心里不由得剧烈跳动起来。

虎星上前一步，盛气凌人地说：“你们考虑我提出的倡议了吗？我给你们两条路，要么归我统治，要么被我消灭。”

火星和高星相互对视了一眼。此时他们已不需再多说什么，因为他们早已经做出了选择。

火星说：“要我们归顺于你，简直是白日做梦！这片丛林永远也不会屈服在一个无耻凶手的淫威之下。”

虎星没有理会火星的怒骂，他声音平和地说：“事实胜于雄辩。火星，不论你嘴有多硬，现实总是冷酷无情的。今天日落之前，四大族群将要成为历史。”

火星说：“无论怎样，雷族宁死不屈。”

高星说：“风族也绝不屈服。”

虎星吼道："我看你们真是愚蠢到无可救药了。"

虎族的武士们听见虎星发怒了，也都跃跃欲试。火星硬着头皮等虎星下达攻击的命令。

这时，他身后忽然响起一声叫喊："黄爪！"

火星扭头一看，只见黑莓爪的眼睛直呆呆地望着敌人阵营。顺着黑莓爪的目光，火星看到黄爪居然站在一名棕褐色的影族武士身旁。

蕨毛冲到火星旁边，惊叫："她怎么会在那里？虎星劫走了她！"

虎星冷笑说："劫走她？胡说八道，黄爪是自愿投奔过来的。"

火星将信将疑。只见黄爪垂头看着地面，似乎不敢对视她的哥哥和师父的目光。不过，她看上去只不过是对处在众猫的注视下感到不安罢了，没有丝毫被俘虏的迹象。

黑莓爪喊道："黄爪！你在干吗？你是雷族猫啊——快回来！"

黑莓爪的话令火星回忆起当日灰条加入河族时的情形，那时他也像黑莓爪这样感到撕心裂肺般的痛苦。

黄爪低头不语。

虎星说："你说错了，黑莓爪，是你该回来才对，你的妹妹已经弃暗投明。这片丛林即将成为虎族的天下，而你也将分享到我们的权势。"

火星看见黑莓爪身体紧绷，不由得心中暗惊。黑莓爪正面临着一个十分艰难的选择，他究竟会追随父亲还是会忠于族群呢？

虎星催促说："怎么样啊？雷族就要灭亡了，你留在那里只能是一条道走到黑。"

"投奔你们？"黑莓爪厉声喝道，他咽了口唾沫，勉强压抑住内心的怒火，"就凭你们的所作所为，我就是死也不会和你们狼狈为奸的！"

他的声音洪亮，在场的每一只猫都听得十分清楚，雷族里顿时爆发出一片称赞叫好声。

虎星怒目圆睁，低吼着说："你拿定主意了？好话不说二遍，要么投奔我，要么去死！"

黑莓爪高昂着头，不屈地说："我宁愿以一个忠诚的雷族猫的身份去见星族！"

火星心里十分舒畅。亲生儿子的拒绝，将会对虎星造成巨大的打击。

只听虎星骂道："白痴！那你就留在那里，和其他白痴一起去死吧。"

火星拉开架势，就等对方先发动攻击，不料黑脚却扬起尾巴发了个信号。

山坡上一阵沙沙声过后，从灌木丛里走出了许多猫。火星大惊失色，他从来没有见过新来的这些猫。他们瘦骨嶙峋、皮毛凌乱，但举手投足之间却充满了爆发力。更为奇怪的是，他们的身上散发出一股浓烈的臭味，既有腐肉味，也有雷鬼路的气味。他们并不是生活在丛林里的猫。

随着越来越多的陌生猫走进会场，雷、风两个族群的武士们简直不敢相信自己的眼睛。对方成扇形站在虎族外围，一排接着一排。就算是森林大会，“四棵树”也从来没有聚集过这么多的猫。

虎星得意扬扬地问：“怎么样？你们仍然执意要打上一仗吗？”

我宁愿以一个忠诚的雷族猫的身份去见星族！
那你就和其他白痴一起去死吧！
黑脚，给我们的友打个招呼。
遵命！

这就是我的血族朋友们。
哼！哼！
大家好啊！

第二十二章

火星毫无心理准备，顿时大吃一惊。他发现新来的这群猫当中有几只居然还挂着项圈。

蜡爪厌恶地说：“项圈？看看他们那副德行——他们是宠物猫！我们要打垮他们根本不费吹灰之力。”

蜡爪的师父尘毛说：“不要鲁莽，我们目前对他们一无所知，不要低估任何敌人。”

等那些陌生猫围着虎族站好，一只黑白相间的大个头公猫走出行列。火星暗想，这只猫想必就是陌生猫的首领了。他的个头几乎和虎星一般大，身上的肌肉鼓鼓囊囊，到处是战斗中留下的伤疤。虽然他们戴着项圈，但火星知道对方绝非一群被娇宠惯了的宠物猫。

这时，一只黑猫从那只大公猫的背后闪身出来，步伐灵动地走到虎星身边。这只黑猫的个头小得多，火星看不出来他是什么身份。他的样子更像是一个巫医。

现场的气氛变得十分沉重，仿佛一场暴风雨即将来临。火星竭力保持冷静，说："嘿，虎星，你能为我们介绍一下这几位新朋友吗？"

虎星大声说："这几位好朋友都是血族的，他们生活在两脚兽的地盘里。为了劝服你们这些笨蛋归顺于我，我特意请他们过来帮忙说和说和。我就知道你不懂得什么叫审时度势。"

雷、风两个族群中顿时发出一片低吼声。火星听到刺掌小声说："还记得我成为武士那天嗅到的泼皮猫气味吗？我敢说那些气味一定是这个什么血族留下的。"

火星深表赞同。这些泼皮猫听到虎星的倡议后，必定组织了一支巡逻队到森林里考察了一番。可虎星究竟提出了什么倡议呢？难道他想和这些泼皮猫瓜分这片丛林吗？

虎星愈发得意，说："看到了吧，火星？我比星族更为强大，我已经彻底改变了森林里的格局，四个族群变为两个，虎族和血族将共同统治这片丛林。"

火星吃惊地看着虎星。虎星如今已经全然不可理喻了。贪婪的权力欲望扭曲了他的心灵，使他妄想占有一切，以至于连星族都不再放在眼里。

火星平静地说："不要痴人说梦了，虎星，如果你想战斗，我们一定奉陪到底。看看星族到底站在哪一边。"

虎星骂道："你这白痴！我今天来这里对你好言相劝。记住，是你逼我这么做的。当你的同胞们纷纷倒在你的周围时，他们会怪你拖累了他们。”然后，他转头对站在身后的那群泼皮猫喊道：“血族，进攻！”

没有一只猫移动。

虎星怒目圆睁，尖叫道：“我命令你们，立刻出击！”

泼皮猫们仍旧没有动。那只小个头黑猫走上前对火星说：“我叫长鞭，是血族族长。”随后他转头喝道：“虎星，我的武士们不会任由你呼来喝去，他们只在我的命令下发动攻击。”

虎星的脸上显露出一副难以置信的表情，他看着长鞭，目光中充满了恼怒，仿佛不能相信这只小猫居然敢违抗他的命令。火星瞅准机会，大步走到两位族长面前。灰条在他身后小声说：“火星，当心！”

但此时已经不容火星多想，这片森林的前途正处在虎星的权力欲和血族的一念之间。

火星走上前来，才看清长鞭脖子上戴着的项圈。只见那个项圈竟然是牙齿穿成的，而且是狗的牙齿，还有猫的牙齿。天哪！难道他们杀害了自己的同类，并把他们的牙齿用来做装饰吗？

其他猫的脖子上挂着的也是这种可怕的饰品。火星眼前浮现出一幅血浪涌入山谷，把所有的猫都泡在血水里的景象。他的心一下子仿佛掉进了无底洞。他不仅为自己担心，也为森林里所有的猫感到担心，包括他的敌人。

难道事情的发展真如蓝星所预言的那样，血将统治森林吗？难道蓝星在预言血族将称霸森林吗？火星狠狠瞪了虎星一眼，恨他把这股祸水带给大家。

但火星知道，要想博得血族的好感，此时他必须保持冷静。于是他朝长鞭低头行礼，朗声说："你好，长鞭，我是雷族族长火星。我希望能对你说些欢迎之类的话，但那只会让你觉得我言不由衷。我和你的那个所谓盟友截然不同，我是一只诚实的猫。"说着，他朝虎星摆了摆尾巴，轻蔑之意表露无遗，"如果你把他对你的承诺信以为真，那你将会犯下大错误。"

"虎星告诉我他在森林里有许多敌人。"长鞭的声音就如寒冬腊月的气温一般冰冷，他的两只眼睛黑洞洞的，连半点儿光亮都看不到，"我为什么相信你而不相信他？"

火星深吸了口气。他期盼已久的机会来了。上次在森林大会上由于雷电打断了会议进程，他错失了一次良机，如今他终于能在大家面前戳穿虎星那段卑鄙的历史。这么做不仅是为了揭开虎星的丑陋面目，也是为了拯救这片森林。

于是火星说："各个族群的猫们，尤其是血族的朋友们，你们可以相信我所说的话，也可以不相信。虎星的罪行将说明一切事实。当他还是一名雷族武士的时候，为了当上副族长，他谋害了我们当时的副族长红尾。起先是狮心接替了红尾的位置，但随后不久，这位德高望重的武士在一次与影族的战斗中壮烈牺牲了，虎星的野心终于得逞。”

整个会场上鸦雀无声，只有虎星出言冷笑说：“真是一派胡言，小宠物猫，别期望你的话能改变什么。”

火星没有理会他，继续说：“可是小小的副族长并不能满足虎星的胃口，他还要当一族之长。于是他在雷鬼路边为蓝星设下了一个圈套，不料我的徒弟炭毛误打误撞进了他的圈套，炭毛因此失去了一条腿。”

会场上顿时响起一片惊呼声。除了血族之外，炭毛的名字可以说是无猫不知，即使在其他族群里，她的口碑也极好。

火星说：“虎星一计不成，便又和当时被囚禁在雷族营地里的断尾进行密谋。他带着一群泼皮猫袭击雷族营地，试图趁乱杀死蓝星。当时是我及时阻止了他，雷族击退了泼皮猫，并将他驱逐出族群。虎星在流放期间，又杀害了我们的一名武士奔风，在我们发现他的踪迹前，他竟然鬼使神差地当上了影族族长。”

火星看了看四周，不确定血族是否会相信他说的话。不过在场的每一只猫都在认真听。他定了定神，开始讲述最为恐怖的部分。

“虎星不死心，仍然想报复雷族。三个月前，一群恶狗流落在森林里。虎星为它们捕捉猎物，并利用兔子的尸体排出了一条气味踪迹，把恶狗径直引向雷族营地。为了让恶狗们尝到猫的鲜血，虎星还残忍地杀害了一名雷族母猫纹脸，并把她抛尸在营地门口。如果不是我们及时发现这一情况并逃离营地，整个族群必定会被恶狗们撕成碎片。”

虎星吼道：“简直是信口雌黄！”

火星继续说：“在那次事件当中，我们的族长蓝星为了将她的族群从恶狗们的爪下拯救出来，光荣地牺牲了。她比任何猫都勇敢。”

说到这里，他原本以为猫群中会立即发出一片怒吼声，不料众猫听完他讲述的这段故事后竟然都默不做声。每一只猫都睁大眼睛盯着他，看样子完全惊呆了。

火星瞅了眼豹星，只见她静静地站在黑脚和黑条身边，脸上露出一副惊骇的表情。火星真希望她能立刻结束与虎星的盟约，收回对河族的领导权，不过豹星并没有吱声。

“这就是虎星所做的好事。”火星转头看着长鞭，急切地说，“我说的这些话表明了一个事实——那就是他为了权力可以不择手段。如果他答应让出一部分森林归你统治，不要相信他，他不会和任何猫分享权力。”

长鞭眯缝起眼睛，火星看出他正在认真思考自己说的话，心中不由得升起一线希望。“两个月前，虎星拜访我的时候曾对我说他在进行一项计划，那个计划似乎与狗有关。”长鞭转头盯着虎星，“可他没有告诉我那项计划失败了。”

虎星粗暴地打断了长鞭的话：“这些都已无关紧要。我们事先约好了的，长鞭，和我一起战斗，然后拿走你的那一份好处。”

长鞭说：“是否打仗由我说了算。”接着，他又对火星说：“我回去认真考虑一下你的话，今天的事情到此为止。”

虎星勃然大怒，身上的毛一下子竖立起来，尾巴甩来甩去。他绷紧肌肉，俯卧下身体。“叛徒！”虎星大吼一声，展开前爪朝长鞭扑了过去。

火星吃过虎星的苦头，深知这一扑的巨大力量。他原本以为长鞭会立刻被撕成两半，不料那只小猫身子一侧，使得虎星扑了个空。就在虎星落地转身的时候，长鞭前爪挥出，每一根利爪都闪动寒光。火星顿时如坠冰窟，原来长鞭的爪子上竟然绑了修长的、锋利的狗牙。

虎星肩膀中招，顿时立足不稳，仰天躺倒。长鞭上前将爪子在他的咽喉上狠狠一戳，鲜血顿时汩汩而出。长鞭抽身而退，避开溅射的鲜血。

只听虎星一声怒吼，但吼声突然归于沉寂，令在场的每一只猫听了都感到毛骨悚然。他的身体抽搐，四肢痉挛，尾巴急速地摆动。过了一会儿，他的身体安静下来。火星知道他失去了一条性命，正在为重生进行力量的积蓄。

不过虎星的伤势实在太严重了，就连星族也无能为力。长鞭冷眼旁观，看着虎星的身体再次抽搐起来。深红色的鲜血不断地从虎星的喉咙间涌出，他又发出一声尖叫。这一声喊得火星心惊胆战，真想捂住自己的耳朵。

虎星的身子又安静了一会儿，这个伤口太过致命，根本不可能痊愈。虎星的身体再次抽搐，他紧紧攥住地上的草丛，尖叫声由愤怒转为恐惧。

火星暗想：他马上就会失掉九条性命。噢——星族，不——

他并不想任何猫死，即使对方是虎星。他始终认为鲜血并不是彻底解决问题的方法。

虎族武士们眼看着他们的无敌族长被夺去生命，顿时发出惊恐的喊叫。虎族群龙无首，阵脚大乱，有一些猫开始疯狂地四处逃窜。高星大声约束他的武士们：“大家都别动！守住自己的位置！”

火星没有对自己的武士们下达同样的命令，因为他们始终与他站在一起。

虎星苟延残喘，挣扎在死亡线上。火星从他的目光中看到了痛苦、恐惧和仇恨。接着，虎星的身子最后抽搐了一下便再也不动了。

虎星死了。

火星呆呆地望着那具没有生气的尸体，简直不敢相信自己的眼睛。他的老对头、森林里最危险的猫——虎星，就这么死掉了。

如今场上只剩下火星和长鞭。长鞭对眼前这幕惨状显得无动于衷。火星知道自己不能低估眼前这只小黑猫。长鞭是他见过的最可怕的猫，居然仅用一爪便杀死了拥有九命的族长。

这时，血族的猫开始向前移动，准备发动攻击。火星回头看了眼自己的武士们，只见他们和风族排成一排。就在他准备跳过去和武士们会合一处的时候，长鞭忽然提起血淋淋的爪子。

血族立刻停止了前进。

“你们都看到反抗血族的下场了。你们的那个朋友……”长鞭淡淡地说着，轻蔑地朝虎星的尸体晃了晃尾巴，“以为能控制我们，但他打错主意了。”

火星声音嘶哑地说：“我们没想控制你们，我们只想安安生生地过日子。很抱歉虎星把你们骗到这里，请自由享用这里的猎物，然后就回家吧。”

“回家？”长鞭难以置信地睁大眼睛，“我们哪儿都不去，树林里的乡巴佬。城镇里的猫越来越多，猎物根本不够吃。在这片森林里，我们不用再以两脚兽的垃圾为食了。”

他扫了一眼雷、风两个族群的武士，继续说：“我们现在接管这片丛林，这里和城镇都是我的地盘，不过我知道你们需要些时间来适应这个变化。我给你们三天时间——要么我们就在战场上见。三天之后的清早，我等你们的决定。”

第二十三章

火星无言地看着长鞭转身离去。血族武士们跟随在后，悄无声息地隐没在树丛里。灌木丛的枝叶一阵晃动过后便归于沉寂，血族终于离去了。

火星低头看着虎星的尸体，他四肢伸张，龇着牙齿，死后仍然怒容不改。那双曾经充满了权力欲望的琥珀色眼睛如今已是暗淡无光。

长久以来，火星一直认为虎星一日不除，森林里便一日不能安宁，亲手除去虎星是他梦寐以求的事情。如今他的老对头就躺在他的脚下，他反而感到一种悲凉。星族赐予虎星无穷的力量、娴熟的技艺和机敏的头脑，使他成为一只卓越不群的猫，成为猫中的传奇，但虎星误入歧途，不但没能正确运用自己的天赋，反而为了自己的野心进行谋杀、欺骗，简直无所不用其极，最后落得如此悲惨的下场。虎星死了，但事情并没有结束，各个族群的猫仍然处在危险之中，森林里依旧弥漫着腥风血雨。

火星暗想：我们需要凝聚起所有猫的力量把血族逐出丛林。

他发觉有一只猫走到身边，扭头看去原来是灰条。雷族里其他的猫和风族猫一起依旧保持战斗队形。

灰条心惊胆战地说："火星，你没事吧？"

火星摇了摇头，说："放心吧，我没事，我需要和高星谈谈。"

灰条低头看了看虎星的尸体，身体忽然颤抖了一下，说："我再也不想看到类似的事情发生了。"

火星回答说："如果我们不能除掉长鞭，类似的事情迟早要发生。"

说着，他缓缓向风族族长走去，一边走一边整理自己凌乱的思路。当他走到高星面前时，发现高星的眼里同样充满了恐惧的神色。

高星说："如果不是亲眼所见，我简直不敢相信这件事。九条性命啊，就这么一眨眼工夫没了。"

火星点了点头，说："你可以带领族群离开丛林另寻一块安身之地，没有猫会责怪你的。"他无意菲薄高星的勇气，但敌人实在太可怕了，他不能强求高星留下来和他一同战斗。

高星感觉受到了羞辱，怒气冲冲地说："风族已经被赶走过一次了，那种事情不能再发生。我们会坚守领地，誓死捍卫它。雷族和我们一同战斗吗？"

还没等火星搭话，雷族中早已响起一片毅然决然的呼声。火星庄严地说：“我们将奋起抗战，能够和风族一同战斗是我们的光荣。”

两位族长对视良久，其实大家都心知肚明，和血族作战将意味着雷族和风族的覆灭。

高星最后说：“我们现在要回去作准备了。三天后的清晨，我们不见不散。”

火星说：“不见不散！愿星族保佑我们。”

他目送风族远去，然后转过头看着他的武士们。大家脸上都充满了焦虑、惊慌的神色，但火星知道绝不会有一只猫临阵退缩。他们来到“四棵树”就是抱着必死的决心，尽管情况发生了变化，敌人厉害得超乎想象，但他们会毫不犹豫地把自己的热血抛洒在这片森林大地上。

火星平静地说：“我为你们感到自豪！如果有谁能把血族赶出去，那必定是你们。”

沙风上前几步用口鼻抵在他的肩膀上，说：“在你的带领下，我们会克服任何困难。”

火星一时间激动得说不出话来，武士们的信任更令他感觉到肩上挑着千斤重担。过了半晌，他说：“我们回营吧，有很多事情等着我们去做。灰条、云尾，你们去前方探路，我们要防备长鞭打埋伏。”

灰条和云尾立刻朝雷族营地方向奔去。火星等了片刻，这才带领众武士上路，留下尘毛在队伍后面负责警戒。火星走出了老远，仍然感到长鞭那双冰冷的眼睛仿佛在注视着他们。自从逐散了那群恶狗之后，火星再次有种被当做猎物的感觉。他的敌人虽然是自己的同类，但带来的威胁却更加可怕。

但是，如果此时站在血族面前，火星绝不会流露出丝毫畏惧的神色。他们一路上平安无事，顺顺利利地回到营地所在的山沟边。

火星注意到黑莓爪步伐迟钝，尾巴耷拉在地上，于是温言问道："有什么心事吗？"

黑莓爪抬起头看着师父，他说："我原本以为自己痛恨父亲，不想加入他的族群，但看着他那样惨死我心里好难过。"

火星用鼻子触了触黑莓爪的侧腹，说："我知道，但事情已经结束，你终于从他的阴影下走出来了。"

黑莓爪转过脸，低声说："我永远都无法从他的阴影下走出来。虽然他死了，但我仍旧是他的儿子。还有，黄爪怎么办？"说到这里，他的声音有些哽咽，"她为什么要去追随他？"

"我也不清楚。"火星明白黄爪的背叛给黑莓爪带来了极大的痛苦，"但如果我们度过这一劫，我保证找个适当的机会和她好好谈谈。"

“你的意思是允许她回到雷族？”

火星坦白地说：“我不能保证任何事情。我们还不知道她是否肯回来，不过我会给她一个说话的机会，尽量给她行个方便的。”

黑莓爪沮丧地说：“谢谢你，火星，你这么做对她已经是宽大为怀了。”说完，他朝师父低头行礼，迈步走进金雀花通道里。

火星站在高岩上，看着众猫从巢穴里走出聚集在会场上。从大家忧虑的面容上看，血族的事情显然已经传遍了整个营地。他知道自己该说些鼓舞士气的话给大家增添些希望，却不知能说些什么，因为他自己都觉得希望极其渺茫。

太阳渐渐西沉，高岩的影子被拉长后映在地上，营地沐浴在夕阳的余晖下，犹如浸泡在鲜红的血水里一般。火星怀疑这是否是一个征兆，预示着他的朋友们、他的武士们在劫难逃。毕竟，当虎星被长鞭当场屠杀、鲜血洒在“四棵树”时，星族没有显露出任何动怒的迹象。

“不。”火星对自己说。这种想法徒劳无益，而且他必须树立起打败血族的信心。

他清了清喉咙，开始说：“雷族同胞们，想必大家已经听说我们面临的危险了。从两脚兽的地盘那里跑来一支血族，声称要霸占我们的丛林。他们想让我们当胆小鬼，不作抵抗便乖乖让出领地。但在未来三天，我们将和风族联合起来，坚决将血族赶出我们的丛林。”

云尾立刻跳起身高声呼应，会场上还有几只猫随声附和，但有些猫则面面相觑，似乎压根儿不相信他们能从血族的魔爪下逃生。

白风问：“河族和影族是什么态度？他们也要参加战斗吗？他们会站在哪一边呢？”

火星回答说：“这个问题问得好。眼下我也不知道答案，虎星死的时候，虎族众猫便一哄而散了。”

白风说：“我们需要查明他们的去向。”

雾脚站起来说：“我可以偷偷溜进河族领地里去打探一番，那里的地形我最熟悉。”

火星急忙制止说：“不行！谁都能去，偏偏你不能去，那太危险了。我们目前还不知道虎族是否仍在迫害混血猫呢，我不想让你白白送命，雷族需要你。”

雾脚张嘴想要争辩，但想了想后便又坐了回去。白风说：“我们可以通过边界巡逻查明他们的去向。”

火星点点头：“这件事就有劳你了，白风。我想增加影族和河族边界的巡逻次数，巡逻队的主要任务就是查探其他族群的动静，同时对血族多加留神。我们要防备长鞭出尔反尔，在三日期限到来之前发动攻击。”

白风晃晃尾巴说："我会妥善安排的。"

火星见白风的镇定自若鼓舞了大家的士气，便趁热打铁说："接下来，族里的每一只猫都要作好战斗准备。"

栗崽热切地跳起身问："也包括幼崽吗？我们能参加战斗吗？我们能成为学徒吗？"

虽然气氛紧张，但火星仍忍不住被她逗乐了。他笑着说："不行，你们年纪太小，不能成为学徒。我也不能让你们投入战斗，但你们要学会保护自己。沙风，你能教这些幼崽一些防身术吗？"

"放心吧，"沙风赞许地看着栗崽以及她的同胞兄弟煤崽和雨崽，"等我教会他们几招后，保准会让血族的猫大吃一惊。"

云尾喊道："那么亮心呢？她的格斗技能已经相当纯熟了。"

亮心毅然地说："我想参加战斗，火星，你就让我去吧，行吗？"

火星犹豫不决。亮心的身体已经强壮了许多，而且她跟着云尾训练得十分刻苦。于是他说："让我好好考虑一下。你为技能评估作好准备了吗？"

亮心点头说："随时都可以进行，火星。"

雾脚插言说："我们也和你们一起战斗。"羽爪和风爪也都站起身昂头说："多谢你们的照料，我们都已经恢复体力了。"

"太好了。至于你们——"火星扫了一眼会场，"武士、学徒以及老年猫们，你们有三天的准备时间。灰条，你能负责指导训练吗？”

灰条眼睛一亮，兴奋地说：“没问题，火星。”

“再叫上两只猫做你的帮手，你们轮流负责指导，这样白风就能抽出足够的力量来组织巡逻和捕猎。”火星一瞥眼看见炭毛坐在香薇通道入口处，于是说，“炭毛，治伤的草药都已经准备齐了吗？”

其实，火星不用问也知道答案。炭毛是一个细致认真的巫医，当然已经准备齐了，但他为了让大家安心，故意问了一句。

炭毛会意地说：“都准备妥当了。不过战斗一旦开始，会有许多伤病员，如果你能安排一只猫来帮忙，那就更好了。”

“小事一桩。”火星想了一会儿，目光落在香薇爪的身上。他想起香薇爪在照料伤员时的温柔和体贴，于是他宣布：“就让香薇爪帮你吧。香薇爪，你愿意帮忙吗？”

香薇爪低头答应。火星又把各种事情梳理了一遍，最后觉得再没有什么需要安排的了。

他望着融入夜色中的群猫，深吸了口气，大声命令说：“现在大家去吃饭，今晚好好睡上一觉。明天我们就开始准备工作——三天后，我们要给长鞭和他的血族一点儿颜色看看，好叫他们知道我们的森林不容他们肆意践踏。”

第二十四章

第二天清晨，火星从巢穴里走出，看见大家都已经忙活起来了。鼠毛一早便带领着巡逻队出去了。沙风正带着三只幼崽去训练沙坑，三只幼崽欢天喜地地跟在她身后。雾脚和两个河族学徒也一同前往训练。这时，蕨毛衔着一只猎物刚刚回来。

火星看见白风和黑莓爪、蜡爪站在营地围墙边，于是向他们走去。

白风迎过来说："我们正在检查围墙的牢固程度。如果血族攻来……"说着，他眼睛里充满了忧虑的神色。

"好主意。"火星想到血族可能破门而入，在营地里横冲直撞，不由得打了个寒战。正在此时，他听见金雀花通道里传来声音，急忙扭头去看，竟然看见乌爪从通道里走了出来，身后还跟着巴利。巴利此前还从未来过雷族营地呢。

火星急忙迎上前去。乌爪自信地大步走过来，跟在后面的巴利则谨慎小心，好像怕自己不受欢迎似的。

乌爪大声说："昨晚我们在风族边界处遇见了一根须，他把长鞭和血族的事情都一五一十地告诉我们了。我们想来帮忙，更重要的是巴利有些情况要告诉你。”

火星低头行礼说：“看见你们真好，感谢你们前来鼎力相助。咱们去我的巢穴里谈吧。”

火星友善的态度令巴利的紧张情绪缓解了些，两位独行者随着火星走进高岩下的石洞中。清晨的阳光透过苔藓照进洞穴，显出一派安静祥和的气氛。火星一时间几乎忘记了来自血族的威胁，但独行者脸上凝重的表情提醒着他此时森林正蒙上了前所未有的阴影。

等两位独行者坐下后，火星急切地问：“是什么事啊？”

乌爪向四周打量着，流露出敬畏的表情——他想起了蓝星，也许他更奇怪当年与他同门学艺的火星怎么就接替了前族长的位置呢。巴利显得很不安，他趴在地上，把四肢垫在身子底下，这才开口说：“我是在两脚兽的地盘里出生的，长鞭和他手下那群武士的许多情况我都清楚，大……大概你能猜出来我曾经是血族的一员吧。”

火星一下子来了兴趣，说：“请说下去。”

巴利说：“从我记事的时候起，我就和同胞兄弟们一起在废墟中玩耍。我们的妈妈教我们捕猎以及如何在两脚兽的垃圾堆里寻找食物。后来，她还教了我们一些防身的技能。”

火星惊讶地问：“你的师父居然是你的母亲，其他的猫也这样吗？”

巴利点头说：“血族没有像学徒和师父这种规范的训练系统，你们丛林猫理解不了他们的生活方式。大部分的猫之所以听命于长鞭，是因为他最厉害、最凶残，壮骨就是所谓的副族长，长鞭的许多肮脏勾当都是由壮骨完成的。”

火星问：“壮骨？他的皮毛是不是黑白相间啊？他也去了‘四棵树’。”

巴利一脸厌恶地说：“他长得正如你所说的那样，他和长鞭一样坏，两只猫狼狈为奸！凡有猫违抗他们的命令，幸运的便被赶走，不幸的就有可能被杀掉。”

火星好奇地问：“那幼崽和老年猫由谁照料啊？”

巴利耸耸肩膀说：“母猫生孩子的时候通常都由她的配偶去捕猎。即使是长鞭也懂得没有幼崽的族群注定不能长久的道理。可是老年猫，还有那些受伤或生病的猫——哼，他们就只能自己照顾自己了，是生是死，一切都听天由命，血族里不容许有弱者生存。”

火星感到身上的毛根根竖立。世界上居然还有这样的族群，身处困境的猫得不到同胞们的照顾，一辈子勤勤恳恳服务族群，到最后却被族群拒之门外。

火星脱口而出：“那怎么还会有猫追随长鞭呢？”

“因为他们当中有一些猫酷爱杀戮。”巴利的语气冰冷，目光幽深，“而另外的一些猫则慑于长鞭的淫威不敢不从。在两脚兽的地盘里，你如果不住在两脚兽的巢穴里，根本就无法主宰自己的生活，要么投靠长鞭，要么反抗他，不过和他作对的猫都活不了多久。”

乌爪凑到巴利跟前，将鼻子轻轻抵在他的侧腹上以示安慰。他说：“那就是巴利为什么要离开血族的原因。巴利，快和火星说说。”

巴利回忆起那段黑暗的往事，不由得打了个寒战。他说：“其实也没什么可说的。我无法忍受长鞭的专横，于是一天夜里偷偷溜走了。一路上我没命地狂奔，生怕被长鞭和他的武士们捉住。我跑到两脚兽地盘的边缘，穿过了雷鬼路。我嗅到森林里的猫的气味，但那时我以为他们也和长鞭一样凶狠，便远远跑开了。最后我走到两脚兽的农田，找到了我的安乐窝。两脚兽们任由我住在那里，它们巴不得我帮它们捉老鼠呢。”

火星一边听巴利的讲述，一边脑子里转个不停。巴利的话使他更加坚信自己的判断：长鞭是一个疯狂、危险的敌人。于是他对巴利说：“长鞭一定有某个弱点，只要找出他的弱点，我们就能打败他。”

巴利直视着他，回答说：“他的弱点其实就潜藏在他的厉害之处，长鞭和他的武士们都不信仰星族。”

火星不知道他指的是什么。云尾也不信仰星族，但他仍然是一只赤胆忠心的雷族猫啊。巴利究竟想告诉他什么呢？

只听巴利继续说道：“血族没有医生。我说过，他们根本不照顾伤病员。如果他们不信仰星族，他们便得不到任何来自上天的启示。”

“那么——他们也不遵守武士守则喽？”话刚出口，火星便知道这个问题问得非常愚蠢。巴利说的这些情况都向他表明了血族的行为方式。“你还说那是个弱点？可他们能够为所欲为，丝毫不受守则的约束啊。”

巴利承认道：“你说得没错，但是你仔细想想，火星，没有武士法典的约束，你会变得和长鞭一样穷凶极恶，也许你能因此而打败他。但如果没有对星族的信仰——你将会陷入怎样一种境地？”

巴利的目光非常坚定，火星细细回味他的话。听完巴利说的这些情况后，火星对血族的惧怕更增添了三分，可与此同时，他心里又隐隐升起一丝希望，仿佛星族想要借巴利的话告诉他一些他目前尚未想到的东西。

他说：“谢谢你，巴利，我要认真想想你说的话，我不会忘记你的热心帮助。”

乌爪站起来说：“我们来这里也不全是为了这个。一根须告诉我们三日后——现在已经是两日了，你们将会和长鞭发生一场大战，我们希望能够尽一些绵薄之力。”

火星吃了一惊，说：“可你们是独行者，这场战争与你们毫不相干呀！”

巴利说：“算了吧，火星，如果长鞭称霸森林，你认为我们还会有几天安稳日子可过呢？不出十天，他就会找到我们的谷仓和里面肥美的老鼠，到时候我们不是被赶走，就是被他们杀死。”

乌爪平静地说：“而且我们应为朋友们而战。”

火星暗暗感激两位独行者的古道热肠，他说：“谢谢你们，所有的族群都会铭记你们的恩德。”

巴利不以为然地说：“我可不管那些，我只想过平静的生活——但血族的事一天不解决，我就一天不得安宁。”

火星同意说：“我们都一样。假若森林被长鞭霸占了去，我们就没有任何希望可言。”

送走乌爪和巴利后，火星便动身前往沙坑检查训练的进展情况。刚走出营地大门，他便看见长尾和霜毛从山沟坡上爬下来，于是他停下脚步问：“发现什么情况了吗？”

长尾点头说：“我们沿着影族边界一直巡逻至‘四棵树’。从影族那里不断飘过来血族的气味，隔着雷鬼路大老远就能闻到那股臭味。”

霜毛补充说：“他们一定是躲到那里去了。”

火星若有所思地说："说得有理，可影族去哪儿了？"

长尾兴奋地说："我正要说这件事。我们在'四棵树'嗅到了他们的气味——许多猫的气味都指向同一个方向，我相信他们都到河族的领地里去了。"

火星沉思着说："这么说他们去投靠河族这个盟友啦。"河族是否接纳这些影族武士呢？豹星是否想在虎星死后恢复自己的权威吗？

想到这里，火星耸了耸肩膀。他的烦恼已经够多了，现在顾不上豹星会干什么。于是他说："有劳了，长尾，这个消息对我们很有用。你们饿坏了吧，快回去吃点儿东西。"

长尾点头答谢后，带着霜毛走进金雀花通道。火星目送他们离去，直至霜毛的尾巴一晃消失在灌木丛里的时候，他这才朝训练沙坑走去。

灰条正站在一块大石头上指导学徒们训练，看见火星走来，他竖起耳朵打了个招呼。

"训练的情况如何？"

灰条回答说："不能再好了。如果长鞭看见我们，他只怕要夹着尾巴滚回两脚兽的地盘去了。"

他的脸上显出一副坚强的表情，火星想起他和银溪来往的那些日子。他很想把梦里见到银溪的事告诉灰条，但又觉得这并不能减轻灰条的悲痛。那只漂亮的母猫再也不能复活，他可不希望灰条那么快便去星族那里和她相会。

“从任何方面看，我们都是森林里最强的战斗队。”灰条一边说着，一边瞅着黑莓爪和刺掌，“请稍候，我去纠正一下黑莓爪挥爪的动作。”

说着，他从岩石上跳进沙坑。火星向四周张望，见斑尾和小耳正围绕对方走来走去，寻找跳起攻击的机会。在沙坑的另一边，沙风正在指导柳带的三只幼崽。火星走过去观看，只听沙风说：“好了，我现在是血族的武士，刚刚闯入你们的营地，你们准备怎么……”

没等沙风把话说完，栗崽便扑上来咬住了她的尾巴，于是沙风那句没有说完的话立刻就变成了尖叫。她跳起转身，抬起前爪想要把栗崽推开，煤崽和雨崽已从她身后扑了过来，沙风的身影立刻消失在三只死缠烂打的小猫堆里。

沙风从小猫崽们的纠缠中抽身出来，笑嘻嘻地说：“干得漂亮！如果我真的是血族猫，此时早就吓得飞奔而逃了。”她转头对火星说：“嘿，你来啦！看见这三个小家伙了吗？过不了几个月，他们就能成为伟大的武士！”

火星称赞他们说：“我一点儿也不怀疑！你们表现得很好，除了沙风之外，没有猫能够教得更好了。”

栗崽说：“我想要沙风做我的师父，行吗，火星？”

煤崽立刻争辩说：“不行，我要她做我的师父！”

沙风在一旁掩嘴偷笑，她对孩子们说：“我当谁的师父要由火星决定，先让他瞧瞧你们的本事吧。”

于是这些幼崽又开始闹成一团，有的假装攻击，有的演练防守。虽然他们兴奋得大喊大叫，但都争取按照沙风教给他们的动作要领去做，巧妙地躲避攻击，并且趁势给对方一个小小的反击。

沙风赞许地说：“他们都很优秀，尤其是小栗崽。”她侧眼瞅了瞅火星，“如果你要我做她的老师，我绝不会说半个‘不’字。”

火星温柔地冲她眨眨眼睛，说：“等时机一到，我就让她拜你为师，不过这件事只能你知我知。”

虽然雷族正处于前所未有的危难中，但火星仍情不自禁地感到自豪。他用鼻子贴在沙风的身体上，喃喃道：“我们将会赢得这场战争，对此我毫不怀疑。”

沙风没有回答，但她的目光中已说出了一千句话、一万句话。

火星留下沙风继续教导训练，自己走到沙坑的另一边。云尾、亮心、蜡爪和尘毛正在那里练习。只见亮心把尘毛撞了个仰八叉，尘毛站起来，一边吐掉嘴里的沙子一边说：“我从没有见过这一招！再让我领教一回吧。”

于是亮心俯下身子，可当她看见火星走过来时，立刻放松

沙风……
明天我们会取得胜利吗?
当然，一定会的!
看他们练得多起劲儿啊!
我相信你!

HA HA
PONG!!
哈哈！还想再来吗？
你不要得意得太早。
才刚刚开始哪！

下来。

云尾翘着尾巴迎上前，得意扬扬地说："你看见了吗？亮心现在打得确实不错。"

火星催促她说："接着练下去，这一招看起来很有点儿意思呢。"

亮心用独眼紧张地瞥了他一眼，然后又集中起精神。尘毛试图绕到她盲眼的一侧，但亮心不停变换位置，令尘毛始终处于自己的视线之内。尘毛按捺不住，终于纵身跳起。亮心身子一缩，从他下方钻过，随后抓住他的后腿将他甩翻在地。

尘毛站起来抖掉身上的沙尘，云尾开玩笑说："我现在知道你为什么叫尘毛了。"

火星高声喝彩说："干得漂亮，亮心！"

他扭扭耳朵将云尾招到一边，说："我原本不想打搅你，可我现在想去看望公主，我觉得你可能也想和我一同前往。"

云尾竖起耳朵说："你想去叮嘱她多加小心吗？"

"是的。如今血族窥伺一旁，我们该提醒她注意危险，虽然她不常到森林里来，可一旦……"

"我和你一起去。"云尾说着，回到沙坑里向亮心交代了几句。

不一会儿，两只猫便动身朝松林进发。离开沙坑时，火星和灰条道了别。惨白的阳光照在大火过后留下的灰烬上，新长出的植物在酷寒中已经干枯凋零，周围既没有猎物的气味，也没有猎物发出的声响。火星暗想，即使没有血族的威胁，这个冬季也已经很难熬了。

他们走到公主生活的两脚兽的巢穴边，看见她正坐在花园的围栏上。他们从森林里走出来跳上花园的围栏，公主立刻发出欢快的呼声。

公主用鼻子抵在火星的身上，大声嚷嚷："火心，云尾！看见你们真是太好了，你们还好吗？"

火星回答说："放心，我们很好。"

云尾插言说："他现在是族长啦，你该称呼他火星。"

"族长？那太了不起啦！"公主欢呼雀跃。火星知道这个姐姐为他感到由衷的自豪，但她不知道这件事真正意味着什么——失去蓝星的巨大痛苦以及承担的沉重责任。公主又说："看见你们真高兴，可你们看上去瘦多了。"她退后一步打量着自己的弟弟和儿子，"你们能吃饱肚子吗？"

这个问题很难回答。在这种严寒季节里，森林里所有的猫都填不饱肚子。但生在两脚兽巢穴里的公主每天过着饭来张口的生活，怎么可能知道他们的艰难呢。

还没等火星回答，云尾便不耐烦地说："我们的日子过得还凑合吧。我们来是为了告诉你不要到树林里去，附近有许多坏猫出没。"

火星瞪了眼莽撞的外甥，他本来是要找一个缓和点儿的方式告诉公主这件事的。这时他只得解释说："从两脚兽的地盘来了些猫进入森林里。"说着，他用鼻子抵在公主的侧腹上以示安慰，"他们非常凶悍，不过你放心，他们应该不会来招惹你的。"

公主低声说："我经常看见他们穿行在树林间，而且我也听过他们的一些事，听说他们连狗和猫都要杀。"

火星想起长鞭那用牙齿穿成的项链，所以对这个传闻深信不疑。过不了多久，长鞭的名下又要记上更多的血债了。

他故意装出自信的样子说："凡是喜欢传播流言的猫都有夸大其词的毛病。你不需要担心，不过为了保险起见，眼下你最好不要走出这座花园。"

公主凝视着火星，显然没有被他故作轻松的语气瞒骗过去。她说："我一定不走出花园，而且我还要向其他的猫发出警告。"

云尾说："那就好！别担心，我们会把血族除掉的。"

"血族？"公主重复了一声，身上打了个寒战，"火星，你们的处境很危险，是不是？"

火星点点头。忽然之间，他不再想把姐姐看做一只柔弱的宠物猫，连真相都不敢对她说。于是他回答说："是的，我们的处境不妙，血族给了我们三天时间离开森林。但我们不打算离开，所以一场大战是免不了的。”

公主呆呆地看着他，看了良久。她的尾巴扫过火星身上的一道旧伤疤，那道伤疤是在很久以前的一次战役中留下的，久远得连他自己都不记得了。火星突然意识到自己在姐姐的眼中是个什么形象：体格健壮，却憔悴落魄，伤痕累累的外表标志着他的丛林生活是多么艰辛。

公主平静地说：“我知道你会竭尽全力，你们的族群再也找不到比你更好的族长了。”

火星说：“希望你说得对。血族是有史以来族群所面临的最严重的威胁。”

“你们会度过这次劫难的，你们会的。”公主舔着他的耳朵，紧紧贴在他的身上。火星能够嗅到她散发出的恐惧气味，但她却显得很平静，脸上流露出不寻常的严肃神情。只听她喃喃地说：“你们要安安全全地回来，火星。”

第二十五章

和公主道别后，云尾赶去捕猎，火星独自回营。走到山沟边时，夜色渐浓。火星远远就嗅到了白风的气味，走近金雀花通道，果然见他衔着一只水老鼠在那里。白风看见火星，急忙放下嘴里的猎物，连招呼都顾不上打便说：“我正想找你谈谈，在这里谈最好，没有猫能听见。”

火星心里一沉，问：“出什么事了？出事了吗？”

白风说：“你是说长鞭吗？”说着，他找了一块石头在上面坐下，晃晃尾巴招呼火星过去坐。“没有，没出什么事。巡逻和训练的情况都正常进行。可我一直扪心自问，我们真的能够渡过这场劫难吗？”

火星凝视他：“此话怎讲？”

白风重重叹了口气：“即使我们和风族联手，血族在数量上也呈压倒性优势。我知道我们的武士们会为了保卫这片森林而战至最后一滴血，可代价也许很高昂。”

火星怒气冲冲地问：“你是说我们应该投降，离开这片丛林吗？”他从来没有想到白风竟然会提出这样的建议，如果不是深深了解白风的英勇品格，他会以为这是个胆小鬼说出的话呢。

“我不知道。”白风的语气显得非常疲惫，火星忽然意识到他年事已高。“情况发生了变化，这谁都不能否认。也许是到我们搬迁的时候了，石林那边一定能找到新的领地，我们可以另找一块……”

火星打断他的话说：“绝对不行！这片丛林是我们的。”

白风神情凝重地说：“你还很年轻，当然可以这么想了，可这场仗打下来要死很多猫的啊，火星。”

“我知道。”一整天来火星忙上忙下，想方设法鼓励大家的斗志——也包括他自己——帮助族群树立打败长鞭的信心。如今白风正迫使他面对一个事实，那就是即使他们打赢这场战争，他们也必将伤亡惨重。雷族也许能够赶走侵略者，但能侥幸活下来的不会有几只猫，这种胜利和失败简直没什么两样。

于是他说：“我们必须勇往直前，我们不能学老鼠的样子夹着尾巴逃跑。你说得对，白风，我知道你说得对，可我们还能有别的选择吗？离开这片丛林可是违背了星族的意愿啊。”

白风点点头，说：“我知道你会这么说。唉，我只是对你说说我的看法，这是副族长的职责所在。”

“非常感谢你的好意，白风。”

白风站起来朝他的猎物走去，中途转过头说：“我既没有虎星那样的野心勃勃，也没有你那种雄心壮志，我从没想过要当族长。只要是头脑健全的猫都不会忌妒你当这个族长，你这个族长难当啊。”

火星眨眨眼睛，不知道说什么好。

白风继续说：“我现在只想到时候豁出这条老命拼死一战。”

说着，他的脸上闪过一丝不祥的预感。许多猫到了白风这把年纪便早已加入了老年猫的行列，因此白风害怕自己的战斗力不足也是件很自然的事。

火星说：“我知道你会尽全力战斗的，你是森林里品德最高尚的猫。”

白风看着他，久久不发一言，衔起那只水老鼠走进了营地。

火星独自站在岩石上。白风的话令他心烦意乱，他忽然不愿意回到营地，回到他那个阴暗的巢穴里，此时他根本就无法入睡。

他静静站了一会儿，然后起身朝山沟外爬去。太阳已经落山了，天边隐隐透着一丝鲜红。夜幕降临，天空中升起几颗星星，恰如星族的眼睛在注视着他。

火星悄无声息地穿行在灌木丛间，过了一段时间才发觉自己竟然在往太阳石方向走去。走到树林边缘的时候，天已经完全黑了。石群就像一只只趴在地上的野兽，表面上凝结着一层银霜。石群后方传来小河流水的潺潺声，忽然，他听到猎物发出的沙沙响动。

火星嗅出那是一只老鼠，嘴里顿时口水四溢。他几乎足不点地地匍匐过去纵身跃起。饥肠辘辘的他几口便将嘴里的美味吞咽下肚。

草草填饱肚子后，火星感觉舒服了些。他跳上岩石俯视河流。黑糊糊的河面上反射着点点星光。一缕清风徐来，吹皱了他身上的毛，也吹动了周围的树林。

火星仰天长望。天上的星星眨呀眨的——不过在这个寒冷的夜里，他们显得那么冰冷和遥远。星族真的关心森林里发生的事吗？难道果真如蓝星所说的那样，星族在和他们作对吗？想到这里，火星深切体会到蓝星生前那种孤立无助的感觉。他没有像蓝星那样愤世嫉俗，因为他从没有失去对武士祖先们的信仰，但他开始理解蓝星为何会对星族产生怀疑了。

在虎星追逐权力的过程中，那么多的猫无辜死去，而星族并没有拯救他们。这样看来，相信武士祖先们会帮助他们的想法是多么的愚蠢啊。

可如果没有星族，他的族群又如何生存下去呢？火星仰头对绚烂的银河发出长啸：“给我指条明路吧！让我知道你们站在我们一边！”

星辰发出冷冷的光，他的呼喊没有得到任何回答。

与天上无边无际的星族相比，他显得多么渺小啊！火星在石头下方找了一处避风的洞穴，尽管他不想睡觉，但疲惫仍然将他拖入了梦乡。

他梦见自己坐在“四棵树”，这里到处充满了春天的温暖气息。在他的周围密密麻麻地站着星族武士，就如当日他在月亮石接受九条性命时所见到的情景一样。他看见斑叶和黄牙也站在猫群里，还有两位新武士——石毛和那位年轻的学徒金雀花爪。

火星跳起身走到他们面前。他头一回不感到敬畏，因为他们似乎已经抛弃了他，抛弃了整片森林，将族群置于可怕的境地而不顾。火星按捺不住内心的怒火，低吼道：“是你们统治着这片丛林！在那次森林大会上，你们制造了一场暴风雨，使得我没能揭露虎星的罪行。你们默许他引狼入室，将长鞭带到森林里来！你们为什么要这样做？难道你们想让我们遭受灭顶之灾吗？”

一个熟悉的身影走上前，是蓝星，她的皮毛在星光照耀下光辉四射。只听她说道：“火星，你不明白，星族并没有统治这片丛林。”

火星呆呆地望着她，不明所以。难道很久以前踏入森林的那一刻，他所学到的东西都是个错误吗？

蓝星继续说：“星族关心生活在丛林中的每一只猫，无论是嗷嗷待哺的幼崽，或是步入垂暮之年的老年猫，我们关注着他们。我们托梦给巫医，给他们启示。可那场风暴与我们无关。长鞭和虎星的残忍好杀是因为他们天性如此，我们虽然关注，却不横加干涉。如果我们随意干涉你们的生活，那你们还能有真正意义上的自由吗？火星，你和其他猫都有权利选择遵从或不遵从武士守则，你们并不是星族的掌上玩物。”

“可……”火星想插言。

蓝星没有理会他，接着说：“如今我们正在关注着你，火星，你是我们选中的猫，你就是拯救族群的火。没有哪位星族的武士将你带到这里，你之所以站在这里，是因为你接受了内心的指引，是因为你的武士精神，是因为你是一只真真正正的族群猫，你对星族的信仰将会为你带来无穷的力量。”

火星听着蓝星的话，心里渐渐感到安宁。他感觉蓝星的力量，不，是所有星族武士的力量正涌入他的体内。他终于明白，不论这场与血族的战争是胜是败，星族都没有抛弃他。

蓝星将鼻子抵在他的额头上，就如当初在他武士典礼上做的那样。这时，星族武士们的身影逐渐暗淡消失，火星又沉沉睡去。当他睁开眼睛的时候，第一缕曙光已经出现在天际。

火星站起来伸了个懒腰，昨晚的梦犹在眼前。他感觉自己全身都充满了力量。作为族长，拯救族群是他义不容辞的责任。有星族相助，他一定能够力挽狂澜。

第二十六章

火星暗想：我出来了这么长时间，也不知道会不会引起大家的担心。他站在岩石上眺望洒满整片森林的金色曙光。

河对岸依然寂静无声。站在豹星的角度，火星估计她不会欢迎逃窜进河族领地内的影族武士。在这个严酷的落叶季里，食物是多么缺乏啊。

忽然间，火星脑中闪过一道电光，令他一下子坐了起来。为什么他原先没有想到呢？也许雷族并不像他想的那么势单力薄，在河流的对岸便有两个族群的武士。如今虎星已死，他们和血族已经彻底决裂了。

真是笨蛋！火星暗骂自己。眼前就是个大好机会，森林里的四大族群可以联合起来共同把血族赶走。四个不是变为两个，而是变为一个，只不过不是按照虎星原先的意愿罢了。

火星眼前顿现光明。他立刻从石头上跳下，朝下游的过河石头处奔去。

眼看就到过河石头处了，忽然有猫大喊他的名字："火星！

火星！”他扭头看见一支雷族巡逻队从树林里走了出来。灰条走在最前面，身后是沙风、云尾和黑莓爪。

沙风冲过来生气地说：“你昨晚到哪里去了？我们都快急死了。”

“对不起。”火星歉意地舔了她一下，“我需要理一理思路，仅此而已。”

灰条说：“白风说你不会有事的，炭毛也显得不怎么担心，我觉得她没有把知道的事全说出来。”

火星说：“好啦，我这不好好的嘛。正巧你们也来了，我正要去河族领地一趟呢，咱们一起去。”

云尾大吃一惊，说：“河族？你去找他们干什么？”

“我要说服他们明天和我们一同抵抗长鞭。”

云尾瞪着他说：“你疯啦？这简直等于送死！’

“豹星不会加害我的。如今虎星死了，她和我们一样都不想让血族霸占这片森林。”

云尾耸了耸肩膀，灰条也有些拿不定主意，但沙风的眼睛却亮了起来。

她高兴地说：“我就知道你会找出打败血族的法子的。”

火星转身朝过河石头走去，这时黑莓爪追上前说：“火星，如果黄爪在那里，我能和她谈谈吗？”他的声音有些颤抖，脸上显出期待的神情，“这也许是唯一的机会了。”

火星犹豫了一下，说：“好吧，如果你看见她，问清楚她的想法，然后我们再决定怎么办。”

黑莓爪如释重负，感激地说：“谢谢你，火星！”

火星带着一干武士走下河岸。他们踩着石头过河，整个过程中没有受到任何打扰。虽然太阳已经高高地升出了地平线，河族却还没有派出一支巡逻队出来巡视。

火星沿河岸逆着流水的方向朝河族营地走去。半路上，他经过流经骨山的小溪，想起当日的情景，仍然感到不寒而栗。如今那股腐臭味小多了，不过迎面吹来的风里仍夹着许多猫的气味。火星认出这是虎族的气味。闻过血族的气味之后，他觉得相比之下这股气味要亲切得多。

火星转头说：“他们一定在骨山的会场里，就算不是全部，至少也是其中的一部分。我们看看去——灰条，你负责警戒。”

灰条领命走在队尾。火星沿着小溪悄悄穿行在芦苇丛中。他走到芦苇丛的边缘处朝外张望，只见那座骨山已经开始坍塌，此时看上去和一堆垃圾别无两样。小溪里再也没有腐烂的猎物，相反倒有一个小小的猎物堆，这些猫似乎要把这里当做一个新的营地。

一些武士扎堆儿卧在会场里，他们皮毛凌乱，目光呆滞。火星吃惊地发现河、影两个族群的猫都在这里。他原以为只有影族的猫在这里安营，河族猫会回到他们上游处的旧营地去呢。

豹星就趴在骨山脚下，她的目光直勾勾地盯着前方，正对着火星的方向。火星觉得她一定看见自己了，但她却没有丝毫反应。影族副族长黑脚也躺在附近。火星惊奇过后，随即多了几分把握。这两个族群显然都已经归豹星统管，那么他就可以直接找她谈这件事了。

火星回头瞅了沙风一眼，小声问："他们都怎么了？"若不是没有嗅到生病的气味，他还以为这些猫都病了呢。

沙风迷惘地摇摇头。火星十分失望，他来这里是为了寻找一支战斗生力军，可这些猫半死不活，没有一点儿生气。不过此时，他已别无选择。于是火星晃了晃尾巴示意手下的武士们跟上，自己迈步走入会场。

没有猫迎过来。虽然有那么一两个武士抬头瞅了瞅他，但都如同视而不见。黑莓爪看了火星一眼，随即走开去找黄爪。

豹星站了起来。"是火星啊。"她声音沙哑，仿佛已经好几天没有说过话了，"你来这里干什么？"

火星回答说："和你谈谈。豹星，这里怎么了？你们出什么事了？你们为什么不回营地去呢？"

豹星看了他好一会儿，最后说："我现在是虎族的族长了。"说着，她暗淡的目光中闪过一丝骄傲的神色。

“河族的旧营地太狭小，容不下两个族群。我们让母猫、幼崽和老年猫住在那儿，并留下一些武士守卫。”说到这里，她苦笑了一下，“可这有什么用呢？血族会把我们全杀光的。”

火星急切地说：“千万不要这么想！如果我们能联起手来，一定能够把血族赶出去。”

豹星眼里射出恐惧的目光，她张口骂道：“你的脑子里灌水啦！把血族赶出去？你以为自己是谁呀？虎星是有史以来最厉害的猫，可你看看长鞭是怎么杀死他的。”

火星强忍住内心的恐慌，说：“我知道。可虎星是独自面对长鞭，而我们则是联合成一支力量去和他作战。打完仗后，我们将遵从武士守则的要求重新过四个族群的生活。”

豹星脸上充满了讥讽的神情，没有回应他的话。

火星问：“那你能怎么办呢？离开这片森林吗？”

豹星迟疑了一会儿，猛地晃了晃脑袋，这才不情愿地说：“我派出去了一支队伍，他们在石林那边找到了一块容身之地。可幼崽们年纪还小，有两只老年猫病倒了，并非所有的猫都能走到那里，留下来的猫只能是死路一条。”

火星努力劝说：“他们不是非死不可。雷族和风族已准备战斗，请加入我们吧。”

豹星没有再嘲笑他，而是凝视着他，这一次她专注了许多。旁边的黑脚懒洋洋地走过来。火星听到灰条发出一声低吼，他急忙对灰条摆摆尾巴。虽然他也痛恨黑脚，但此时他们必须同舟共济，共同对付一个强大的敌人。

黑脚嚷嚷说："你变白痴啦？你不会真的想加入这群傻瓜队伍中吧？他们根本不是血族的对手，会拖累我们的。"

豹星冷冰冰地瞅了他一眼。火心立刻意识到，其实豹星也十分厌恶黑脚，因为她最为宠信的副族长石毛当初就是死在黑脚的爪下。

她说："黑脚，别忘了我是族长，这儿我说了算。只要有打败血族的一线希望，我就不想放弃。"她转头对火星说："好吧，你有什么计划？"

火星也希望有一个既不会造成过大伤亡又能赶走血族的好方法，可他想不出什么妙计。只有付出惨痛的代价，他们才有可能打败血族。

他说："明天清早，雷族和风族将会在'四棵树'与血族会面，如果影族和河族加入我们的队伍，我们的力量就能够壮大一倍。"

豹星问："由你来领导我们吗？"接着，她不大情愿地补充说，"我现在身体虚弱，无力率领手下的武士们投入战斗。"

火星惊讶地眨了眨眼睛。他原以为豹星会争夺四大族群的领导权。其实，就算把领导权让给火星，他也不知道自己的能力够不够呢。不过眼下他没有别的选择。

于是他回答说："如果你同意，我会担负起这个责任的。"

"领导我们？"火星身后响起戏谑的声音，"让宠物猫领导我们？你是不是糊涂了，豹星？"

火星不用看都知道说话的是谁，黑条从一小撮猫群后面走上前。

火星扭头看过去。黑条在雷族的时候总爱把皮毛梳理得光溜溜的，可如今他那身黑色的皮毛却显得黯淡无光，似乎他已经不在乎自己的外表形象了。他看上去很憔悴，尾巴紧张地晃来晃去，只有充满敌意的目光还如往常一样。黑条走到两位族长面前，上下打量着火星，神态极其傲慢无礼。

"是黑条啊。"火星朝他略一点头。尽管火星并不同情黑条，但看到他这副模样心里仍不由得一颤。他目光空洞，宛如惊弓之鸟，看来他背叛亲族的行为已受到了应有的惩罚。

豹星走上前呵斥说："黑条，这里还轮不到你说话。"

黑条冲火星怒吼道："我们该把你碎尸万段！是你鼓动长鞭杀了虎星，他的死都是你的错。"

"我的错？"火星吃了一惊。黑条的双眼中喷射着怒火，火星知道这是他对虎星的死感到痛苦的表现。现在虎星死了，黑条彻底成了孤家寡人。"不，黑条，虎星是咎由自取。如果他不把血族引入森林，这一切便都不会发生。”

灰条插言说：“这件事到底是怎么回事？我正想知道呢。虎星是怎么想的？难道他不知道自己是在引狼入室吗？”

“他把血族招来是为了大局着想。”豹星想替虎星辩护，但她的话显得十分空洞，“他相信如果大家统一由他领导，丛林猫就会更加安全，他认为血族会帮助他劝服大家。”

灰条冷笑了一声。豹星没有理会他，她晃了晃尾巴，一只猫立刻走上前——那是一只瘦削的公猫，一只耳朵残缺不全。火星认得他叫石头，是虎星带入影族的泼皮猫中的一只。

豹星命令说：“石头，你把事情的经过给火星讲一遍。”

石头看着火星，显出一副疲惫的神情。他坦承说：“我曾经属于血族，那是很久以前的事了，可虎星知道我的底细。他要我带他去两脚兽的地盘，因为他需要更多的猫来保证影族获得森林的统治权。”说到这里，石头垂下头，耳朵不安地抽动了一下，“我……我曾试图劝说虎星打消这个主意，因为长鞭是只非常危险的猫，我们谁都不知道他会做出什么事。虎星答应长鞭如果他帮助影族打赢这场仗，那么影族就会从森林中划出一块地盘归血族统治。他原以为统一四大族群后，就能轻而易举地赶走血族。”

“但是他打错算盘了。”火星喃喃说着，眼前又浮现出那位老对头横尸爪下的情景，不由得感到一丝悲凉。

石头仿佛也想到了那一幕，心有余悸地说："虎星死的一刹那，我们简直不敢相信自己的眼睛。我们原以为虎星是永远不败的神话。虎星死后血族趁机袭击了我们的营地，当时我们都惊呆了，毫无还手之力。有些猫为了苟且偷生，投降了血族，裂牙就是其中的一个。"他的语气中渐渐充满了刻骨的仇恨，"如果能让我杀了这个叛徒，即使同血族打一仗也值了。"

"那你们明天会和我们一起同血族拼死一战吗？"火星朝周围扫了一眼，这才发现会场上所有的猫都已经聚拢过来，大家都在默默地听着。只有黑脚和黑条远远地站在猫群之外。

大家没有说话，都等豹星发话。

豹星说："我不知道，也许我们已经输掉了这场战争，我需要时间考虑一下。"

沙风说："剩下的时间不多了。"

火星晃了晃尾巴，将手下的武士们招到一起。他说："现在就考虑，豹星，我们在这里等着。"

豹星不高兴地瞅了他一眼，似乎不情愿受到催逼，但她什么也没有说，只是把河族的两三只猫招到身前，进行小声的议论。黑脚哼了一声，走过去加入讨论中。其他的猫站在原地不动，现场充满了一种悲凉的寂静。火星实在不知道这些猫还留存有多少战斗力。

云尾大声嚷嚷说："他们可真糊涂啊！这有什么好商量

的？豹星说他们不可能安全地离开——那除了奋起抗争之外还有别的路可走吗？”

火星命令说：“闭嘴，云尾。”

“火星。”黑莓爪的声音打断了他，火星转头看见黑莓爪和黄爪站在身后，“黄爪想和你谈谈。”

黄爪直直地盯着火星的双眼，简直就和她那位倔强不屈的母亲金花活脱脱一个模样。

火星问：“嗯，黄爪？”

黄爪开门见山地说：“黑莓爪说我应该告诉你我为什么离开雷族，可你心知肚明，是吗？我只想做回我自己，而不想活在父亲的阴影下，我要找到自己的归属。”

火星分辩说：“没有猫认为你不属于雷族。”

黄爪看着他，眸子里泪光闪动：“火星，我不相信，而且我敢说连你自己都不相信。”

火星愧疚得浑身发烫，承认说：“这件事我做错了。当我看你们两个的时候，我的眼里只有你们父亲的影子，其他猫也和我一样。可我并不想让你离开。”

黄爪淡淡地说：“其他猫想。”

黑莓爪恳求说：“她还能回到族群里，是不是？”

黄爪立刻截断他的话说：“等一等！我可不是来问你我是否能回去的，我只想在新族群里做一只忠诚的猫。”说着，她的脸上焕发出神采，“我想要成为最优秀的武士，而我在雷族里永远也不会实现这个愿望。”

火星看到她身上的那股勇气和忠诚，于是说：“很遗憾你离开雷族，我希望你过得舒心。黄爪，我真的相信，如果明天四大族群联合起来，我们一定能打赢这场仗。影族将会生存下来，成为你为之骄傲的族群——它也将以你为荣。”

黄爪略一点头，说：“谢谢你。”

黑莓爪显得心急火燎，可火星觉得自己已经仁至义尽了。这时，他听到有猫在喊他的名字，一转头看见豹星正朝他走来。

豹星说：“我已经拿定主意了。”

火星心里开始扑通乱跳，一切都取决于豹星的选择。没有河、影两个族群的帮助——尽管他们的武士状态极差——想要赶走血族那是痴心妄想。这一刻对火星来说简直就如一个月般漫长。

豹星宣布说：“明天河族将与血族一战。”

黑脚走上前说：“影族也一样。”他瞥了豹星一眼，似乎在强调自己的地位。

两位族长的话让火星心里的大石头落了地，不过他注意到猫群中仍有许多疑虑的目光。

黑条大声嚷嚷说：“你们都疯啦！和一只宠物猫联手？

哼，不管别的猫怎么说，反正我不会追随他。”

豹星怒斥说：“你必须服从命令。”

黑条反唇相讥：“试试看啊，我可不归你管。”

豹星冷冷地盯着他瞅了一会儿，然后耸耸肩膀说：“幸亏你不归我管，你就是一具行尸走肉，毫无用处。很好，黑条，你爱做什么便做什么吧。”

黑条犹豫不定，目光在豹星和黑脚身上扫来扫去，然后他向四周其他的猫望去，可是别的武士都在窃窃私语，谁也没有注意他。

于是他的目光又回到豹星身上，似乎想说些什么，但豹星一扭身走开了。黑条猛地转身，恶狠狠地对火星吼道：“你们这群蠢货！到了明天你们都不得好死。”

黑条在沉寂的气氛中离开了。所过之处，众猫纷纷让出道路，看着他消失在芦苇丛中。火星不知道这位性格孤僻的武士将会去往何方。

豹星上前一步说：“我以星族的名义发誓，明天将和你们在‘四棵树’会合，我们将和你们还有风族一起共抗血族。”她随后下命令说：“影毛，你能组织一支捕猎队吗？我们需要补充体力为明天的战斗作准备。”

一只深灰色的河族母猫晃了晃尾巴，走入猫群中点了几名武士。

豹星望着骨山，眼睛里流露出无尽的悲伤。她的身子颤抖了一下，喃喃地说："我们必须把它推倒，它属于那段黑暗的过去。"

说着，她将爪子插进骨堆中。她手下的武士们犹犹豫豫地走上前，似乎仍害怕虎星会突然出现惩罚他们的背叛行为。黑脚和一小群影族武士们站在不远处冷眼旁观，他阴沉着脸，没有猫能猜出他心里在想什么。

火星将他的武士们招到一起。他此番已经大功告成，豹星的勇气令他暗暗钦佩。他看着会场上河、影两个族群的武士，欣慰之余心里却隐隐有一个可怕的念头：如果我让他们丢了性命怎么办？

第二十七章

月亮落下了树梢，但太阳在地平线上还只露了一条细线。黎明前的夜晚很静、很冰冷、很黑暗，恰如冰封的河水。

火星走出巢穴。会场上空荡荡的，隐隐传来武士们起早的声音。凝结在地表的银霜亮晶晶的，天上的银河就好像一条气势恢弘的大河纵贯天际。

火星深吸了口夜晚的空气，空气里夹杂了那么多熟悉的猫的气味，他感到身上的每一根毛都竖立起来。这也许是他在这座营地里的最后一个早晨了。他觉得仿佛所有的事情都超出了自己的掌控，他不停地提醒自己要听从星族的命运安排，想从这个念头中获取一些力量，但却依旧茫然无助。

火星叹了口气，抖了抖身子，穿过香薇通道去找炭毛。只见炭毛正把草药和浆果往空地拖，香薇爪帮助她把它们聚成一堆以方便携带。

火星问：“都准备好了吗？”

“我想是吧。”炭毛的眼睛里充满了痛苦的神色，仿佛已经看到遍地躺着等待她救助的伤员，“我需要多几个帮手把这些草药带到‘四棵树’去，香薇爪和我带不完。”

火星说：“你可以叫所有的学徒都来帮你。香薇爪，你能去告诉他们一声吗？”

香薇爪低头允诺，急匆匆离去。

火星又说：“到了‘四棵树’之后，学徒们就必须投入战斗，不过香薇爪可以留下来帮你。找一块好的地方，我想小溪对岸有一处山洞可供你们藏身……”

炭毛一下子火了：“火星，你不是开玩笑吧？如果我不在战场，那我还有什么用？”

火星分辩说：“可大家需要你啊！如果你受伤了，我们可怎么办呢？”

“香薇爪和我能够照顾好自己，我们可不是毫无还手之力的幼崽。”炭毛的辛辣回答令火星想起了她的师父黄牙。

他叹了口气，走上前和炭毛对触了下鼻子，说：“随你的便吧，反正我说什么也不能改变你的主意。可请你一定要多保重啊。”

炭毛柔声说：“别担心，火星，我们不会有事的。”

火星忍不住问道：“难道星族对你说过关于这场战争的事了吗？”

“没有，我没有接到任何预兆。”炭毛仰头望着黎明前渐渐隐去的银河，“过去，如果将要发生这么重大的事情，星族通常是不会保持沉默的。”

火星迟疑着说：“炭毛，我……我昨晚梦见他们了，可我未能理解这个梦的真意。现在时间紧迫，不能全部告诉你，只希望这个梦是个好兆头。”

炭毛对他的梦感到十分好奇，却没有刨根问底。

火星穿过香薇通道朝老年猫巢穴走去。经过放哨的蕨毛时，他挥挥尾巴打了个招呼。

走到老年猫巢穴外，火星看见除了纹尾卷起尾巴坐着外，所有的老年猫都还没有睡醒。

纹尾瞅见族长过来，站起身问：“到时间了吗？”

火星回答说：“是的，我们很快就出发。不过，你就不要和我们一起去了，纹尾。”

“什么？”纹尾勃然大怒，肩膀处的毛一下子竖立起来，“为什么不让我去？我们年纪虽大，可还有一把老骨头拼一拼。难道你认为我们会待在家里袖手旁观……”

“纹尾，听我说，这很重要。想想看，小耳和一只眼根本走不到‘四棵树’，更别说去那里打仗了。斑尾的身体也很差，我不能带着他们和长鞭作战。”

“那我呢？”

“我知道你是一位战士，纹尾。”火星小心翼翼地说着，但在这位前辈的目光逼视下他感到自己仿佛仍是一名乳臭未干的学徒，“那就是我要你留下来的原因了。这里既有小耳他们三只老年猫，又有柳带的幼崽。柳带的幼崽们学了一些防身的技能，可拿到战场上就差得远了。我要你在我们出发后好好照看好大本营。”

“可我……哦，”纹尾突然明白了火星的深意，于是她肩膀处的毛渐渐回落了下去，“我明白了。好吧，火星，这件事就交给我了。”

“拜托了。”火星感激地冲她眨眨眼睛，“如果战场形势不妙，我们就会赶回来。但我们也可能逃不回来。如果血族来了，你们就是雷族仅存的血脉了。”他凝视着纹尾，神情凝重地说，“你要带着幼崽和老年猫们离开，渡过河，去巴利的农田。”

纹尾微微点点头，说：“好的，我一定竭尽全力。”接着，她转头看了看熟睡的亮心，又说：“那么她呢？”

“亮心的身手已经不弱于任何武士了。”说到这里，火星的精神一振，“她和我们一起去。”于是他走过去推了推亮心：“醒醒，亮心，该出发啦！”

亮心眨了眨独眼，然后站起来伸了个懒腰：“好吧，火星，我已经准备就绪了。”

说着，她朝会场走去。火星在她身后说道：“亮心，如果我们还能活着回来，从今往后你就睡在武士巢穴里吧。”

亮心的耳朵一下子竖起来，身体挺得笔直。“谢谢你，火星！”说完，她嗖的一下跑出去了，方才的那股慵懒神态刹那间消失得无影无踪。

火星向纹尾道别后，跟在亮心后面走进会场。此时其他的猫都已经陆陆续续从巢穴里出来。学徒们聚集在炭毛周围，羽爪和风爪也在其中，他们嘴里都衔着草药。尘毛也在那儿，正急切地小声叮嘱香薇爪。

亮心走到武士巢穴边和云尾一同观看鼠毛和长尾进行最后一次格斗练习。这时，灰条和沙风从巢穴里出来，后面跟着刺掌和雾脚。白风走过来催促大家到猎物堆去找东西吃。

火星心里涌起一股豪情。这些都是他手下的猫，他们每一个都英勇而忠诚。

天色渐渐亮了。火星想起即将发生的事，便情不自禁地感到害怕。他定了定神，强作镇定地朝白风走过去。

白风说：“这个给你。”

火星从猎物堆里衔起一只水老鼠。他的胃因为紧张而紧缩，但为了补充体力，他只得强迫自己大口吞下嘴里的食物。

过了一会儿，白风说：“火星，我想说的是，在这个黑暗的时刻，即使是蓝星来领导我们，也不能做得更好了。能做你的副族长我感到非常荣幸。”

火星凝视着他："白风，你说话的口气仿佛……"他不敢再说下去。白风对于他来说是一位非常得力的副族长，如果白风不幸在这次战斗中牺牲，那他简直不知道该怎么办。

白风避开他的目光，埋头吃画眉鸟，没有再说什么。

纹尾和其他老年猫走出来送武士们离去，此时天色还没有大亮。柳带的幼崽们冲出育婴室向他们的母亲和沙风道别。幼崽们显得很兴奋，根本感觉不到族群正面临着灭顶之灾。

"火星，一切准备就绪了吗？"云尾说着，尾巴紧张地摆了两下，"我已经等不及要上路了。"

火星吞下最后一块鼠肉，说："我们这就走，云尾。"

他站起身，冲众猫摆了下尾巴，沙风那流露出信任和爱慕的目光使他觉得浑身上下充满了力量。

火星大声说："同胞们，我们现在就要去和血族拼死一战！记住，森林里有四大族群，今天，其他三个族群将与我们一道并肩作战，我们一定能够把这些邪恶的猫赶出去！"

武士们纷纷站起来高声呼应。火星一扭身，率领队伍走出营门，朝"四棵树"进发。

火星爬上山沟回眸凝望，他不知道自己是否还能活着回家。

第二十八章

地平线上透出一线曙光。火星来到小溪边，回头看了看追随在他身后的众武士，心中顿时涌起无比豪情。他的目光在每一名武士身上缓缓扫过：他深爱着的沙风，最信任的朋友灰条，聪明而忠诚的蕨毛，睿智的副族长白风，新近成为武士、急于在第一次战斗中表现的刺掌，弃暗投明的长尾，母猫霜毛和鼠毛，深沉而不乏真诚的尘毛以及他的徒弟蜡爪，自己的徒弟黑莓爪，生性叛逆却热爱族群的云尾，还有从鬼门关捡回一条性命的亮心……火星想到这些忠心耿耿的武士们将要面临的巨大危险，不由得心如刀绞。

他朗声说："大家都知道我们此行十分凶险，我只想说一件事。自这片丛林里出现四大族群以来，你们是最优秀的武士。不论发生什么事，我都希望你们牢牢记住这一点。"

灰条说："你是有史以来最伟大的族长，火星。"

火星摇摇头，喉头一阵哽咽，便说不出话来。虽然灰条把他和那些伟大的族长们相提并论，但他知道自己还有许多不足。他唯有鞠躬尽瘁，来报答伙伴们的信任。

渡过小溪，火星听到从河岸边传来一阵响动，扭头看去，只见河族和影族正往“四棵树”前进。火星冲他们晃了晃尾巴，看到己方力量大大增强，他不由得多了几分信心。

黑脚的表情很不自然，似乎仍敌意不减。看来尽管这次影族和雷族同仇敌忾，但双方要想化敌为友恐怕是件不可能的事。

火星看见黄爪也在里面，有些紧张但神情毅然。雾脚犹豫了一下，随后上前和河族朋友们打招呼。奔鼻和泥毛两位巫医也都到了，身后跟着携带着草药的学徒，他们穿过猫群和炭毛会合一处。

“四棵树”一片寂静。风向影族领地的方向吹去，火星心里一阵惶恐，身上的毛不由得竖立起来。血族可能已经嗅到了他们的气味，而他们却连血族在什么地方还不知道。

火星低声说：“灰条，鼠毛，你们绕着山谷察看一番，注意别暴露了行踪。发现情况后立刻回来向我报告。”

两只猫得到族长的命令，立即转身消失在夜色中。火星留在原地等待消息，有白风和沙风在身边，他感到镇定了许多。不一会儿，灰条领着另一只猫跑了过来，原来是高星。

高星小声说：“你好，火星，风族已经来了，连你的朋友巴利和乌爪也都到了。”

就在他刚提到两位独行者的名字的时候，巴利和乌爪已经走过来了。乌爪冲火星晃晃尾巴打了个招呼，说：“我们依约前来。如果你们不介意，我们将同你们并肩作战。”

“如果我们不介意？”火星内心充满了感激，“怎么会呢，你们简直是雪中送炭啊。”

巴利说：“和你一起作战是我们的荣幸。”沙风走上来和她的老朋友寒暄了几句，两位独行者分别站在她两旁。

火星问高星：“你知道血族在哪儿吗？”

高星神情阴郁地隔着山谷望向影族领地：“估计他们正在暗处监视我们呢。”

他的语气非常镇定，令火星暗暗钦佩。不过他随后就嗅到了从风族族长身上飘来的恐惧气味，只听高星低声喃喃地说：“星族啊，请保佑我们！让我们知道敌人在哪儿，就算是打仗也要打个痛快。”

看到高星能把恐惧隐藏在内心深处，火星对这位风族族长增添了几分敬重。高星永远不会在自己的族群面前显出害怕的样子，他时刻把族长职责放在首位，火星只希望自己能做得像高星一样好。

火星死死盯住黑暗处，焦急地等待鼠毛回来。片刻之后，鼠毛跑了回来，与此同时，山谷内的会场里也有了动静。只见对面山坡上的灌木丛里钻出了许多黑影，一只猫走在最前面。

不知道过了今天…
我们还能不能
活着回来?

河族和影族的猫也到了。
我希望大家记住，无论发生任何事情……
你们都是最优秀的猫武士！

火星嗅出了长鞭的气味，顿时有些心虚。

长鞭高喊道：“我知道你们在那里！过来说说你们的决定吧。”

火星瞅瞅身后的群猫。虽然大家都很害怕，但每只猫的脸上都显出坚决的神情。狮族已经作好拼死一战的准备。

豹星淡淡地说：“去吧，火星，你来当我们的头儿。”她身上的毛竖立起来，耳朵贴在脑门儿上，目光中既有恐惧也有倔强。

高星点头说：“你和我们族群一向交好，现在就由你来领导我们吧，我们信任你。”

火星率领联合起来的族群走进会场。长鞭盘着尾巴坐在巨岩旁边，黑色的毛显然经过了一番精心梳理。他的目光如严霜般冰冷。曙光照进会场，使他项圈上的每一颗牙齿都反射着寒光。

“你们好啊。”长鞭说着伸舌头舔了舔嘴角，仿佛正在品尝一顿可口的野味儿，“你们是决定离开森林呢，还是想螳臂当车、抵抗血族的大军呢？”

“这场战争并不是非打不可。”火星的语气很平静，平静得连他自己都感到惊讶，“只要你们回到两脚兽的地盘去，我们就能和平解决这场争端。”

长鞭冷笑道：“回去？你真的把我们当胆小鬼了？休

想！这里现在就是我们的地盘了。”

火星看着长鞭身后的血族武士，心里最后一线希望也消失得无影无踪了。血族武士们个个身强体壮，他们大部分都像长鞭一样带着牙齿项圈，那代表了他们经历过无数次的残酷战斗。有一些猫的爪子还绑缚了狗牙，长鞭当日就是用这种武器把虎星杀死的。他们目光炯炯，只等听到长鞭下令便会发起攻击。

火星义正词严地说：“这片森林是我们的，我们依照星族的意愿统治这里。”

长鞭嗤之以鼻地说：“星族！不过是哄哄小孩子罢了。丛林里的白痴，如今星族可帮不了你们。”说着，他跳起身，浑身的毛都竖立起来，使他看上去体积忽然增大了一倍。他大声吼道：“进攻！”

血族武士立即如潮水般涌上来。

火星高喊道：“狮族的武士们，进攻！”

他朝长鞭扑去，但被长鞭侧身避开。这时，一只巨大的虎斑猫冲过来把火星撞翻在地。血族和狮族开始了大混战。火星倒地后急忙后腿反踢，此时狮族的武士们纷纷钻出灌木丛奔进会场。豹星和高星一马当先，黑脚则率领一帮影族武士紧随其后，雷族武士由白风率领。这些森林猫们冲进会场，喊叫着杀向敌人。

火星击退了那只虎斑猫后摇摇晃晃地站起来，寻望四周，没看见长鞭的踪影。混乱中，火星看见灰条正和一只个头高大的黑色公猫厮杀，柳带则咬着一只玳瑁色的猫在地上扭打。长尾也在附近，此时他正被两名血族武士死死压住，发出凄惨的尖叫。火星急忙奔过去把其中一只猫拖开。那只猫体格健壮，被火星拖得火冒三丈，马上转身反扑。火星猝不及防，被对方抓住肩膀，但对方的脸也被他狠狠抓了一下，鲜血滋滋地从敌人的前额流下来，蒙住了他的眼睛。敌人在慌乱中松开了火星的肩头，火星趁机又给了他一爪，这才转身去看长尾。

这时长尾已经将另一个敌人打败，不过他的肩膀和腹部都严重受伤。火星看见炭毛瘸着腿从灌木丛里跑出来，扶着长尾摇摇晃晃地退出战场。

火星正要重新投入厮杀中，一根须突然追赶着一名血族武士从他身边蹿过。他一瞥眼看见雾脚正和羽爪、风爪并肩作战。亮心则和一只血族虎斑猫周旋，那只虎斑猫的个头比她大上不止一倍，但亮心战法奇特，令对方根本搞不清她的动作，云尾还在一旁协助。只见亮心巧妙地躲开对方的进攻，反爪在对方的鼻子上狠狠抓了一下。虎斑猫痛得转身逃走，云尾高兴得大喊大叫。两只猫初战告捷，又去找新的对手。

不远处，巴利和乌爪坐在一对灰色的双胞胎兄弟前，这两只猫的脖子上都带着牙齿项圈。只听其中一只恶狠狠地对巴利说："我认得你！你这胆小鬼，竟然连追随长鞭的勇气都没有。"

巴利低吼着说："起码我有勇气离开。"他后腿直立，前爪抓向对方的耳朵，"这回该你滚蛋了，这里可不是你们的地盘。"

乌爪紧挨着巴利，和他一起将那两只灰色公猫逼进灌木丛里。这时，一名白色的血族武士从灌木丛里奔了出来，晨花紧追在后，在那只白猫后腿上狠狠抓了一下。"金雀花爪！金雀花爪！"晨花声音凄厉地呼喊着她死去的儿子的名字。她扑到那名血族武士身上将其压倒在地，紧接着便是一阵疯狂的撕咬。

火星焦急地寻找长鞭。长鞭不死，这场战争就不会结束。他看着激烈的战场，心里突然产生了一种奇怪的感觉：森林里的这场终极之战对抗的不是虎星，而是杀害虎星的凶手。

长鞭此时不知道躲藏到哪里去了。火星艰难地挤过混战的猫群走近巨岩。突然，一只张牙舞爪的灰色母猫出现在他面前。那只母猫身材瘦削，眼睛里射出恶毒的目光。她跳到火星的身上，爪子和利齿一齐插进他的肩膀。火星猛地一挣，将脖子从敌人的嘴里挣脱出来，随后伸腿猛踹对方的肚腹。母猫吃痛，转身逃之夭夭。

火星大口喘着气，鲜血从他的肩膀处汩汩而出。整个山谷里血族武士们依然铺天盖地，他们个个身强体壮、能征善战。这是一场永无止境的战争吗？

一只玳瑁色的血族猫面目狰狞地朝他杀过来。这时，一个黑影突然从灌木丛里疾奔而出，将那只玳瑁色的猫撞飞了。火星定睛看去，发现救他的黑影原来是黑条。难道黑条到了最后关头良心发现了吗？

不过火星随即就知道自己的想法完全错了。只听黑条冲他低吼着："你可算落到我的手里了，宠物猫，这回你的死期到啦！"

火星勉强站稳身子，怒斥说："这么说你是在帮杀害虎星的凶手们作恶喽？你的心里还有没有'忠诚'二字？"

黑条吼道："什么忠诚，见鬼去吧！就算森林里所有的猫都死掉我也不在乎，我现在只想要你的命。"

说着，黑条朝他扑了过来。火星闪避不及，被黑条的爪子击中头部，重重倒在地上。黑条跳上来骑在火星身上，任凭火星又踢又抓、拼命挣扎，他都纹丝不动，眼看着黑条的牙齿就要插进火星的喉咙里……

就在这千钧一发的时刻，黑条突然滚向一边。火星死里逃生，急忙站起来。只见灰条和黑条正在地上扭打撕咬，灰条身上已是伤痕累累，但没等火星上前相助，他已将黑条按在地上。灰条喘着气，低吼着说："叛徒！"

黑条尖叫连连，整个山谷都能听见他刺耳的喊声。"浑蛋！"黑条一边骂着，一边使劲扭头想咬灰条的脖子。

灰条前爪挥出，锋利的爪子划破黑条的喉咙，鲜血顿时四溅飞出。黑条的身子猛地抽搐了几下，嘴巴大张着似乎想吸进空气。他吃力地呻吟："全活不成……天昏地暗……一切都要完蛋……"

黑条眼神空洞，身子渐渐软了下来。

灰条放开对方，"呸"了一声，轻蔑地说："森林里又少了一个叛徒。"

火星用鼻子触了触灰条的肩膀。灰条的身子突然变得僵直，他向火星身后望去，声音嘶哑地说："火星——"

火星知道不妙，急忙转身。他看见沙风和尘毛正并肩作战，看上去他们没什么危险。火星愣了一下，不知道灰条何以如此紧张。就在这时，远处的一群猫散开，中间露出血族副族长壮骨。只见他将另一只猫压在地上，那只猫正无力地挣扎着。那只猫浑身是伤，就如同一只血猫一般。鲜血掩盖了他皮毛的颜色，火星愣了一下，这才认出那只猫竟然就是他的副族长白风。

"不！"火星大吼一声，朝壮骨扑了过去。

壮骨后跃退开，和闻声赶来的黑莓爪和蜡爪打成一团。

趁着壮骨无暇分身之际，火星赶过去俯身探视白风，一时间，周围的战斗恍若发生在另外一个世界一般。白风见到火星，眼睛亮了一下，他声音嘶哑地说："再见了，火星。"

"白风，不要——"火星悲痛欲绝。一直以来，白风都预感到这次战斗将会是他生命中的最后一次，火星觉得自己实在不该让白风参战。“灰条，快去找炭毛。”

白风气息奄奄地说：“没用的，我要升往星族去了。”

“不！雷族需要你！我需要你！”

“你会找到另一个……”白风的目光迅速暗淡下来，他瞥了眼灰条，“依照你的真实想法去做，火星，灰条才是星族派来给你当副族长的猫。”

说着，他长吁一口气，合上了双眼。

“白风——”火星像一只小猫般悲切地念叨着白风的名字，他把鼻子抵在白风浸满鲜血的皮毛上。此时双方激斗正酣，那是他唯一能够进行的哀悼仪式。

接着，他转头对惊呆了的灰条说：“他选了你。”火星站起身，朗声喊道：“我站在白风的尸体前，让他的灵魂来见证我的决定，雷族的新任副族长就是灰条。”

灰条大吃一惊，结结巴巴地问：“你……你确定吗？”

火星大声说：“确定无疑！就是现在，灰条！”

他一转眼看见血族副族长摆脱了黑莓爪和蜡爪的纠缠，他正要赶过去相助，随着一声尖叫，他看到更多的学徒冲了过去。这些学徒们一拥而上，壮骨顿时被他们围在当中。这群学徒中有黑莓爪、蜡爪、羽爪和风爪，是的，还有与哥哥并肩战斗的黄爪。一会儿工夫，壮骨便停止了反抗。他倒在地上抽搐了一阵便停了下来，尾巴也不再晃动。学徒们杀死了劲敌，蜡爪发出胜利的号叫。

这时，裂牙不知从哪里跑了出来。火星一看，身上的毛登时立了起来。裂牙曾经是一只泼皮猫，后来加入了影族，如今又违背武士守则甘心做血族的帮凶。裂牙跳过去咬住黑莓爪将其拖开。黄爪大吼一声："放开我哥哥！"说着扑向裂牙。其余的学徒也纷纷助战，裂牙吓得急忙放开黑莓爪，夹着尾巴逃窜，学徒们在后面紧追不舍。

火星喘着粗气环顾四周，战场上的形势越来越恶劣。虽然黑条和壮骨已死，裂牙也被赶走了，但会场上仍然到处可见血族武士的身影，更要命的是，更多的血族武士正源源不断地从山坡上涌入会场。雷族失去了白风，风族的裂耳也倒在血泊中。蕨毛和鼠毛仍在勉强支撑，但蕨毛的腿上受了伤，鼠毛的身上也有几道很深的伤口。霜毛在香薇爪的搀扶下爬进灌木丛里，不远处，奔鼻正往黑脚肩膀处的伤口上裹蛛丝。黑脚抖了抖身子，然后又投入混战。豹星不停地喊叫为武士们鼓舞士气，但她很快就被潮水般的敌人淹没了。

火星恐惧地想：我们快输了，一定要找到长鞭！只要长鞭一死，战争就会结束。这些从两脚兽地盘跑来的猫根本就没有传统可言，他们也不知道"忠诚"二字怎么写。他们屈服于长鞭的淫威聚合在一起，失去长鞭后他们立刻就会变成一盘散沙。

战乱中，火星终于瞅见了长鞭。只见这只黑色的小个子猫正卧在巨岩下对一名武士痛下杀手。那名武士竟然是一根须。

火星大吼一声冲了过去。长鞭闻声放开一根须，任其挣扎着爬走。他转身恶狠狠地喊："火星！"

没有任何预警，长鞭已跳起攻击。火星被长鞭撞倒在地，抱着他在地上打滚。几个翻转过后，火星骑在了长鞭身上，一只爪子按在对方的脖子上。可还没等他张口咬，长鞭已犹如水蛇般从他身子底下滑脱了。长鞭抢到先手，立刻展开反击。寒光闪处，他那捆绑了狗牙的爪子从火星的肩膀上一划而过。

火星立刻感到一阵钻心的疼痛。但他并没有退缩，反而向前猛冲一步将长鞭抵在巨岩上。长鞭猝不及防，顿时有些惊慌失措。火星趁机咬住了对方的前腿。长鞭的爪子再度挥出，火星疼痛难忍，不由得放开了对方。

血族族长后腿直立，仰头深吸了口气。火星挣扎着想爬开，但此时为时已晚。他只感到头部遭到重重一击，眼前便开始模糊，周围的景物渐渐隐去，无穷无尽的黑暗笼罩了大地。火星拼着最后一点儿力气想要站起来，却四肢一软倒在地上，接着他便什么也不知道了。

第二十九章

睁开双眼时，火星发现自己躺在“四棵树”附近的地上。月光如水，倾泻在森林大地上，树叶发出沙沙轻响。春天的温暖气息令他感到浑身舒畅。

他想起最后一眼看到“四棵树”时的景象：树枝在严寒的落叶季里变得黢黑，会场上到处都是厮杀的猫。

火星猛地坐起身，这才发现“四棵树”并非只有他一只猫。星族的武士们站在他的周围，身上发出耀眼的光芒。站在最前排的是赐予火星九条性命的星族猫：蓝星、黄牙、斑叶和狮心，还有一名新加入星族的武士——白风。白风已经恢复了当年的青春活力，厚厚的白毛同样星辉四射。

白风说：“欢迎你，火星。”

火星挣扎着爬起来问：“你为……为什么带我来这里？我应该回去战斗，去拯救我的族群。”

蓝星回答说：“你看，火星。”

火星看见蓝星身旁空着一个位子，起初他什么也没看见，但随即发现那里竟然有一个淡淡的火红色身影。虽然那只猫目光无神，但火星立刻认出那只猫竟然就是自己。

蓝星温和地说："你已经失去了第一条性命。"

火星打了个寒战，这就是死亡的感觉了。他看着那个身影，又是好奇又是害怕。他看见那个自己浑身都是鲜血，眼睛里充满了绝望。

火星转过头去不敢再看，现在不是他多愁善感的时候。如果他真的有九条性命，那他就能重返战场了。

于是他恳求说："让我回去吧。如果我们输掉这场战争，丛林就要被血族霸占了！"

蓝星上前一步说："别着急，火星，你的肉体需要些时间来恢复气力，很快你就能回去。"

"可时间也许来不及了！蓝星，你为什么要让这种事情发生？到了这个危难关头，星族也不肯帮我们吗？"

蓝星没有直接回答他的问题，而是坐下来说："没有谁比你为雷族做得更多了。虽然你不是出生于这片丛林，但你有一颗族群猫的心灵，你比虎星或黑条更当之无愧。他们口口声声责难你的宠物猫出身，但他们却为了自己的野心而背叛亲族。"

火星心急如焚，犹如热锅上的蚂蚁。说这些空洞的表扬话有什么用？他的武士们在战斗、在牺牲，他一刻也待不下去。

"蓝星——"

蓝星翘起尾巴示意他安静。她继续说：“也许你和虎星之间的争斗就是不竭的力量源泉。一直以来，你都在坚持做自己认为正确的事，就算遭到同胞们的冷眼也无怨无悔。你忍受着孤独和迷惘，这些痛苦的经历使你终于成为现在的自己——一位天资聪颖、睿智英明的族长，凭借着超凡的勇气率领族群力挽狂澜。”

火星低吼着说：“可我并没有领导他们！而且我也救不了他们，我是一个不称职的族长。我们正在输掉这场战争，蓝星，这不可能是星族的意愿！有史以来，我们都相信森林里存在四大族群是武士祖先的意愿。难道我们都想错了吗？”

前排的星族武士们纷纷站起来，蓝星和他们一起走到火星面前，就和当天他们赐予火星九条性命时的情景一模一样。星族武士们环绕火星站开，把他围在中间。

一个声音响起——但却不是蓝星的声音。这个声音在火星的脑子深处响起，仿佛是许多猫一同在说话：“火星，你错了，森林里从来就不是四大族群。”

火星大吃一惊。那个声音又说：“森林里有五大族群。”

一双双充满智慧的目光齐齐凝视着他：“勇敢地战斗吧，火星，你现在可以重返战场了，星族的灵魂将与你同在。”

话音刚落，星族武士们的身影便融化在耀眼的光芒中。火星感到他们的力量涌入自己的体内，就如久旱的大地骤然间受到雨水的滋润。他重新坚定了信仰，胸中充满了无限豪情。

火星睁开双眼。战场上的喊杀声不绝于耳。他跳起身，看见正前方云尾正在与长鞭苦斗。云尾被长鞭压在地上，身上的血流得到处都是。长鞭猛力攻击他的腹部，但他仍死死咬住长鞭的腿，任凭对方如何狠抓也不松口。

火星大吼一声："长鞭！有种就和我再战！"

长鞭吃惊之下放开云尾。他难以置信地说："怎——怎么回事——我已经杀了你啊。"

火星傲然道："没错，可我是拥有九条性命的族长，是为星族而战的勇士！你能与我相比吗？"

长鞭冰冷的眼神里头一次流露出迷惘的神情。火星突然领悟到巴利说过的话。缺乏对星族的信仰就是长鞭最大的弱点。没有信仰，没有丛林猫们的守则和传统，长鞭也就没有作为族长应该拥有的九条性命。一旦死去，他便再也活不过来了。

长鞭的迷惘只是一瞬间的事，他随后又狠狠抓了云尾一下，这才彻底放开他。

火星二话不说朝长鞭疾奔过来。每踏出一步，火星都感到星族的武士们在伴着他向前冲、与他融为一体：狮心的力量，奔风的敏捷，黄牙舒展的四肢，斑叶的坚定，还有蓝星所有的格斗技能。

火星感到自己如同飞起来一般。他挥出前爪在长鞭的身上抓了一把，然后避开对方的当头重击。刚才就是这一招夺去了火星的第一条性命。

不过长鞭的身手也非常矫健。他趁着火星展开四肢的机会，照准了火星的腹部从中间出击，想要在他的肚皮上划开一道口子。

火星急忙侧身反转，及时避开了这致命一击。但这么一来，他顿时落在了下风，处于防守态势。不过火星并没有慌乱，而是在长鞭狂风暴雨的攻击下寻找接近的机会。几个回合过后，火星抓住了对方的尾巴根部，两只猫开始在地上翻腾滚打，你一爪，我一口，打得好不热闹。打了一阵，两只猫彼此分开。火星看见自己的血溅得到处都是。如果他不能立刻结束战斗，他的体力很快就会消失。

这时，他的脑中灵光一闪，自己曾经用过的计谋涌上心头。说实话，他并不认为这个计策能够百分之百对长鞭奏效，可现在情况紧急，已不容他多想。于是他将前爪插进草皮里，在敌人面前缩成一团，装出一副投降的样子。但暗地里，他却肌肉紧绷、蓄势待发。

长鞭见状发出胜利的号叫，随后便扑了过来。说时迟那时快，火星突然跳起来撞在长鞭的肚子上，将他撞回到地面。他咬住长鞭的喉咙，四爪不敢怠慢，在长鞭的身上猛抓狠扯。他感到热血涌入自己的口内。长鞭的爪子疯狂地击打火星的肩膀，但火星忍住剧痛，不但不松口，反而伸后腿在对方的肚子上猛踹。终于，长鞭的反抗越来越弱。

火星抖了抖脑袋，甩掉蒙在他眼前的血水。他松开长鞭的喉咙，生怕对方临死前反击，不过此举已经毫无必要。长鞭死死盯着他，眼睛里充满了恶毒的目光。他的身体不住地抽搐，他想叫，可发出的声音只是鲜血从喉管处流出的汩汩声。不一会儿，他的身体软了下来，双目无神地直视上空。

火星大口喘着气，低头看着他的死敌。鬼才知道这只猫的灵魂到哪里去了？反正肯定不会升往星族。

正在和高星激斗的一只血族猫瞥见长鞭倒在血泊中，不由得大吃一惊，竟然忘记了攻击，就连高星的爪子击中了他的身体也浑然不觉。他声音嘶哑着喊道："长鞭！不——不！"

这只血族猫退后几步掉头就跑。冲进灌木丛时，他和另一只血族猫撞了个满怀。那只血族猫骂骂咧咧站起来朝火星冲过来，却在不经意间发现了血族族长的尸体。

"长鞭！长鞭死了！"一声可怕的尖叫声响彻山谷。

随着这声尖叫，血族猫纷纷停止了战斗。当他们发现族长已经丧命的时候，立刻夹着尾巴抱头逃跑。这些不久前还张牙舞爪的血族猫转瞬之间就变成了没头苍蝇。他们不再是气势汹汹的武士，而是一群再普通不过的猫，一群迷失在森林里的猫：他们比风族速度慢，比河族头脑迟钝，比影族身材矮小。他们成了一帮毫无战斗力的散兵游勇。丛林猫乘胜追击，大声呼喊着将这些来自两脚兽地盘的猫彻底赶出了山谷。

火星极度疲惫之下头脑有些迟钝，一时间还没有反应过来——狮族赢得了战争！森林重新回到星族的治理之下。

第三十章

会场上安静了下来。阳光透过树枝间隙照在草地上，一摊摊血水在阳光的照射下闪闪发光。云尾挣扎着爬起身，步履蹒跚地走到火星身边。他低头瞅瞅长鞭的尸体，喘着粗气说：“你杀了他，火星，你挽救了森林。”

火星舔了云尾一下，说：“是我们挽救了森林。”这个外甥曾给他惹过不少麻烦，当初他从没想过自己竟有为这个淘气的外甥感到自豪的一天。“去找炭毛，让她给你处理一下伤口。”

云尾点点头，瘸着腿走开了。

火星朝四周扫了一眼，看见大家都聚在本族的巫医旁边。一个重新变成了四个，狮族已成为过去。

火星没有在猫群中找到沙风，心里不由得越来越慌乱。失去沙风他该怎么办啊？不一会儿，他便看见沙风一瘸一拐地朝他走来。沙风身上血迹斑斑，不过看上去她伤得并不重。

火星长吁了口气，说：“感谢星族保佑！”

他三步并作两步迎上去和沙风会合。沙风凝视着他，喃喃道：“我们赢了，我们把血族赶出了森林。”

火星忽然感到一阵头晕目眩，仿佛整个森林都在围绕着他旋转。

沙风赶忙扶住他，急切地说：“挺住！你失血过多，快去找炭毛看看。”

火星在沙风的搀扶下摇摇晃晃地向炭毛走去。沙风的气味以及她温暖的身体，令他感到无比温馨。他们走到炭毛身边，火星支持不住，倒在地上。他不知道自己是否将失去另一条性命，不过周围的声音依然清晰可辨，每一道伤口都火辣辣地痛，一点儿也没有减弱的迹象。这时羽爪开始往他的伤口上贴蛛丝。

灰条问：“你没事吧？嘿，坚持住，火星——你现在不能放弃！”

沙风轻轻地推了推火星的肩膀，说：“火星，看看谁来了。”

火星坐起身，看见豹星在一群河族猫的簇拥下走了过来。这位河族族长向火星低头行礼，她的身上布满伤口，但目光却炯炯有神，尾巴也翘得笔直。

她说：“干得漂亮，火星！他们说是你杀了长鞭。”

火星回答说：“这是大家的功劳。如果四大族群没有联合在一起，我们根本别想打败血族。”

豹星说：“说得没错，不过我们现在又得分道扬镳了。我要带领我的族群回家去。事情很多，既要照顾伤员，又要为牺牲的同胞举行葬礼。”

火星问：“那么影族呢？”

豹星语气坚定地说：“影族必须回他们自己的家。我有了一位新的副族长，如果影族胆敢侵犯我们的边界，一定没有好果子吃。”

火星好奇地问：“谁是你的新任副族长啊？”

“是雾脚。”

火星吃了一惊，这时雾脚带着羽爪和风爪从雷族猫群中走了出来。她解释说：“我要和豹星一起回去，谢谢你们收留了我，可在我的心里，河族才是我真正的归属。”

火星点了点头。他也从来没有想过雾脚会和她的亲族彻底断绝关系。他说：“可是……发生了石毛的事情后，你仍然要当副族长吗？”

雾脚的眼睛里充满了悲痛的神情，但她回答的语气却异常坚定：“在战斗开始之前，豹星就征询了我的意见。当时我说我需要时间来考虑。现在我知道，为了石毛，也为了族群，我必须挑起这副担子。”

火星低了低头，以示对雾脚的决定的尊重。他说：“愿星族保佑你，你永远是雷族的朋友。”

羽爪和风爪瞅瞅火星，又瞅瞅豹星，一时间拿不定主意。最后风爪说：“我们也走吧，河族损失了许多武士，他们需要我们。”

羽爪走过去和灰条对触了一下鼻子，说：“你还会来看我们的，是吗？”

灰条眼见又要与孩子们分离，心里痛苦难当。他声音低沉地说：“那是自然。你们要好好努力，争取做最优秀的武士，让爸爸也能在别的猫面前吹嘘几句。”

火星补充说：“你们已经有资本可以吹嘘了，你们的父亲如今是雷族的副族长。”

两个学徒紧紧贴在他们的父亲身上。豹星等候了一会儿，让他们同父亲告别，这才带领河族猫走进灌木丛，回他们自己的领地去了。

火星的目光落在不远处的影族身上。他看见黑莓爪正在那里和妹妹说话，于是瘸着腿缓缓走了过去，黑脚见状迎了上来。

这位影族副族长眯缝着眼睛说：“火星，我们最终还是赢得了这场战争。”

火星说：“是的，我们赢了。你现在有何打算，黑脚？”

“带领我的族群回家，并为去石林的旅程作准备。我现在是他们的族长了。影族需要休养生息，丛林里一切都恢复了原状。”

“那我们就在下次森林大会上见吧。还有，你应该从你的前任族长那里得到教训，我亲眼看见你在骨山下杀了石毛。”

黑脚的脸上掠过一丝阴影，但他没有说话。

火星晃了晃尾巴招呼黑莓爪过来，黑莓爪用鼻子触了触黄爪的侧腹，然后从影族猫群中回到师父身边。黑脚率领影族走了，巫医奔鼻走在队伍最后，临走时他回头瞅了瞅火星。火星希望这位辅佐过夜星和虎星的巫医，在新族长的手下日子能够好过一些。

他转身正想回到自己的族群里，却看见乌爪和巴利就站在自己的身后。

乌爪望着影族武士们消失在灌木丛深处，低声说："我感觉黑脚靠不住，他是个惹事精。"

火星回答："我知道。不过别担心，假若他真的挑起事端，雷族会有所防范的。"

巴利感慨地说："至少长鞭死了，那些两脚兽地盘里的猫将有机会过上安宁的生活。他们也许能活得更快乐些。"

火星问："你还打算回到两脚兽的地盘里去吗？"

"才不呢！"巴利的尾巴一下子翘起来，"我们直接回家。"

乌爪说："很荣幸能够和雷族并肩作战。"

火星温言道："雷族永远感激你们，你们随时可以进入我们的领地。"

巴利说："去石林的时候，记得一定要到谷仓里来看望我们啊，我请你们吃大肥老鼠。"两位独行者转身离去。

火星想在回家前看看风族的情况。有一小撮风族猫围在他们的巫医青面周围，他们的数量并没有显著减少，只是高星不知在什么地方。火星脊背上登时掠过一丝凉意。

接着，他看见风族族长从远处的灌木丛里走了出来，泥掌和晨花以及两名学徒跟在他的身后。五只猫大口喘着粗气，似乎跑了很远的路。火星还以为他们遭到敌人的追赶，急忙赶过去。

他问："出什么事了？血族在追你们吗？"

高星得意地说："不是，火星，是我们在追赶他们，我们一直把他们赶到雷鬼路，短时间内他们不会回来了。"

火星高兴地说："真是太好了。"

他看见晨花神情激动，知道她终于为自己的儿子金雀花爪报了仇。

火星深吸了口气，对高星说："狮族没有再存在下去的必要了，森林重新回到四大族群的生活。"

高星明白他说的话。他们不再是同盟，而是竞争对手，彼此间只有在森林大会上才能够友好相处。

风族族长说："是你给了我们自由，大恩大德我们永生不忘。"说着，他低头行礼，然后率领风族众猫返回家园。

火星爬上巨岩，头一回有种孤独的感觉。这里的血腥味依然很重，不过他站在巨岩上远眺森林，知道这场战争很快就成为褪色的回忆。

他感到星族的灵魂围绕着自己，协助他管理族群。他们将会永远陪伴在他左右，直到他生命逝去，灵魂升往星族。

火星喃喃说："谢谢你们，星族。谢谢你们的支持，你们就是这片森林里的第五个族群。我过去怎么会以为自己在独自面对这场战争呢？"

他忽然嗅到了一股熟悉的气味，感觉到斑叶那种特有的温馨。只听斑叶在他耳边说："我们一直都在陪伴着你，火星，你的族群将会生生不息，我们永远在关注着你。"

那一瞬间，火星感到了一种撕心裂肺的伤痛，仿佛斑叶并不是在很久以前死去，而是在这场战斗中牺牲的。这时，他听到身后传来脚步声，斑叶的气味也随之消失了。火星转头看见灰条和沙风爬上了巨岩，黑莓爪也跟在后面。

沙风走上前贴在火星的身上，说："蓝星说得没错，火将拯救族群。"

灰条补充说："现在森林里又是四大族群了，这才叫各得其所。"

不，是五大族群。火星暗想。他极目远望，俯视着会场和连绵的丛林，听着森林里发出的声音，嗅着森林里的气息。这里就是他的家。他的耳边仿佛响起了千百个窃窃私语，告诉他冰封的大地即将解冻，春天就要来临，树木会吐出绿芽，猎物们将从昏沉的冬眠中苏醒。

朝阳出现在这片丛林之上，金色的阳光洒满大地。火星觉得这是他有生以来见过的最明媚的早晨。

编辑推荐

《狗武士》不神化动物的本能，不避讳人类的恶，也不高扬人类的善这群狗就生活在当下的城市，我们随处可见。发生在他们身上的灾同样频繁地存在于我们的世界。他们在困境中的选择令人动容，从们的视角出发对周遭世界的观察又能时常让人产生解谜后的快感。

Les enfants
de la colline sacrée

L'auteur

Monique Agénor est née et a grandi à l'Île de la Réunion. Arrivée à Paris pour ses études supérieures, elle a étudié le cinéma et le théâtre. Elle a ensuite été auteur et producteur de films documentaires sur les îles de l'Océan Indien et les Dom-Tom, avant de se lancer dans l'écriture.

ISBN 274-850274-4

Monique Agénor

Les enfants de la colline sacrée

Illustration de Marcelino Truong

SYROS JEUNESSE

Sahy et Nora

Sur la neuvième colline sacrée aux arbres parfumés, le soleil vient d'entrer dans les cases en bambou des villageois. C'est le dieu du Jour. Celui qui lance ses rayons dans les terres fertiles des rizières s'étendant, vertes et luisantes, juste en dessous du village sur les flancs de la colline. Gorgées d'eau de pluie tombée la veille, les plantations de riz jaillissent du sol avec bonheur.

C'est le moment pour les familles de ce petit hameau malgache de se munir de bêches et de serpes pour aller couper les précieuses tiges si nécessaires à la vie des habitants.

La récolte du riz est aujourd'hui plus que nécessaire car bientôt une grande fête sera donnée en l'honneur des Ancêtres. Aussi les gens de la tribu, réveillés par le dieu du Jour, saisissent leurs outils et se précipitent en courant, de l'eau jusqu'aux genoux, pour ramasser leur nourriture et celle des défunts.

Les enfants, eux, n'ont ni serpes, ni bêches. Ils se contentent d'aider au ramassage en entassant les sortes de petites herbes bourrées de graines dans des sacs de jute. Ils jouent aussi. Se chamaillent, s'envoient de l'eau en pleine figure. C'est si agréable de jouer dans l'eau quand le dieu du Jour commence à taper dur !

La plus joueuse c'est Nora. Enfant de la neuvième colline, celle des esprits de la forêt, Nora est aussi enfant du clair de lune. Elle est née sous un arbre en pleine clarté lunaire. Elle est venue comme ça. Sa maman n'a pas eu le temps de courir jusqu'à sa case pour accoucher. Elle s'est mise à genoux, là, sous le bel arbre, et la lune l'a aidée dans son accouchement. Dès sa sortie à l'air libre, Nora a commencé à jouer avec les rayons brillant à travers les branches. Sa mère l'a aussitôt prénommée Nora. Nora qui veut dire dans leur langue : joueuse et joyeuse.

Nora a un ami qu'elle aime par-dessus tout : Sahy. À peine plus âgé qu'elle. Douze ans peut-être. D'habitude, Sahy ne ramasse pas le riz. Il aide son père à élever des bœufs et des zébus pour les sacrifier aux Ancêtres. Les bœufs et les zébus de cette grande terre de Madagascar sont sacrés.

Aujourd'hui, c'est différent. Tout le monde est dans les rizières. Il en faut des kilos et des kilos de riz pour les prochaines fêtes ! Sahy et Nora sont heureux de se retrouver ensemble et de patauger dans l'eau, avec des rires aux éclats, des rires aux larmes.

– Arrête, Sahy, hurle Nora, j'ai la bouche pleine d'herbes !

– Tiens ! répond Sahy, tiens !

Et il lui barbouille le visage d'eau de riz. Puis il l'attire contre lui et plaque sur les yeux de la fillette deux gros baisers sonores qui résonnent dans les collines.

– Tu dois pas m'embrasser si je t'en donne pas la permission ! s'écrie Nora en lui rendant ses baisers.

– Alors toi tu peux, et moi pas ? fait semblant de s'indigner Sahy.

Le goût de l'eau dans sa bouche, le parfum du riz à travers ses narines rappellent à Nora ce qu'elle apprécie le plus dans son village : l'odeur des feuilles et des herbes après la pluie, juste au moment où l'arc-en-ciel surgit des nuages. C'est aussi le goût et le parfum des baisers de Sahy.

– Moi j'ai tous les droits sur toi ! plaisante Nora en lui envoyant une pleine calebasse d'eau.

Le garçon suffoque sous les gerbes d'eau. Il réussit à s'emparer de la grosse courge de Nora et, dans une belle envolée, l'arrose comme il aurait arrosé une petite grenouille des ruisseaux. Tout à sa joie, la petite fille fait de grands bonds en essayant de refermer ses mains sur le liquide transparent qui l'inonde.

Pendant ce temps, les plantes arrachées du sol humide par les mains expertes des adultes s'entassent de plus en plus haut sur les bords des canaux. Les autres enfants s'agitent et s'activent car la précieuse graminée devra être mise à sécher avant la tombée de la nuit pour profiter de la chaleur du soleil dès l'aube.

Trop occupés à leur tâche, les ramasseurs de riz ne voient pas Nora et Sahy s'éloigner en jouant dans les canaux, tout à leur bonheur d'enfants insouciants.

*

En cette année 1842, la grande fête accordée aux mânes des défunts avait été fixée par les astrologues au premier jour de la lune.

Ce jour est arrivé.

Les coqs se sont réveillés tôt ce matin. Du haut de leur perchoir, ils ont commencé à coqueliner alors que le soleil se cachait encore dans les nuages. Ce n'est pas très bon signe... Mais enfin, si la population se rend aux cérémonies avec sincérité et enthousiasme, les mauvais présages des coqs ne compteront pas beaucoup. Les âmes des défunts vont pouvoir quand même se réjouir de ce que les villageois leur préparent.

Une belle case a été arrangée exprès pour les enfants. Tous ceux de la tribu, grands et petits, se sont retrouvés là pour être parés en vue de la procession funéraire. Il faut faire honneur aux Ancêtres parfumés.

– Fais voir, Nora. Fais voir comme tu es belle dans ton *lamba* de soie ! demande Sahy en lui prenant la main.

Fière d'elle, Nora se tourne et se retourne dans son soyeux vêtement tissé par sa mère.

C'est une sorte de pagne blanc qui enserre ses reins et passe sur une de ses épaules, laissant l'autre nue. Elle porte des sandales de cuir. Au cou, aux poignets et aux chevilles, s'enroulent colliers et bracelets de coquillages fétiches.

– Tu n'es pas mal non plus ! lui répond Nora en caressant l'habit de Sahy. Et j'aime bien comme tu as noué tes cheveux avec des dents de caïman.

– Ouiiiii... Tu as remarqué ? C'est mama qui les a tressés comme ça pour que les lutins ne m'attrapent pas.

– Tu as peur des lutins des forêts, Sahy ? lui lance Nora pour le taquiner.

– Et toi ? Veux-tu que j'appelle les esprits malfaisants pour qu'ils t'emmènent aux enfers ? plaisante à son tour Sahy.

– Oh ! Sahy, tu voudrais vraiment me voir disparaître dans les enfers ? dit Nora en tirant très fort sur une des tresses de Sahy.

– Aïe ! Arrête ! Tu me fais mal ! hurle le jeune garçon.

– Ça t'apprendra à vouloir m'expédier au pays des fantômes malfaisants ! crie Nora en s'échappant de la case.

Garçons et filles, déjà prêts pour la fête, imitent Nora et se dispersent comme des feux follets à travers la forêt qui entoure les cases de la neuvième colline sacrée. Les oiseaux prennent ensemble leur envol à la poursuite des gamins. Des petits singes se mettent aussi de la partie en faisant des pirouettes savantes et des sauts élastiques de branche en branche. Lézards, caméléons et crapauds s'interpellent bruyamment. Même les serpenteaux des rochers et des rizières se mettent au diapason de cet enthousiasme enfantin.

Après les jeux, les rires et les danses qui ont duré la journée entière, la tribu se rassemble près des tombeaux pour les premières cérémonies du soir. Des zébus ont été sacrifiés et les meilleurs morceaux réservés aux morts.

Les enfants apportent viandes grillées et riz cuit dans des feuilles de palmier qu'ils déposent au pied des tombeaux. Du miel et du lait complètent le repas funéraire.

Nora et Sahy, hissés sur les pierres divines, font partie des jeunes musiciens qui jouent du tambour. D'autres enfants psalmodient des incantations. Ils forment un cercle magique à l'intérieur duquel les fantômes bienfaisants des Ancêtres viendront prendre part à la fête. Il faut gagner leur confiance pour le bien-être de la tribu.

La razzia

De joyeux roulements de tambour se répercutent dans les bois sacrés tandis que des voix enfantines charment les esprits, les pierres et l'eau des rizières. Assis en cercle, des devins frottent les rochers avec de l'huile et du miel sauvage. Puis ils y étalent de l'argile rouge mêlée à quelques pierres précieuses. Selon leur disposition due au hasard, lorsque les pierres roulent dans l'argile, les devins interprètent le bon ou le mauvais destin du village. Mais à peine ont-ils le temps d'interpréter ce qu'ils viennent de lire dans les présages envoyés par les Ancêtres que, tout là-bas, des bruits sourds comme des piétinements font trembler la terre, les arbres et les arbrisseaux.

La lune est déjà haute au-dessus des rizières et voici que les oiseaux subitement réveillés battent des ailes avec inquiétude. Les serpents et les lézards, pourtant bien à l'abri sous les grosses pierres, courent se lover au plus profond de la terre. Les lémuriens observent les alentours d'un œil angoissé.

Non, ce ne sont pas les âmes des défunts qui se manifestent ainsi. Elles ne s'expriment qu'à la fin des cérémonies, au lever de la première étoile du matin. Or celles-ci viennent tout juste de commencer. Les âmes des défunts ne font pas de bruit. Pas ce bruit de forêt violée.

– Que se passe-t-il ? lance le chef de la tribu en réclamant de la main le silence.

Musique et chants s'interrompent brutalement. Tous écoutent. Les piétinements se font plus drus, plus rudes. Ils se rapprochent. Ils viennent vers le village. Les femmes, anxieuses pour leurs enfants, se précipitent vers eux et les tiennent enlacés. Les hommes, bien qu'aucun ordre n'ait été donné, se précipitent vers leurs cases d'où ils ressortent immédiatement, armés de javelots, de sagaies, d'arcs et de flèches.

Sahy court avec les hommes vers les huttes et réapparaît aussitôt, une hache à la main.

Nora se débarrasse habilement de son *lamba* de soie qui la gêne, pour ne garder que son sous-vêtement de toile, une brassière qui la couvre entièrement. Et, pour s'attirer la bienveillance des Ancêtres ou conjurer le mauvais sort, avec nervosité car elle a peur, elle se met à tapoter de ses doigts les coquillages fétiches accrochés à son cou et ses poignets.

En un rien de temps Sahy est de nouveau près d'elle. Maintenant, les villageois courent dans toutes les directions. Les uns pour se mettre à l'abri d'un danger encore invisible, les autres pour se préparer à un combat non annoncé.

– Que fais-tu, Sahy ? crie Nora.

Sahy ne répond pas mais l'entraîne vers les rizières, là où ils ont coutume de jouer dans l'eau des ruisseaux. Dans leur course, ils entendent derrière eux la conque du chef qui sonne la mobilisation des hommes. Car, de tous côtés, se font entendre des cris barbares et effrayants.

Les deux enfants ont juste le temps de se coucher dans les canaux de la rizière lorsque débouchent à la périphérie du village des hordes de Malgaches ennemis, ceux de la septième colline, le clan des destructeurs venus attaquer les habitants de la colline sacrée. Dissimulés par les roseaux et les hautes tiges de riz, Sahy et Nora ne voient rien de la bataille. Seuls les hurlements et les cris témoignent de la tuerie, des massacres et du carnage. Des coups de feu sont échangés.

La lune est toujours là. Bien haut dans le ciel. Mais elle n'est pas la seule à éclairer le champ de bataille. Les huttes et les cases brûlent. Les animaux s'enfuient en hurlant. Des zébus passent tout près de l'endroit où se sont réfugiés les deux enfants. L'un d'entre eux, le plus beau et le plus aimé, celui que Sahy appelle par son prénom, Omby, vient de tomber à leurs pieds, mortellement blessé par des coups de fusil.

– Attention Nora, chuchote Sahy, quelqu'un...

Il ne finit pas sa phrase. Un immense filet vient de s'abattre sur Omby. Derrière, accourent des hommes croassant comme des vautours. Sans doute les tueurs du zébu. Mais ils s'arrêtent net en apercevant les enfants dans le ruisseau. Alors tout va très vite. Encore un énorme cri sauvage de bête enragée et le reste du filet qui enserre Omby vient s'abattre sur les jeunes fugitifs, les emprisonnant dans ses mailles.

Sortis du ruisseau, Nora et Sahy sont traînés jusqu'au village, où ils se retrouvent ensanglantés, se débattant dans les mailles de raphia.

Sur la place centrale du village, non loin des tombeaux des Ancêtres où la cérémonie n'a pu être accomplie, le chef de la tribu, les devins, les bébés et les vieillards gisent dans leur sang, décapités à la sagaie, assassinés par leurs bourreaux.

Sahy et Nora ne peuvent supporter une telle douleur. Comme les autres, ils sombrent dans l'inconscience.

*

L'œil du nouveau jour s'ouvre sur une terre écorchée pleurant le meurtre de ses habitants. Les combats ont cessé mais il y a beaucoup de morts aux quatre coins du village. C'est ce que constate Nora affolée lorsqu'elle émerge de sa nuit remplie de fantômes malfaisants et d'ennemis aux yeux rouges. Des carcans de fer sont venus prendre la place des filets. Tous les habitants encore valides sont entassés les uns sur les autres, des chaînes au cou et aux pieds. La petite fille est elle aussi enchaînée à d'autres enfants. Elle cherche Sahy des yeux.

– Sahy ! appelle-t-elle doucement, Sahy !

Un gardien s'avance vers elle et la fait taire d'un coup de fouet au visage. Puis, comme si c'était le signal attendu, les autres gardes se mettent à courir dans tous les sens en cinglant de leur fouet les malheureux vaincus.

– Debout ! hurlent-ils, debout !

Ils sont nombreux, ceux qui se chargent de forcer les villageois à se relever tant bien que mal, entravés par les chaînes et les carcans qui s'incrustent dans les blessures ouvertes. Un homme noir sur un cheval blanc apparaît tout à coup au détour de la forêt. Il fonce sans ralentir sur les morts et les mourants, puis stoppe net en faisant cabrer sa monture. Il examine les prisonniers d'un œil d'expert et finit par désigner de sa cravache quelques jeunes femmes et hommes qu'il fait mettre de côté. Nora et Sahy sont de ceux-là.

Puis il disparaît sur son cheval blanc.

Bien qu'elle soit obligée de traîner ses chaînes, Nora peut se déplacer seule. Les gardiens la surveillent mais n'interviennent pas. Ce n'est qu'au moment où la troupe des vaincus se met en marche que la fillette aperçoit Sahy, bien loin devant elle, courbé sous le poids du carcan qui l'étrangle. Avec le peu d'énergie qui lui reste, elle tente de le rejoindre. La progression est fatigante et douloureuse. Pour se donner de la force, elle plaque ses deux mains bien serrées sur son collier de coquillages.

– Sahy ! Sahy !

Elle essaye de l'appeler. Mais Sahy ne peut ni l'entendre ni même tourner la tête vers elle. Il est dans la cohorte des prisonniers qui s'avancent deux par deux, attachés les uns aux autres par une longue fourche en fer à la manière des bêtes de somme. Les mères sont enchaînées à leurs jeunes enfants par la taille et ce sont elles qui portent les ballots de nourriture sur leur tête. Nora pense à ses parents qu'elle a perdus durant cette nuit tragique. Tombés sous les coups ? Partis ailleurs ou dans l'au-delà ?

Maintenant la procession s'engage dans la forêt loin des rizières et de la colline sacrée. C'est le moment que choisissent les vaincus pour chanter. Ils pensent que les tribus ennemies vont faire d'eux leurs esclaves. Et ils chantent pour demander pardon aux Ancêtres de n'avoir pu mener jusqu'au bout la fête qui leur était destinée. Pardon de les avoir abandonnés aussi soudainement. D'avoir interrompu la musique et les incantations. Les chants montent faiblement dans la moiteur de la forêt. Des chants tristes, fredonnés bouches fermées. Les gardiens ne peuvent les en empêcher, mais les coups de trique continuent de pleuvoir parce que les prisonniers n'avancent pas assez vite.

Ce n'est qu'au terme du premier jour de voyage que Nora peut enfin rejoindre Sahy. En s'approchant de lui, son cœur se met à battre. Sa respiration devient plus rapide. Elle redoute que les gardiens ne devinent ses intentions et ne la rejettent en bout de file, ruinant son aspiration à retrouver son ami.

– Sahy ! dit-elle enfin en lui caressant l'épaule.

Le jeune garçon se tourne péniblement vers elle. Il est hagard, épuisé, mais il lui adresse un léger sourire. Elle est là ! Dieu du Jour et de la Nuit, elle est là ! Les défunts ont entendu sa prière : il avait pris soin avant de se laisser enchaîner de ramasser au creux de ses paumes la terre de la rizière. C'est celle des Ancêtres parfumés. Il en avait saupoudré ses cheveux attachés aux dents de caïman. Et il avait chanté et prié pour que Nora lui soit rendue.

– Nora ! gémit-il doucement.

Le camp de l'esclaverie

C'est à la fin d'une troisième lune que la caravane arrive sur un terre-plein peu boisé. Quelques prisonniers sont libérés des carcans, mais les bourreaux leur passent aussitôt des fers aux pieds. Ce sont les préposés à faire du feu, à préparer la nourriture des captifs et à la distribuer. Le lieu est aéré, spacieux, quoique entouré de hauts murs de pierre.

Au bout de ce terre-plein a été aménagée une hutte de toile couverte et fermée. Des ombres qui s'y déplacent indiquent clairement qu'elle est habitée. Par qui ? Les chefs ennemis ?

– Où sommes-nous ? ose demander un détenu à l'un des surveillants.

Une belle volée de lanière de cuir sur le dos le fait taire instantanément.

– Si tu veux le savoir, dit le garde-chiourme en ricanant, tu es au camp de l'esclaverie. Tu comprends ce que ça veut dire ?

Nora et Sahy se regardent, hébétés. Un camp de l'esclaverie ? Qu'est-ce que c'est ? Les deux enfants essayent bien d'aller aux informations, mais rien d'autre ne filtre autour d'eux.

Des hommes et des femmes occupés à la préparation de la nourriture ne veulent rien voir, rien entendre. Ils ont installé des cuisinières de fortune faites de trois grosses pierres sur lesquelles ils ont posé des marmites de maïs et de fèves pour leur premier repas.

Malgré la fatigue accumulée par tant et tant de kilomètres, malgré la douleur des corps, des pieds nus gonflés et blessés, et malgré l'inquiétude... pouvoir enfin ce soir souffler quelques heures, manger et dormir leur semble à tous extraordinaire.

Mais lorsque commencent à passer les gamelles de nourriture et les bols de soupe, Sahy réprime une grimace. Il a flairé dans le bouillon l'odeur de plantes toxiques que les sorciers des villages font habituellement ingurgiter aux futurs ensorcelés. Il s'aperçoit alors que bon nombre d'hommes et de femmes ont le même réflexe : dans la plus grande discrétion, les gamelles sont vidées sur le sol et leur contenu est aussitôt recouvert de terre et de feuillage.

– Ne mange rien, Nora ! lui enjoint Sahy.

Nora reste un moment interdite. Elle ne connaît pas encore les maléfices des plantes toxiques et ne sait pas les reconnaître. Mais la voix de Sahy est tellement chargée de crainte qu'elle lui obéit et verse sa soupe par terre.

*

Le vent a déliré toute la nuit, s'infiltrant dans les poumons de ces êtres entassés les uns sur les autres. Cela a pourtant été un souffle bienfaisant sur les plaies morales et physiques. Certains ont pensé aux âmes mortes. D'autres se sont laissé absorber par le vent qui a adouci leurs meurtrissures d'une caresse apaisante.

Nora a pu s'endormir contre Sahy dans une botte de paille laissée à leur disposition par les gardiens, ainsi que le leur a recommandé le cavalier au cheval blanc. Elle a appris que cet imposant ennemi a pris pour elle et Sahy des dispositions particulières, mais sans savoir dans quel but.

Cette nuit-là, elle a rêvé de sa mère. Une bourrasque l'emportait à travers les rizières et la déposait sur sa neuvième colline. Sa mama l'y attendait sous le plus bel arbre, dans une atmosphère pure et calme. Elle embrassait tendrement sa petite fille puis, de sa main gauche, elle cueillait des graines de l'arbre et les lançait sur le sol en prononçant des mots magiques. Elle posait ensuite sa main droite sur la tête de Nora :

– Mon enfant, lui disait-elle, tu vas entrer dans un cercle infernal. Ni ta force ni ton courage n'empêcheront les terrains de s'ébouler sous toi. Mais si ta confiance en tes Ancêtres reste intacte, tu surmonteras les nuages noirs de ta vie. En toutes circonstances, essaye de décider par toi-même. Et ne te sépare jamais de tes coquillages fétiches : ce sont les racines de ton enfance.

Nora s'est réveillée bouleversée par l'apparition de sa mère et par ses prédictions. Elle sait maintenant que sa mama se trouve au royaume des morts. Mais elle sait aussi qu'elle ne l'abandonnera en aucun temps.

Sahy n'est plus à ses côtés. Où est-il allé ? Un coup d'œil en sortant de la botte de paille lui fait découvrir un petit matin rouge orangé, un peu noyé sous la brume. Il fait déjà très chaud malgré le vent de la nuit. Beaucoup de prisonniers dorment encore. Elle sort en rampant pour traverser le camp à la recherche de Sahy, lorsqu'elle l'aperçoit tout au bout de l'esclaverie, non loin de la hutte de toile des chefs ennemis. Il est agenouillé et observe quelque chose :

– Viens, lui dit Sahy à voix basse dès qu'elle se trouve proche de lui. Regarde, il y a là une petite source. Va chercher ta calebasse, on la remplira d'eau. J'ai vu aussi quelques sauterelles et des hannetons.

– Mais comment on va les manger ?

– Si les cuisiniers nous permettent de les fourrer dans la cendre, on pourra les faire griller.

– Les gardiens ne nous laisseront pas faire.

Sahy la regarde en fronçant les sourcils.

– Bien sûr, reprend-elle aussitôt, bien sûr, nous allons faire griller nos hannetons.

Nora retraverse le camp avec sa calebasse pour aller la remplir d'eau. Le camp s'anime. Mais le réveil est bizarre. Des hommes et des femmes, les yeux révulsés, bavent et gesticulent sans motif apparent, les jambes molles et les bras tremblants.

La panique s'empare de Nora. Elle rejoint Sahy en courant et trébuchant plusieurs fois sur les corps agités des captifs.

– Sahy, lui crie-t-elle tout essoufflée, tu as raison ! Ils sont tous drogués !

Le jeune garçon se hisse sur la pointe des pieds et observe autour de lui. Puis, rapidement, il pose un doigt sur la bouche de sa jeune amie :

–Tais-toi ! lui dit-il. Tais-toi ! On doit rien savoir. Fais semblant de rien.

Du bruit et des voix parvenant de l'intérieur de la hutte de toile toute proche les font se dissimuler derrière des rochers. Après quelques minutes de dialogue entamé à voix basse, Sahy et Nora entendent très distinctement les paroles de deux hommes qui discutent avec fermeté :

–Il a été bien convenu entre nous que la nourriture devra être administrée en augmentant les doses peu à peu, dit l'un d'eux sur un ton agacé. Je ne veux pas perdre ma marchandise par un brusque empoisonnement.

–Je connais mon affaire, répond l'autre assez durement. Dans trois semaines, vos prisonniers deviendront les esclaves dociles et malléables que vous attendez.

–Trois semaines dans ce camp, dites-vous ?

–Trois semaines de dressage, oui.

–Et après ?

–Une fois mis en condition, ils atteindront le port de Fort-Dauphin sans difficulté et seront embarqués sans révolte.

–Et le bateau est prévu pour quand ?

–Dans un mois exactement nous pourrons partir.

–Et combien de temps de navigation pour arriver à La Réunion ?

–Huit jours si la mer est calme. Sinon, une douzaine de jours.

–Tout est prévu là-bas pour leur arrivée ?

–Oui, monsieur.

–Très bien. Je compte sur vous. Je tiens à vendre mes esclaves en parfaite santé.

–N'ayez crainte. Je sais faire dégorger les cerveaux sans détériorer les corps.

Les inflexions des voix deviennent alors moins tendues, au point de n'être plus que des chuchotements, comme au début de la discussion.

Avec prudence les enfants sortent de leur cachette en se tenant par la main. Un spectacle encore plus effrayant s'offre à leurs yeux en plein milieu de l'esclaverie : le déséquilibre corporel qui se manifeste chez les prisonniers depuis le matin vire maintenant à une sorte d'abêtissement collectif. Les hommes d'un côté, les femmes et les enfants de l'autre répètent inlassablement dans un état comateux leur bonheur d'appartenir bientôt à des maîtres blancs, généreux et bons. Ils rabâchent leur espoir d'une destinée meilleure entre les mains de nobles négociants qui n'auront pour eux que sollicitude et bienveillance. Du sang est répandu par terre pour que les esprits viennent au secours des plus malheureux, ceux qui ne croient pas encore au fabuleux avenir qui les attend. Certains parmi eux résistent en effet aux incantations. Ils plient sous le fouet et les coups de lanière. Mais pas une plainte, pas un hurlement. Cela rend fou le bourreau qui s'acharne sur les rebelles.

Un des gardes s'aperçoit de la présence de Sahy et Nora. Il se précipite, la cravache levée. Mais un autre lui retient le bras :

– Doucement avec ces deux-là. Ordre du Maître.

Les deux enfants sont pourtant entraînés parmi leurs frères de souffrance et exhortés à réciter comme les autres les litanies à la gloire des futurs maîtres blancs.

*

Après trois semaines de violences et de turbulences dans le camp de l'esclaverie où les prisonniers ont été manipulés, fouettés, drogués, la longue marche reprend à travers forêts et marécages. Ils s'engagent maintenant le long d'une côte bordée de falaises. Ils ne sont plus qu'une interminable file de zombis, de morts vivants. Plus de chants, plus d'incantations. Attachés par le cou, liés par des chaînes, ce sont des bêtes qu'on mène à l'abattoir sous des soleils brûlants, sous des pluies torrentielles. Les plantes malfaisantes qui griffent les cervelles ont déjà bien commencé leur œuvre de destruction.

Pour rester vivants, Sahy et Nora jouent aux jeux des proverbes.

– Tu te souviens, Sahy, de ce que je te disais quand on s'amusait dans les rizières ? dit la fillette d'une voix lasse.

– Je me souviens, oui.

– C'était quoi ? lui demande Nora en essayant de sourire.

– *Tu es mon grain de riz et je suis ton eau.*

– Et puis après ?

– *Le grain de riz a besoin de l'eau. Sinon il va mourir.*

– C'est vrai, Sahy !

– Et tu te souviens, Nora, de ce que je te disais, moi ?

– Tu me disais plein de choses. J'ai oublié.

Nora est subitement fatiguée. Ses jambes ne la portent plus. Sa taille comprimée par les chaînes qui la lient à Sahy et aux autres enfants lui fait de plus en plus mal. Chaque jour davantage, les frottements des fers contre les chairs finissent par former des bourrelets douloureux.

– Il faut me répondre, Nora. C'est le jeu. Réveille-toi ! Souviens-toi !

Nora trébuche. Sahy la retient.

– Nora, parle-moi ! Il faut me parler.

– Tu me disais... tu me disais...

L'enfant balbutie quelques mots :

– Oui, je me souviens maintenant, reprend-elle, je me souviens. Tu me disais que j'étais montée sur le mûrier et que toi tu avais grimpé sur le citronnier... et que... et que... un ver à soie nous avait réunis en nous enlaçant dans sa toile.

Sahy essaye de cacher ses larmes. Nora parvient à surmonter son malaise. Elle se sent un peu plus forte. La tête levée vers le ciel, elle fixe les nuages et, dans leur forme là-haut, elle se voit dans le mûrier et Sahy dans le citronnier, jouant tous les deux à s'enrouler dans les fils du ver à soie.

Le port de Fort-Dauphin

Un jour, apparaît à l'horizon le port de Fort-Dauphin.

Des navires tanguent sous les flux et reflux de la mer. Ils savent, les enfants, ils savent que ces navires les attendent. Mais la plupart des prisonniers croient simplement que des négociants de la côte vont les délivrer de leurs chaînes et les faire travailler sur les bateaux à quai.

Arrivée sur le terre-plein du fort, la caravane est conduite dans un hangar qui fait face aux embarcations. Les gardes-chiourmes poussent les individus à l'intérieur à coups de crosse de fusil et des surveillants crochètent aussitôt les chaînes qu'ils ont aux pieds à des cadenas scellés aux barreaux de la bâtisse. De grosses mains dures saisissent Sahy et Nora par la peau du cou et les trimballent comme des chats. Ils rejoignent les autres enfants enfermés dans une sorte d'entrepôt entouré de fil de fer barbelé. Quelques bourreaux vont et viennent, des tuyaux d'arrosage à bout de bras. Avec hargne, les surveillants déshabillent brutalement hommes, femmes et enfants en donnant l'ordre aux arroseurs de faire leur travail.

Nora suffoque sous la douche trop forte et trop glacée. Elle a peine à respirer. Elle vacille sous l'effet de l'eau qui sort en masse des tuyaux. Elle cherche à s'accrocher à Sahy. Mais celui-ci est catapulté, en boule sur lui-même, contre les barbelés.

Quand, enfin, les tuyaux d'arrosage cessent leur cuisant manège, des corps nus, inertes, parcourus de spasmes douloureux baignent dans de larges mares d'eau et de sang. L'arrosage a été ordonné pour nettoyer les prisonniers de leur crasse et de leurs poux avant d'entreprendre leur ultime voyage.

*

L'horizon est encore obscur lorsque les captifs sont tirés sans ménagement de leur sommeil, détachés des barreaux et évacués en rangs d'oignons. La longue file de bétail humain s'ébranle.

Sahy et Nora marchent silencieusement comme tout le monde, tête baissée, membres engourdis. Parvenus à l'entrée du port, les détenus sont entassés dans des canots qui les emmènent à bord des navires. La mer est mauvaise. Elle fait chavirer l'horizon dans tous les sens.

– J'ai envie de vomir, se plaint Nora.

– Tu peux pas vomir, Nora, on n'a rien mangé depuis hier.

À peine la fillette se penche-t-elle par-dessus bord pour essayer de répondre à la demande d'un estomac vide que, juste derrière elle, trois hommes enchaînés les uns aux autres, d'un brusque élan, se jettent en un seul mouvement dans l'océan tumultueux. Les rameurs suspendent leur geste. Des cris. Des hurlements. Des gémissements. Des claquements de fouet. D'autres canots viennent à la rescousse et tentent de récupérer les hommes disparus au fond des vagues. En vain.

– Ceux-là, ils savaient, dit Nora, bouleversée, l'estomac encore plus noué, ils savaient qu'on nous embarquait dans l'esclavage, pour toujours peut-être.

– Ne dis pas ça, Nora, on va s'en sortir ! Tu te rappelles, ajoute Sahy, ce qu'on se disait dans nos rizières ? *Le destin est un caméléon perché là-haut dans un arbre. Il suffit qu'un enfant siffle pour qu'il change de couleur.* Je vais siffler tout le temps pour toi, Nora, et tu siffleras pour moi. On finira bien par changer notre destin. Tu es d'accord ?

La petite fille hoche la tête sans répondre.

Les canots abordent maintenant le navire. Ils tentent de s'arrimer tant bien que mal aux échelles de corde menant au bateau. Les prisonniers sont bousculés dans un mélange de grincements de chaînes, de jurons, de sanglots et de vociférations.

Le transfert à bord est long et pénible. Les Noirs sont entassés sur le pont : les femmes et les enfants d'un côté, les hommes de l'autre.

Nora et Sahy aperçoivent pour la deuxième fois et avec quelque inquiétude le cavalier noir qui les avait repérés lors de la razzia. À côté de lui, se tient un homme blanc.

– C'est là toute ma cargaison ? demande l'homme blanc au cavalier noir.

– Oui. Sauf ces deux-là, répond le cavalier noir en désignant Nora et Sahy. Ceux-là, je les ai achetés comptant à leur propre tribu en échange de mon cheval.

La stupeur vient s'ajouter à l'angoisse des deux enfants. Ils ont reconnu les voix des deux hommes. C'était eux qui échangeaient leurs arguments de ventes d'esclaves sous la hutte de toile dans le camp de l'esclaverie.

– Et pourquoi justement eux ? Vous ne m'en aviez rien dit !

– Ils auraient pu être exterminés comme beaucoup d'autres. C'est le hasard qui me les a amenés. Et j'y tiens.

Après un mouvement de mauvaise humeur, l'homme blanc commence à lancer ses directives à celui qui semble être le capitaine du bateau, lequel, à son tour, donne ses ordres aux matelots.

– Enfermez les hommes dans les parcs à esclaves, hurle le capitaine, et sans brutalité s'il vous plaît. Les femmes et les enfants, à l'entrepont.

Aussitôt dit, les matelots disparaissent avec les hommes tandis que les femmes et les enfants sont conduits à l'arrière du vaisseau, en dessous des cabines des officiers.

– Faites attention à mon chargement de bois d'ébène ! dit l'homme blanc au capitaine. Puis, se tournant vers le cavalier noir, il lui fait toutes ses recommandations : C'est vous l'unique responsable, lui dit-il. Toute la marchandise doit être liquidée à La Réunion sans une seule perte. Sinon, vous me rembourserez les morts et les malades.

Après un dernier coup d'œil au navire en partance, l'homme blanc saute dans le canot qui l'attend en bas de l'échelle et regagne la côte de Fort-Dauphin, pour continuer les mêmes fructueux commerces.

Appuyés au bastingage du navire, le cavalier et le capitaine regardent le vendeur d'esclaves s'éloigner.

– Les négriers sont tous très durs en affaires, dit le capitaine. Mais en plus, celui-ci veut les détenus intacts à l'arrivée, sans donner de quoi les nourrir et les entretenir correctement. Il est pourtant très riche. Et les conséquences d'une mauvaise nutrition, c'est pour nous !

– Pour moi surtout ! relève le cavalier. Il me faut ruser pour ne pas perdre mes bénéfices et vendre aussi cher les malades que les bien portants.

Les matelots, maintenant dégagés de la corvée de s'occuper de la marchandise humaine, dénouent avec hâte les cordages, lèvent l'ancre, grimpent aux mâts, hissent les voiles, s'affairent en tous sens au milieu des ordres et des injonctions de leur capitaine et de ses officiers.

Le navire quitte avec peine le port de Fort-Dauphin car l'océan Indien est démonté, violent, furieux du rôle qu'on lui fait jouer depuis bientôt quatre siècles, rôle de complice dans une collaboration forcée avec les négriers-criminels.

La traversée

Le navire négrier a été construit expressément pour le transport des esclaves. Les charpentiers ont aménagé la cale de telle sorte que les Noirs puissent s'emboîter les uns dans les autres, serrés comme des sardines pour en transporter le plus possible.

Les femmes et les enfants, parqués à l'entrepont, disposent chacun d'un minuscule casier, sorte de fosse à cochons séparée du voisin par une planche fixe.

– On dirait... on dirait des cercueils ! souffle Nora à Sahy lorsqu'on les conduit à leur casier.

– C'est juste pour dormir, lui répond Sahy, qui se veut rassurant.

– Mais on peut même pas se tenir debout là-dedans !

– C'est pas pour se tenir debout, c'est seulement pour dormir.

– Mais on va où comme ça ?

– Tu l'as bien entendu, Nora ! Ils nous emmènent à l'île de La Réunion.

– C'est où, l'île de La Réunion ?

– Je sais pas. Pas trop loin, je crois.

Les gardes-matelots mettent fin aux discussions des enfants en donnant à tous l'ordre de se coucher dans leur casier et de ne plus en bouger. Femmes et enfants obéissent. Les attaches sont dénouées. Les gardiens sortent en fermant à double tour les portes derrière eux.

Des enfants commencent à pleurer, des mères à gémir. L'après-midi est là et il fait chaud. L'air ne pénètre que par une étroite ouverture qui donne sur l'entrepont.

En attendant, les prisonniers ne peuvent ni bouger, ni même s'étendre, vu l'exiguïté de leurs cages. Ils respirent mal. Ils ont peur. Ils ont faim. Ils étouffent. Et ça sent mauvais.

Quelques heures se passent ainsi.

Maintenant, malgré le demi-jour qui éclaire faiblement l'espace, seuls les cris des enfants et les sanglots des mères indiquent la présence d'êtres humains grouillant dans des cercueils flottants. Des mouvements de roulis, tantôt brusques et rapprochés, tantôt larges et profonds, projettent les corps de droite et de gauche contre les planches rugueuses des casiers. Au fil des heures, le roulis s'accentue. Le navire tangue de plus en plus. Les estomacs se soulèvent. Des estomacs vides qui font très mal.

Nora n'en peut plus d'avoir mal au ventre, mal à la tête, mal partout. Des goûts amers lui viennent à la bouche.

Comme tous les autres enfants, elle en a assez d'avoir chaud, faim, envie d'aller aux toilettes, et de ne pas pouvoir bouger. Sahy lui caresse le front, les cheveux, les mains. Pour laisser passer un peu d'air frais, il essaye d'ouvrir davantage l'unique claire-voie, mais le treillage résiste.

Alors qu'elle se sent partir, la porte s'ouvre avec brusquerie, faisant entrer les bruits de l'extérieur : frottements de cordages, grincements de chaînes, interpellations, cris. En même temps que les bruits, entre un homme qui dirige sur les corps le faisceau lumineux d'une lampe marine. Sans aucune parole, il se dirige vers Sahy et Nora. Tous trois quittent l'entrepont.

Une fois dehors, les enfants reconnaissent en l'homme le cavalier noir. Il les pousse devant lui en les tenant solidement à la base du cou, car la houle est très forte et les fait tituber. Ils traversent rapidement le pont et grimpent les escaliers. Mais Nora et Sahy ont le temps d'apercevoir avec effroi que des gardes appliquent sur le dos d'esclaves attachés aux mâts des fers rouges qui font grésiller leur peau.

– Dépêchez-vous ! hurle le cavalier noir.

Les enfants, pour ne pas tomber, s'accrochent au bastingage. Mais ce qu'ils viennent d'entrevoir noue leurs tripes et leur cœur encore plus que le mal de mer, le mal de la faim, la chaleur moite et puante de la fosse à cochons.

À la suite de l'homme, les enfants longent d'étroits couloirs, traversent des salles enfumées empestant le rhum et la sueur. Ils parviennent enfin dans un endroit clos qui surplombe le pont du navire. Une paillasse à même le sol, une table bancale sur laquelle traînent quelques verres sales, des bouteilles vides et les restes d'un repas.

– Vous serez ici avec moi tout le temps que durera la traversée, dit le cavalier. Vous serez libres, la journée, d'aller et venir sur le pont. Mais attention, pas d'histoires avec les marins ou les autres prisonniers, hein ! ajoute-t-il d'un ton menaçant. Plus vous serez discrets, mieux cela sera pour vous. Allez, mangez !

L'homme avance vers les enfants une assiette de

maïs aux fèves et un verre d'eau. Puis il sort de la cabine dont la porte reste ouverte.

– Qu'est-ce que ça veut dire, Sahy ?

– Ce type nous protège pour nous vendre à un bon prix, répond le jeune garçon avec amertume.

– Et pourquoi nous plus que les autres ?

– Rappelle-toi ce qu'il a dit à l'homme blanc ! Il a échangé son beau cheval contre nos deux vies. Et c'est pas pour rien. Maintenant, faut manger, Nora, ça nous fera du bien.

– J'ai plus faim.

Et Nora se précipite vers ce qui semble être des toilettes dans un coin de la pièce derrière des rideaux sales. Il se précipite à son tour. Il relève la petite fille étendue par terre, essayant de retenir les spasmes d'un estomac à bout de contractions.

– Je préférerais être avec les autres enfants plutôt qu'ici, dit Nora dès qu'elle peut parler. J'ai peur de ce Noir. J'ai terriblement peur. Siffle pour moi, Sahy, siffle !

L'océan semble s'être un peu calmé pour permettre au jeune garçon de se tenir bien droit, le visage tourné vers le plafond. Et ce n'est pas un plafond crasseux qu'il voit mais un bel arbre aux tiges fleuries. Il se tient lui-même sur la neuvième colline sacrée. Tout en haut de la cime de l'arbre, un caméléon est perché : une tache jaune entre les coloris des tiges fleuries. Cette tache respire par à-coups, se gonflant et se dégonflant au rythme des pulsions de son cœur à lui, Sahy. Lentement, très lentement, pour ne pas faire fuir cette prodigieuse vision, l'enfant arrondit ses lèvres, inspire tranquillement et de son expiration s'envolent en légers tourbillons des sifflements mélodieux rappelant les comptines enfantines du pays natal.

Sahy ne quitte pas des yeux la tache jaune toujours immobile. Petit à petit, le jaune se met à virer au jaune-vert, puis avec brutalité au bleu. Sahy interrompt immédiatement son sifflement, car le bleu commence à s'intensifier en se transformant en bleu-noir.

Il est connu par tous les devins de Madagascar que le bleu-noir entraîne les corps et les esprits dans la crainte d'un sombre avenir. Tout aussitôt, la colline sacrée, l'arbre et le caméléon disparaissent. Quand il revient à lui, le plafond est encore plus crasseux qu'avant, l'océan est redevenu furieux et Nora, qui a deviné la vision de Sahy, est inquiète.

– Alors ? interroge-t-elle.

– Il nous faudra penser bien fort à nos Ancêtres. Le changement de notre destin ne se fera pas sous de bonnes couleurs, répond Sahy.

– Il a dit quoi, le caméléon ? insiste la fillette.

– Nous entrons dans le bleu-noir. Il faudra beaucoup se battre, Nora.

Nora hoche la tête en signe d'acquiescement. Et elle sent venir en elle cette résistance qu'elle avait cru dissipée par son désespoir. Elle saisit alors le plat de riz et de fèves, et se met à manger gloutonnement.

Lorsque le cavalier noir regagne sa cabine tard dans la soirée, ce sont deux enfants enlacés qu'il trouve endormis, la tête sur la table bancale. D'un mouvement brusque de propriétaire jaloux et exclusif, il les sépare d'un grand revers de bras. Puis, d'un coup de pied, il envoie Sahy rouler au-delà de la porte d'entrée qu'il referme à clef. Et, prenant Nora dans ses bras, malgré sa résistance et ses contre-attaques qui lui font mordre cruellement le cavalier au bras, il l'allonge sur sa couche en la tenant serrée contre lui.

Au-dehors, la pleine nuit couvre de ses lueurs sombres une mer toujours aussi furieuse qu'un animal sauvage. Le navire ne sait plus de quel côté prendre les vagues qui se soulèvent en d'énormes bonds et rebonds.

Sahy, propulsé de l'autre côté du pont, n'a plus que la ressource de se glisser entre des cordages et des câbles fermement attachés au sol pour ne pas passer au travers de la rambarde.

À part le martèlement des coups portés par l'océan sur l'avant du bateau, aucun bruit ne vient perturber l'avancée de la caravane négrière vers sa destination. C'est le calme à bord qui finit par avoir raison de l'angoisse de Sahy. Enroulé sur lui-même comme un petit enfant dans le ventre de sa mère, il s'endort.

Dans l'océan Indien

L'homme noir l'a dit à l'homme blanc : la traversée entre Madagascar et l'île de La Réunion demande un peu plus de quinze jours de navigation. On n'en est qu'au deuxième jour, se dit Sahy, et, déjà, de n'avoir aucune nouvelle de Nora le pétrit de suppositions terrifiantes.

En cette troisième nuit de voyage, le jeune garçon décide d'aller rôder aux abords de la cabine de l'homme noir. Ses cheveux toujours hérissés de dents de caïman lui donnent à tout moment l'occasion d'interpeller ses ancêtres : « Mes défunts bien-aimés, vous qui voyez tout ce qui est caché, tout ce qui est secret, je vous en supplie, permettez-moi de retrouver mon petit grain de riz. »

L'enfant fredonne à voix basse cent une fois cette incantation. Il la fredonne dans l'espoir que Nora l'entendra à travers la porte close. Qu'elle lui répondra peut-être. Mais la nuit est sourde. Elle est gonflée de cauchemars qui l'engourdissent. Elle est aux portes de l'enfer, la nuit, lorsque les pires calamités accablent les vivants. Et les défunts restent muets. Sahy, tout entier dans ses espoirs et désespoirs, n'entend pas l'homme noir s'approcher.

Comme si des griffes lacéraient son visage, son cou, son dos, le jeune garçon se sent la proie d'un furieux rapace dont les serres s'accrochent à sa peau jusqu'au plus profond de son être. Il n'a le temps ni de réagir, ni même de crier que déjà des gardes-matelots l'attrapent par les cheveux, le poussent à reculons pour le coller contre un mât, fers aux poignets et aux pieds. Sur un ordre muet de l'homme noir et dans le silence de la nuit, son pagne est arraché, ses dents de caïman sautent sous l'effet d'une serpe lui rasant le crâne. Tout est arrivé si vite et dans une telle douleur qu'il ne sait plus s'il est mort ou vivant. Si on l'a scalpé ou décapité. Ce qu'il sait, c'est qu'avant de sombrer dans le coma il a cru voir Nora pataugeant dans la rizière. Et il a eu la force de lui tendre les bras.

*

Enfin, après plus de trois semaines de traversée, les côtes de l'île de La Réunion sont en vue. Branle-bas de débarquement à bord. Remue-ménage aussi chez les prisonniers. D'abord les hommes. Menés sur le pont, ils sont dénudés. Les crânes sont rasés par peur des poux et des vermines. Les peaux sont trouées du poinçon de leur propriétaire : l'homme blanc resté à Fort-Dauphin. Ils doivent être identifiables pour la vente. Ils sont ensuite décrassés à coups de jets d'eau de mer et habillés de pagnes propres. Les représentants sanitaires seront en effet à bord dans très peu de temps. La cargaison humaine ne doit présenter aucun risque d'épidémie pour la population créole réunionnaise. Sahy est décrassé comme les autres. Son corps couvert de plaies purulentes le fait souffrir. Pourtant, il ne peut s'empêcher d'être fasciné par les montagnes tombant à pic dans la mer, par les cascades dans les collines gonflées d'une végétation qui lui rappelle celle de son pays natal.

L'arrivée à l'île de La Réunion

Le navire est à quai depuis plusieurs heures maintenant. Les femmes et les enfants, après avoir subi le même nettoyage que les hommes, sont alignés de l'autre côté du pont.

Des médecins sont montés à bord. Ils se sont réparti les captifs-esclaves. Et ils les palpent, les auscultent, ouvrent les bouches, examinent les dents, scrutent les yeux, écartent les jambes tant aux hommes qu'aux femmes et aux enfants. Après examen, certains d'entre eux sont mis à gauche. D'autres à droite.

Sahy a un réflexe de protection lorsque le médecin parcourt de ses mains ses blessures encore ouvertes. Cependant, lorsqu'il aperçoit Nora dans la rangée des femmes, le visage fermé, les yeux secs, méconnaissable après trois semaines de réclusion mais vivante, il ne fait qu'un bond, échappant au médecin qui le triturait, et s'élance vers elle avec le désespoir de la dernière chance.

Une seconde, une seconde seulement, il parvient à effleurer son visage et ses cheveux. Il est aussitôt happé par les gardes-matelots. On lui coule une corde autour du cou et de la poitrine, et le voilà de nouveau attaché à un mât.

L'homme noir qui s'activait sur le pont avec les médecins et le capitaine pour faire le tri des esclaves s'approche de Sahy et ordonne qu'on dénoue les cordes.

– Ça suffit, mon garçon, lance-t-il à Sahy. Reste calme si tu ne veux pas finir à fond de cale pour un autre voyage, vers les Amériques cette fois.

Puis, se tournant vers les médecins et le capitaine :

– Ce garçon et cette fille là-bas sont à moi. Vous pouvez les laisser. Ils sont sains et ne sont ni malades, ni contagieux.

L'auscultation a duré toute la journée. Les prisonniers de la file de droite, trop malades, sont renvoyés dans les cales. Ceux de la file de gauche sont invités à descendre du navire, escortés de leur garde-chiourme.

Nora se glisse du côté de Sahy sous l'œil de l'homme noir qui laisse faire. Ils parlent à voix basse :

– Qu'as-tu fait tout ce temps-là, Sahy ?

– J'ai cherché à te voir. J'ai été surpris et puni. Et toi, tu n'as pas trop souffert ?

– Le cavalier noir a été très gentil avec moi.

En disant cela, le visage de Nora se fait triste et grave. Puis, penchant la tête vers son jeune ami, elle lui dit doucement :

– L'enfant de roseau a été écrasée par le bœuf sans qu'elle puisse se défendre.

– Je comprends, répond lentement Sahy après un long silence chargé d'émotions et de tendresse.

La vente aux enchères

En débarquant sur le quai, les prisonniers sont conduits dans un espace ouvert à tous les vents et jonché de tonneaux vides. Des affiches sont placardées sur des panneaux de bois. Des hommes blancs se poussent pour les voir. Certains lisent à haute voix, d'autres se contentent de hocher la tête avec satisfaction.

– C'est la vente aux enchères des esclaves de Madagascar qui va commencer ! crie l'un d'eux à ses compagnons.

– Elle est de combien, la mise à prix ?

– Ça dépend de la cargaison.

– Ah ! il y a beaucoup d'enfants, on dirait. Ça m'intéresse ! crie un autre.

Sahy et Nora se regardent. Dans cette chaleur tropicale, leur sang se fige. Se glace. Des sueurs froides les couvrent tout entiers.

Le cavalier noir les fait grimper sur un des tonneaux. Nora serre son collier de coquillages sacrés dans la paume de sa main.

– Allez, allez, mes braves ! clame le cavalier noir en agitant son fouet. C'est le plus beau fleuron de notre lot. Deux jeunes gens pleins de vie et de santé. La marchandise est fixée au taux habituel pour un si beau couple. Qui dit mieux ?

– Combien, la fille ? s'époumone un vieux.

– La fille est vendue avec le garçon.

– Vous ne les vendez pas séparément ? s'écrie un autre éventuel acheteur.

– Ah non ! Mais vous verrez, vous ne regretterez rien, réplique le cavalier noir avec un rire indécent.

Alors les hommes veulent réellement voir. Toucher. Palper. Tripoter. Ouvrir les bouches. Regarder les dents. Passer les mains sur les fesses, entre les jambes.

Lorsque des doigts, des dizaines de doigts veulent pétrir son ventre, Nora se met à hurler à la mort exactement comme l'animal que tous ces gens auraient aimé qu'elle soit. Des hurlements qui tétanisent les hommes présents. Leurs doigts restent suspendus dans leur gesticulation. C'est comme si un poison paralysant venait de se déverser dans leurs articulations. Non seulement dans celles des doigts mais dans celles des mâchoires, des yeux agrandis par une sorte d'épouvante venant des profondeurs des abîmes. Même le cavalier noir sent passer sur lui le souffle puissant du vent de la mort. Seul Sahy entend, dans la voix ensauvagée de Nora, les échos lointains des âmes aimées, les âmes du monde invisible venues à leur secours. Dans le silence qui suit, les doigts se replient. Les mains se cachent. Les regards s'attachent ailleurs. Les hommes se détournent vers d'autres lots.

Quand enfin le cavalier noir reprend ses esprits, il fonce sur les deux enfants, fou furieux, les manches retroussées, la sagaie levée. Il est arrêté à temps par des bras musclés qui le désarment tandis qu'un Africain de haute taille vient se planter devant lui :

– Combien pour les deux enfants ?

Décontenancé, pris au dépourvu, le cavalier noir ne sait d'abord que répondre. Il se libère des bras qui le retiennent et, à tout hasard, lance un chiffre. Un chiffre énorme.

– D'accord ! répond l'Africain.

Les quelques personnes qui sont restées à proximité sont stupéfaites par le prix annoncé. C'est la plus forte vente publique qui ait jamais eu lieu pour deux enfants esclaves. Le cavalier noir n'en croit pas non plus ses oreilles.

Et puis tout le monde comprend : l'Africain qui vient de réaliser cet achat de luxe est le commandeur en chef de la grande dame blanche, madame Dé, la plus puissante et riche esclavagiste de l'île.

Les enfants sont emmenés.

La société de plantations

Le voyage en carriole par des chemins cahoteux grimpant à flanc de montagne et aux bords de ravines s'achève pour les enfants sur la propriété de leur acheteuse. Sahy et Nora voient d'abord des grandes cheminées d'usines.

Ils ne savent pas encore ce que sont ces grandes cheminées ni à quoi elles peuvent bien servir. Mais elles s'élèvent au-dessus de champs de canne à sucre étendus à perte de vue. Les cannes aux grandes tiges vertes, très hautes, belles et brillantes sous le soleil, que Sahy admire malgré lui, sans savoir qu'elles seront son enfer et son cauchemar. La grande maison là-bas, qu'ils finissent par apercevoir au détour d'une allée fleurie, fraîche et agréable, la petite fille ignore qu'elle sera sa prison et son tourment.

L'Africain fait descendre les enfants de la carriole, donne quelques ordres aux serviteurs qui se sont précipités à leur rencontre et disparaît par la porte de service sans un regard pour les deux nouveaux arrivants.

Sahy est alors pris en main par un des domestiques qui l'entraîne avec lui sur une parcelle de terrain située non loin d'une des cheminées. L'endroit est sinistre. Des cases délabrées aux toits de paille et aux murs de bois sont alignées les unes à côté des autres de chaque côté d'une cour sale. Cochons, chiens, volailles entrent et sortent dans les cases ouvertes. Un arbre pourtant là-bas, un bel arbre, de l'autre côté de la parcelle de terrain, semble apporter un peu de fraîcheur à cette atmosphère suffocante de laideur.

– Voilà, dit le domestique à Sahy en lui désignant une des cases. Ici c'est pour la nuit. La journée tu seras aux champs de canne comme nègre de pioche. Tu commences à six heures du matin et tu finis à six heures du soir. Compris ?

Taraudé par le devenir de Nora, Sahy écoute à peine ce que lui dit l'homme et demande :

– Où est la petite fille qui était avec moi ?

L'homme se met à ricaner.

– T'auras tout le temps de la revoir... un jour... peut-être !

– Elle sera aux champs aussi ? insiste Sahy.

– T'as pas de questions à poser. Ici, tu causes pas !

– Oui, mais je voudrais...

– Tu causes pas, j'ai dit !

– Oui oui, bien sûr... seulement...

Une claque magistrale du revers de la main atteint Sahy en pleine tête. Puis le domestique le saisit par le cou et le pousse à coups de genou sur les reins jusqu'à la case qui lui est destinée.

L'intérieur de la cabane est misérable. Elle est basse, aux poutres pleines de fientes de volailles. À peine Sahy peut-il se tenir debout. Il n'est pourtant pas grand. Elle est étroite aussi : une dizaine de mètres carrés. Plusieurs matelas crasseux couvrent le sol. Rien pourtant n'aurait d'importance si Nora était à ses côtés.

Et subitement, devant une telle injustice et une telle monstruosité de la vie, venues du fond de son âme d'enfant, s'écoulent lentement de lourdes larmes qu'il avait essayé de contenir jusqu'ici. Sahy pleure sans retenue. Il pleure sa Nora tant aimée. Il pleure sa famille, sa tribu, ses rizières, ses zébus. Il pleure sa neuvième colline sacrée et ses Ancêtres parfumés.

Nora, esclave de maison

La maison de la grande dame blanche est magnifique. Elle est située au beau milieu d'un parc immense aux arbres et aux fleurs rares. Des bassins aux jets d'eau majestueux abritent de larges nénuphars et des grenouilles sautillantes. C'est un paysage inconnu que Nora admire de la lucarne de sa chambrette. Celle-ci est sous les combles, meublée d'un lit, une table et une chaise.

Malgré la chaleur, elle se sent bien. Demain, elle devra s'occuper des deux filles de Madame.

– Deux fillettes charmantes, a dit la femme de chambre.

– Quel sera mon travail ? a alors demandé Nora.

– Le matin, petit déjeuner de ces demoiselles. Puis toilette et départ pour l'école. Après, ménage de leurs appartements. Ensuite, préparation du déjeuner. Dans l'après-midi, lavage et repassage du linge des filles. À la sortie de l'école, les demoiselles font leurs devoirs sous la responsabilité de leur répétitrice. Mais après, tu devras jouer avec elles jusqu'à l'heure du dîner, que tu auras préparé bien entendu.

– Et elles ont quel âge ?

– La plus grande a treize ans et la petite neuf ans. Et toi ?

– Je sais pas très bien. Onze ans peut-être.

– Comment ça, tu ne sais pas très bien ? s'est étonnée la femme de chambre.

– Je sais que je suis née dans la forêt un soir de clair de lune. C'est tout ce que je sais.

La femme a haussé les épaules et s'en est allée en lui recommandant de se lever très tôt le matin. Madame est d'une grande sévérité avec les esclaves et elle exige la ponctualité.

Nora se détourne du paysage en soupirant. Elle aurait bien aimé demander à la femme de chambre si elle savait où se trouvait Sahy.

Mais comment pourrait-elle connaître Sahy, arrivé ce matin même ! Nora l'a vu s'éloigner avec un domestique. Et puis plus rien. Elle le saura demain peut-être. Oui, demain, elle le saura sûrement. Elle trouvera bien un petit moment dans son travail pour aller à sa recherche. La dame blanche est peut-être très sévère mais humaine quand même puisqu'elle a permis à son chef commandeur d'acheter deux enfants esclaves malgaches que rien ne distinguait des autres. Et elle n'était pas obligée de le faire non plus, vu le grand nombre d'esclaves qu'elle possède. C'est ce que lui a dit la femme de chambre : qu'ils sont plus de cinq cents. Nora ne sait pas compter, mais elle s'imagine que c'est beaucoup.

Sahy, esclave de pioche

Peu avant la nuit, quelques esclaves escortés d'un Noir qui semble être leur chef font irruption dans la minuscule case qu'occupe Sahy. Ils portent dans une besace ouverte des bêches et des pioches. La journée est terminée.

Ils jettent à peine un regard au jeune inconnu tant la fatigue et l'épuisement courbent leur silhouette et disloquent leurs membres. Le chef, en revanche, dévisage Sahy avec méfiance. Et comme le garçon se tient debout devant lui en le regardant droit dans les yeux, le commandeur du camp juge cette attitude insolente et fait claquer son fouet en hurlant :

– Baisse les yeux, espèce d'avorton !

Avant même que Sahy ait pu réagir, le fouet que l'homme tenait en main vient le frapper à la poitrine.

– Tu commences mal, négro !

Et, furieux, exaspéré, les gestes désordonnés, le chef s'éloigne de la case en titubant comme un ivrogne.

Le silence est profond après la sortie du commandeur. Sahy se frotte la poitrine sans vraiment comprendre ce qui vient d'arriver. Dans son village, les gens se parlent en se regardant dans les yeux. C'est le contraire qui n'est pas respectueux pour l'interlocuteur. L'enfant reste seul quelques minutes, debout au milieu de la case.

Les hommes, vieux pour la plupart, s'éparpillent dans le petit espace qui leur est réservé. Certains s'écroulent à même la terre battue en respirant profondément. D'autres vont quérir une couverture ou un oreiller de paille.

Un homme, seul jeune parmi les vieux, s'avance vers Sahy avec un sourire de bienvenue :

– Je suis Ranino, dit-il.

– Et moi Sahy.

– Content de t'avoir avec nous.

Sahy ne peut vraiment pas dire qu'il soit content. Mais un petit bonheur lui serre le cœur : enfin quelqu'un avec qui partager ce qu'il y aura à partager. Et l'enfant sourit à son tour.

– Je devine que tu es malgache, Sahy.

– Oui. Et toi aussi ?

– Oui, oui, c'est pourquoi j'ai dit que je suis content que tu sois là. Nos compagnons sont africains. Je m'entends bien avec eux, mais un compatriote avec qui parler du pays, ça remonte le moral.

– Dis-moi, Ranino, ces Africains sont très âgés ! Comment peuvent-ils encore travailler ?

– C'est le règlement du domaine de madame Dé. Oui, les plus vieux du camp sont installés ici. Les plus jeunes sont affectés aux travaux de la distillerie et ils habitent un autre campement, de l'autre côté de la grande maison.

– Et pourquoi toi et moi on est parmi les plus vieux ? Tu es jeune !

– On m'a dépêché ici comme intendant. Enfin, intendant est un grand mot. Disons que je m'occupe du potager, de la basse-cour, de la cuisine pour tous ces gens qui sont tellement épuisés après leur travail qu'ils se laisseraient mourir si quelqu'un ne s'occupait pas d'eux.

– Et moi ?

– Tu es là pour apprendre. D'abord mis à la pioche, qui consiste à piocher la terre bien sûr, mais aussi à dépailler la canne, à la ramasser, à l'entasser dans les charrettes qui l'acheminent à l'usine. Plus tard, après ton premier apprentissage, tu seras désigné à la coupe de canne. Puis on t'enverra comme manœuvre. Cela prendra plusieurs années. Et enfin, dans ta vieillesse, tu reviendras ici pour te remettre à la pioche... jusqu'à ta mort.

À l'énoncé de cette vie d'esclave qui va tourner en rond sous l'humiliation, la violence et la peur, Sahy a le cœur qui bat la chamade. L'affolement le prend à la gorge. L'étouffe. Il se sent vaciller. Tout s'embrouille.

Il a la tête comme une toupie. Mais il ne veut pas se laisser avoir. Il se redresse, respire à fond. Il ouvre grand les yeux.

– Et les femmes... finit-il par articuler pour essayer de s'accrocher à Nora. Et les femmes, que font-elles ? Où sont-elles ?

– Toujours selon les décisions de madame Dé, aucune femme aux champs. Elles sont toutes domestiques dans la grande maison. C'est mieux pour elles, bien sûr.

– Elles sont bien traitées ?

– Pourquoi tu me demandes ça ? Tu connais quelqu'un là-bas ?

– Oui. J'ai une amie. Mais je ne sais pas où elle a été conduite car on a été séparés dès notre arrivée ici.

– Elle doit être au service de la dame blanche.

– Tu crois, Ranino, que je pourrai la voir ?

– Non, je ne crois pas. Sauf dans des cas exceptionnels que tu peux comprendre, la dame blanche interdit toute mixité entre hommes et femmes.

Face au désarroi de Sahy, Ranino enchaîne très vite :

– Allez, viens. Aide-moi à préparer le repas pour nos hommes qui en ont bien besoin.

– On mange quoi ? répond le jeune garçon pour essayer à son tour de désamorcer sa douleur.

– À peu près la même chose tous les jours : maïs, patates, fèves. De temps en temps, on tue une volaille. Et, à Noël, un cabri.

Après le dîner, à l'heure de dormir, Sahy refuse la paille sale. Il va dormir dehors comme Ranino qui s'est lové dans une excavation de rocher.

La nuit est si étincelante, si belle ! Alors le garçon s'allonge entre les racines du vieil arbre entrevu à son arrivée. L'herbe ne pousse pas dans ces camps d'esclaves. Mais il y a ce vieil arbre. C'est un banyan. L'arbre aux racines aériennes. Sahy entoure de ses bras les plus petites des racines et y pose sa tête.

Tout à coup, dans ce décor où l'âme humaine semble avoir déserté, le son léger d'un tam-tam se met à arroser en petites gouttes perlées les toits de paille du camp. Sahy sourit tristement. Il sait que c'est Ranino qui appelle les Ancêtres à venir soulager les blessures des esclaves.

Et tard, bien tard, il s'endort avec le nom de Nora aux lèvres.

Nora

Pour sa première nuit, Nora est submergée de cauchemars. Des sueurs froides coulent le long de son dos lorsqu'elle se réveille en pleine obscurité. À tâtons, elle va ouvrir l'œil-de-bœuf de sa mansarde. Pour voir plus clair. Pour respirer. Pour comprendre ce qu'elle fait là. Un timide rayon de lune pénètre par la fenêtre ronde. Elle caresse de ses mains le contour de bois de la fenêtre. Le rayon éclaire ses doigts, vient frôler son visage.

Et Nora se calme. Elle n'a plus peur. Plus peur des terribles impressions qui ont envahi sa nuit. Plus peur du cavalier noir transformé en dame blanche.

D'abord il a été là dans son mauvais rêve. Il s'est jeté sur elle, a labouré ses flancs, déchiqueté son ventre et l'a jetée en mille morceaux dans un puits profond sans lumière et sans air. Soudain est apparue la dame blanche avec des airs de bienveillance, lui tendant les mains comme pour la tirer du puits. Puis tranquillement, d'un geste doux, elle l'a enfoncée encore plus loin dans les profondeurs des ténèbres. Une longue chute vertigineuse. Elle ne sait par quel sursaut de volonté elle a, au bout d'un temps infini, trouvé la force de hurler, de hurler et de hurler encore.

Maintenant ce rayon de lune sur sa main et son visage efface les menaces de la nuit. Sèche les transpirations de son corps. Calme les mouvements de son âme.

Alors qu'il fait encore nuit et que Nora vient seulement de se recoucher, la femme de chambre entre sans frapper :

– Encore au lit ? crie-t-elle.

Elle secoue la petite fille, jette sur la chaise un vêtement de travail, sorte de blouse informe de toile grossière, en lui recommandant de descendre au plus vite dans la cuisine pour le petit déjeuner des demoiselles.

Dans la cuisine, une autre domestique montre à Nora où se trouvent la vaisselle des filles, le plateau et les bols, le lait, le thé, le chocolat, les tartines et les fruits.

– Au fait, comment t'appelles-tu ? lui demande-t-elle.

– Nora.

– Tu es malgache ?

– Oui.

– Dans la maison, il y a autant de femmes malgaches qu'africaines. Nous sommes nombreuses.

– Comment est... Madame ? demande Nora après quelque hésitation.

– Dure avec ses planteurs de canne et ses ouvriers d'usines. Mais correcte avec ses esclaves de maison et ses affranchies.

– Ses affranchies ?

– Oui. Les affranchies, ce sont les esclaves à qui Madame a donné la liberté. Moi, elle m'a affranchie.

– Tu es libre alors ? Tu peux retourner dans ton pays si tu veux ?

La voix de Nora s'enflamme.

– Tais-toi ! Tu es folle ! Je retournerai jamais en Afrique. Oui, c'est mon pays là-bas, mais j'y retournerai jamais !

Et la domestique de se dépêcher de vaquer à ses occupations de cuisinière.

Pendant la discussion entre les deux femmes, est entrée dans la cuisine une jeune fille, quinze ans peut-être, qui observe Nora avec insistance.

Et juste au moment où la nouvelle esclave de maison va porter aux demoiselles leur petit déjeuner, la jeune fille se penche brusquement vers elle et lui murmure à l'oreille :

– Je suis Maïmouna.

Nora est interloquée par cette façon soudaine de se présenter à la dérobée.

– Pourquoi parles-tu si doucement, Maïmouna ?

– Parce qu'il nous est interdit de parler pendant le travail.

– Mais la cuisinière vient de me parler !

– Elle en a le droit. C'est une affranchie.

– Et alors ? interroge Nora.

– Alors, si on nous surprend à bavarder, c'est les coups de fouet qui nous attendent.

Nora regarde autour d'elle. En effet, les femmes travaillent en silence.

– Nous allons nous retrouver ici tous les matins et tous les soirs, souffle Maïmouna. On va faire connaissance. File vite à la chambre des filles maintenant. Attention ! voilà la surveillante qui descend. À ce soir.

Une imposante femme, dodelinant des hanches à chaque marche qu'elle franchit, s'arrête un moment sur le dernier degré de l'escalier. D'un signe de tête, elle approuve le bon ordonnancement de la cuisine, la grande ferveur des esclaves autour des fourneaux.

– Toi ! dit-elle en levant son doigt vers Nora. C'est bien toi la nouvelle esclave des filles de Madame ? Tu devrais déjà être à leur chevet ! Qu'est-ce que tu attends ? profère-t-elle d'un ton autoritaire.

Et Nora, avec à la main un plateau bien trop grand pour elle, silencieuse et tendue, disparaît par où la femme de chambre le lui a conseillé.

Sahy

Dès l'aurore, les cocoricos des coqs en harmonie avec le tintement aigu de la cloche du camp des esclaves appellent ses habitants à se tenir fin prêts pour le départ aux champs. Arraché à son sommeil, Sahy s'étonne un moment de se trouver là, sous cet arbre. Le souvenir de son arrivée au camp des esclaves hier dans la soirée lui revient brusquement en mémoire. Le temps de se mettre debout et déjà Ranino est là, des instruments de travail à la main.

– Tiens, dit-il sans autre préambule à Sahy, voilà ta pioche et ta *gratte*. Fais-y attention. Ne les abîme pas. Ne les perds pas. Sinon, gare aux coups de *chabouk*. Et dépêche-toi avant que le commandeur arrive.

Sahy enfourne ses outils dans le sac de jute que lui a tendu Ranino.

– Fais attention aussi au sac *goni*. T'en auras pas d'autre, conseille encore Ranino.

Sahy se prend à sourire aux mots employés par son compagnon de travail. Ce sont des mots malgaches. La *gratte* désigne une petite pioche avec un minuscule manche. Le sac *goni* est un sac en toile de jute. Et le *chabouk*, c'est le fouet à lanières de cuir. Malgré ces termes signifiant une insupportable captivité, une bouffée de nostalgie pour le pays le traverse. Et il se prend à rester là, à sentir la douceur du matin. À écouter les coqs qui continuent leur hymne au soleil. À regarder, au-delà des champs de canne, au-delà des falaises, la mer là-bas qui s'étend frémissante et alléchante, comme une invite à regagner le village malgache perdu.

Un coup de *chabouk* cuisant, envoyé sur ses jambes, le fait se retourner promptement.

Le commandeur est là, fouet à la main. Et il le frappe encore, cette fois dans le bas du ventre.

– En avant, négro ! hurle-t-il. Ici, on ne rêve pas.

Décontenancé, Sahy esquisse un mouvement de colère qu'il tente de réprimer car le chefaillon noir a des yeux jaunes, la couleur de l'araignée venimeuse. Un ramassis de rage et de haine dans ce jaune des yeux.

Mais le bonhomme a vite fait de remarquer la colère rentrée du jeune garçon. Sa rage éclate alors :

– Mettez-moi cet avorton aux fers ! vocifère-t-il.

Trois esclaves se dégagent du contingent et courent vers Sahy. Ils lui entravent le cou d'un collier de fer et le tirent comme un bœuf au labourage. Armés de fouets plus souples que les *chabouks* mais aussi douloureux, les gardes du commandeur font avancer l'enfant jusqu'à son lieu de travail dans les champs de canne. Une grande parcelle de terrain lui est désignée. Elle est à défricher entièrement avant la nuit : dégager la canne sèche, en faire des bottes, les transporter jusqu'aux attelages et ainsi de suite toute la journée. Sous un soleil perçant, le cou embroché par les crochets qui s'enfoncent dans sa chair à chaque mouvement, Sahy ne comprend pas ce châtiment. Ne peut-il regarder la mer ? Ne peut-il se souvenir de son village, de ses Ancêtres restés là-bas de l'autre côté des falaises ? Ne pourra-t-il jamais penser à Nora sans que s'infiltrent dans son corps et son âme des blessures empoisonnées ?

Tous les autres esclaves travaillent silencieusement. Seuls les ahanements et les plaintes des plus vieux se font entendre, aussitôt étouffés par le fouet.

Lorsque vient l'heure du déjeuner, une demi-heure, pas davantage, il n'est pas permis que Sahy soit délivré de son collier à crochets. Ranino réussit à se couler près de lui. D'une herbe dont il connaît les secrets, il extrait du jus et tamponne le cou du jeune garçon. Ce bref soulagement permet à Sahy de s'alimenter d'une patate douce et de boire un peu d'eau.

La journée se termine bien après dix-huit heures, bien après le coucher du soleil. En arrivant au camp, le commandeur donne enfin l'ordre de retirer le collier pour la nuit.

– Tu garderas le collier au travail pendant trois jours. Ça t'apprendra, mon Noir, à vouloir rêvasser comme un Blanc !

*

Ranino a invité Sahy à venir lui rendre visite dans sa grotte quand il le veut. Le prétexte, ce soir-là, c'est l'espoir pour Sahy d'avoir moins mal au cou grâce à l'onguent de Ranino à base de plantes si calmantes.

L'espace que le Malgache a aménagé dans sa grotte est tout à fait surprenant : sous une voûte haute et lumineuse, des murs de pierres volcaniques donnent à l'endroit une atmosphère de paix. Au milieu de la grotte, quatre gros rochers sont disposés en cercle, selon les rites des sacrifices faits aux ancêtres.

Le jeune homme s'approche respectueusement d'une des roches, joint les mains et y pose son front. Lorsqu'il se relève, une large barre de liquide gluant marque son front. Sahy en est heureux : c'est le mélange d'huile et de miel apprécié des Ancêtres qui recouvre la surface des roches.

Ranino le regarde faire et sourit.

– Cela t'étonne ? demande-t-il à Sahy.

– Comment et où peux-tu trouver de l'huile et du miel ?

– Le miel sauvage existe ici pas loin, derrière le domaine. Quant à l'huile, c'est celle de maïs dont j'arrive à extraire tant bien que mal quelques gouttes des épis que je fais pousser.

– Ainsi tu peux faire des sacrifices aux Ancêtres, mais avec quel animal ?

– J'ai la chance, comme tu le sais, de m'occuper du potager et de la basse-cour pour la nourriture de tous les esclaves. Je t'ai dit aussi que les patrons nous régalent d'une volaille de temps en temps et d'un cabri une fois par an. C'est le moment pour les sacrifices. Jusqu'à présent, j'étais seul à intercéder auprès de nos défunts pour une meilleure vie accordée à tous, maintenant nous sommes deux. Et je suis content.

Tout en parlant, Ranino est allé préparer la mixture à appliquer sur les blessures de son jeune protégé.

–Tu vois, lui dit-il en revenant avec la bouillie de plantes, je dois garder secrètes les libations pour nos aïeux. Les Blancs n'apprécieraient pas. Ils ont peur de nos pratiques qu'ils assimilent à de la sorcellerie. Alors ils nous séparent. Les femmes et les petites filles d'un côté, les hommes et les jeunes garçons de l'autre. On n'a plus de vie de tribu, ni même de vie de famille. Nos mœurs et nos coutumes disparaissent. Notre langue est anéantie. On ne parle plus que le créole réunionnais.

–Mais enfin, Ranino, il y a bien des enfants qui naissent ici ?

–Bien sûr. Que je t'explique ça : c'est madame Dé qui décide du moment de l'accouplement de ses esclaves entre eux. Elle choisit les plus beaux et leur organise des nuits idylliques dans des cabanes de bon confort. Et quand elle est sûre que la femme attend un bébé, elle sépare le couple, s'occupe de la femme jusqu'à son accouchement et enfin elle élève l'enfant à devenir un très bon esclave.

Sahy reste longuement silencieux, accroupi sur ses talons, le visage dans les mains. Puis il scrute la voûte de la grotte comme s'il y cherchait une réponse à ses questions.

–Après ce que je viens de te dire, je sais à quoi tu penses, Sahy, l'interrompt Ranino. Je sais que tu es très inquiet pour ton amie et toi : vous formez un beau couple pour l'élevage de madame Dé... Elle vous a achetés pour ça... mais enfin... rien n'est encore définitif.

Nora

En allant porter aux deux filles de Madame leur petit déjeuner, Nora se demande comment trouver leur chambre dans ce dédale de couloirs et d'escaliers de service, et ne pas laisser tomber le lourd plateau. Quand elle arrive enfin à la porte de leur chambre et frappe discrètement, une fillette en furie vient ouvrir en l'injuriant de tous les noms d'animaux.

– Espèce de guenon, sais-tu l'heure qu'il est ?

C'est la plus petite des deux qui l'accueille ainsi. Lorsqu'elle a bousculé Nora, un peu de chocolat s'est renversé sur la chemise de nuit de la fillette qui se met aussitôt à pousser de grands cris d'ébouillantée. La sœur aînée est restée impassible au fond de son lit. Elle attend que sa sœur cesse ses récriminations puis ordonne à Nora de poser le plateau sur la table de chevet.

– On dira à maman que tu nous as retardées pour l'école, lui dit-elle sans colère.

En se rendant dans la lingerie où les vêtements des demoiselles pour l'école sont accrochés à des cintres, Nora se demande en quoi elle a eu du retard dans son travail. Tout a l'air d'être minuté dans cette maison et elle a fait exactement ce qu'on lui a demandé.

Lorsque Lalo, la femme de chambre de Madame, lui a égrené ses différentes responsabilités, elle a pensé que ce qu'elle aurait à faire ici était infiniment plus supportable que ce qu'elle a enduré depuis le moment où son village a été massacré. Aussi s'est-elle décidée à se montrer coopérative et discrète. Et peut-être que, en remerciement de ses bons services, la dame blanche fera d'elle, un jour, son affranchie. Devenue libre, rien ne l'empêchera d'aller retrouver sa colline sacrée avec Sahy. Elle en est là dans ses réflexions lorsqu'elle aperçoit Lalo qui vient à sa rencontre avec un air courrroucé :

– Tu sais que tu es directement sous mes ordres ? lui lance-t-elle.

– Oui, balbutie Nora.

– Tu es arrivée en retard dans la chambre des jeunes filles et tu as renversé du chocolat chaud sur mamzelle Jeanne !

– J'ai pas fait exprès !

– N'oublie pas que tu es esclave de maison et qu'en cas de mauvais travail tu seras punie comme une esclave !

– C'est Jeanne...

– Mamzelle Jeanne ! Insolente ! l'interrompt Lalo.

– C'est mamzelle Jeanne, reprend Nora, c'est elle qui s'est jetée sur moi.

– T'as aucune excuse. Finis ton travail de la journée. On se retrouvera ce soir, lui dit-elle, menaçante, en s'éloignant.

Quoi ! Une minute de retard peut-être et quelques gouttes de chocolat sur une chemise de nuit... et c'est la menace ?

Le linge des filles sur les bras, elle regagne leur chambre au plus vite. Des cris rageurs se font entendre du cabinet de toilette :

– C'est le ouistiti qui vient d'entrer ? hurle Jeanne derrière la porte. Je ne veux pas qu'elle me touche ! Je prendrai seule mon bain et m'habillerai seule !

*

De toute la journée, la petite Nora, accablée de travail, de fatigue et de remontrances, n'a pas eu un seul instant pour se rappeler qu'elle est le grain de riz à qui l'eau commence à manquer. Pas un seul instant pour penser tendrement à Sahy. Son seul réconfort est son bijou de coquillages sacrés habilement dissimulé sous sa toilette de domestique. Ce bijou lui a été offert par sa mère, laquelle le tenait de sa mère qui le tenait de sa mère... en remontant de plus en plus haut dans la lignée de la tribu Hova. Elle en a eu trois : l'un qu'elle portait au poignet, un autre à la cheville et le troisième au cou, le seul qu'elle a pu sauver après la razzia du village. Par intuition ou peut-être aussi parce que sa mère lui en a parlé, tant que ces coquillages-talismans resteront accrochés à son cœur, elle sait que rien d'irrémédiable, dans le désastre ou dans le malheur, ne pourra lui arriver. Sa mama est là qui la soutient.

Aussi, lorsque, à la fin de cette première journée, la femme de chambre vient lui annoncer qu'en châtiment de son incroyable indélicatesse vis-à-vis de ses jeunes patronnes elle va devoir dormir comme un chien à leur porte, elle ne laisse rien voir de ses sentiments. Si, au plus profond d'elle-même, sa première réaction est de la révolte contre cette humiliation, elle accepte ce châtiment qui lui est imposé. Dans sa tribu, il y a un proverbe souvent cité par ses grands-parents : *En eau tourbillonnante, il ne faut pas essayer de traverser.* Et le temps n'est pas encore venu pour Nora d'essayer de traverser l'eau tourbillonnante.

Maïmouna, la jeune cuisinière occupée à ses fourneaux, ne tourne pas un seul instant ses regards vers Nora qui subit les reproches de la femme de chambre. C'est bientôt l'heure du dîner des domestiques. Il est tard. La dame blanche et ses filles sont couchées. Lalo termine son discours sur l'obligation pour Nora de s'acquitter au plus vite de sa pénitence : aller se coucher au travers de la porte des mamzelles Jeanne et Mélanie.

Dès que Lalo a le dos tourné, les domestiques présents dans la cuisine se précipitent vers les gamelles de victuailles composées essentiellement de maïs, de haricots rouges et de piments.

Maïmouna en profite pour se glisser à côté de Nora :

– J'ai tout entendu. C'est une punition humiliante mais c'est pas terrible... On a l'habitude, dit-elle à voix basse. Écoute...

Maïmouna baisse encore plus la voix. Mais les autres femmes mangent avec appétit sans se préoccuper de ce qui se passe autour d'elles. Alors elle continue :

– Tes parents ont été déportés avec toi jusqu'ici ?

– Non. Ma mère est morte dans le massacre de notre village. Mais j'ai un ami avec moi, Sahy.

En prononçant ce nom, Nora sent son cœur battre un peu plus fort.

– Tu peux lui faire confiance ? demande Maïmouna.

– Bien sûr. C'est mon meilleur ami. On a joué ensemble depuis qu'on est petits.

– Et moi ? ajoute la jeune cuisinière un peu hésitante. Et moi, je peux avoir confiance en toi ?

– Si ta confiance ne me demande pas de trahir mon ami, je suis à toi.

– Non. Je te demanderai jamais de trahir qui que ce soit. Seulement, ce que j'ai à te dire doit rester entre nous... Promets-moi !

– Je dois rien dire ? Même pas à Sahy ?

– Tu verras pas ton ami de sitôt. Excuse-moi de te dire ça comme ça. Ce que je te demande, c'est de n'en parler à personne ici, dans cette maison.

– Je te promets.

– Chut !... Attention ! Voilà la surveillante qui descend !

La surveillante fait sa ronde habituelle après le dîner des domestiques.

Dans un rite immuable, tandis que son regard passe de l'une à l'autre, elle rappelle à chaque domestique son travail pour la fin de la soirée avec extinction des feux vers vingt-deux heures. Lorsque son œil s'accroche à Nora, elle agite la main comme pour la prévenir d'une fessée et dit d'un ton doucereux :

– Ta place est à la porte des demoiselles ce soir. Couchée ! Ne l'oublie pas, sinon gare !

Puis, de son pas lourd et dandinant, elle regagne les étages.

Chacune des servantes s'active et se dépêche de répondre aux ordres de la surveillante.

– À demain ! lance Maïmouna en se mettant comme les autres à terminer sa journée devant ses fourneaux ainsi qu'elle l'avait commencée.

*

Non ! Nora ne veut pas s'endormir. Elle ne veut pas se coucher ! Elle veut rester debout, toute la nuit s'il le faut. Les bras croisés, le corps appuyé au chambranle de la porte des demoiselles, la tête jetée en arrière, c'est ainsi qu'elle décide de tenir le coup jusqu'au lendemain. Personne pour l'obliger à se coucher comme un chien. C'est sans compter avec la surveillante.

– Couchée ! crie la femme obèse, apparaissant du fond du couloir.

Ses pas lents et malaisés font craquer le plancher, mais elle s'avance avec autorité :

– Couchée !

Le cri résonne dans l'espace vide, faisant écho dans la tête de l'enfant. Une large main s'abat sur son épaule et la force à s'accroupir. Nora résiste. L'autre main s'accroche à son autre épaule. Ce corps à corps se déroule très vite et en silence. Dans sa résistance, la fillette perd l'équilibre et s'étale de tout son long. En une demi-pirouette, extraordinaire pour une femme aussi lourde, la surveillante court chercher du renfort, sentant à quel point Nora n'obéira pas. À peine une minute plus tard, deux autres femmes arrivent à la rescousse. Nora n'a pas le temps de se débattre que déjà une corde rugueuse et dure enlace ses poignets et ses pieds, retenus à même le sol par deux anneaux fichés dans le plancher. Puis les trois femmes l'abandonnent, maintenue en chien couché par la laisse de chanvre qui lui broie les articulations des poignets et des chevilles. Et l'enfant se met à pleurer, la tête entre les bras.

Sahy

Les jours et les nuits défilent au même rythme, avec leurs épuisements et leurs répressions. Plusieurs vieux esclaves du camp de Sahy ne sont jamais revenus des champs. Morts naturelles ? Suicides ? Meurtres ?

Ranino, qui connaît bien la société de plantations, rapporte à Sahy le sadisme de certains commandeurs, les châtiments corporels qu'ils pratiquent : couper au sabre à canne les oreilles des esclaves, quelquefois les mains et les pieds, marquer les corps au fer rouge.

Sahy a déjà reçu plus que de raison des dizaines de coups de fouet. Son collier, porté depuis plusieurs jours, rouvre ses plaies difficilement apaisées par les plantes de Ranino. Car le commandeur n'a de cesse de rendre ses blessures encore plus vives et brûlantes en les balayant de son *chabouk*.

Le supplice du collier se termine enfin. Sahy pense avoir un peu de répit. Il pleut, ce qui est bien rare dans cette partie de l'île. L'eau fraîche coule sous les pieds nus des esclaves, leur apportant un bonheur oublié. Elle se glisse le long des feuilles de canne, créant brillance et beauté dans cet enfer quotidien. Une grenouille vient se jeter dans une petite mare de boue à quelques pas de Sahy. Sa pioche évite de justesse la petite imprudente. Il la soulève, la contemple au creux de sa main. Et décide de l'emmener avec lui au camp. Peut-être est-elle la réincarnation d'un de ses Ancêtres enfin venu à son secours. La grenouille a en effet l'air de se plaire dans la paume de son nouvel ami. Elle gonfle et dégonfle sa gorge avec de légers coassements en signe de reconnaissance.

Lorsque le commandeur s'approche, Sahy dissimule promptement le batracien dans la poche arrière de son pantalon. Mais le geste n'échappe pas au commandeur.

– Que tiens-tu là, négro ? crache-t-il à la figure de Sahy.

La main restée maintenue derrière le dos, Sahy ne bouge pas.

– Que tiens-tu là ? répète l'homme, hors de lui d'avoir à réitérer une question.

Sahy ne bouge toujours pas.

Le fouet s'élève pour frapper et retombe à sec dans le vide : Sahy a fait un grand pas de côté.

Le commandeur, emporté par son élan, perd l'équilibre et s'étale de tout son long dans la paille mouillée. Une fureur monstrueuse s'empare alors de lui. Se sentant humilié face aux esclaves dont il a la charge, il se relève avec difficulté et fonce sur Sahy, le visage congestionné, les muscles bandés. Il se retient au dernier moment de le marteler lui-même de ses coups de poing et appelle ses gardes à la rescousse.

– À la fosse ! hurle-t-il. À la fosse !

Le jeune garçon est traîné sur plusieurs mètres, ligoté et jeté en prison.

*

La prison dans laquelle se trouve Sahy est une pièce carrée aménagée dans un sous-sol. Des barres de fer courent le long des parties hautes et basses des parois. À ces barres de fer scellées dans la muraille, sont accrochés des anneaux. Il partage cette geôle avec d'autres hommes, debout contre le mur, les bras en croix liés aux fers par les poignets, les chevilles attachées entre elles. L'air sent l'humidité, le bois pourri, l'urine, le rat mort.

Le jeune esclave est là-dedans depuis trois jours. Il est fatigué. Il a mal. Mal au dos, aux reins, aux poignets, aux chevilles. Et il pense au village natal. Les jeux, les danses, les chants, les rires avec Nora. Au travail aussi. À son zébu préféré, le bel Omby avec sa grosse bosse graisseuse sur le dos. Il pense à leur existence, rythmée par le soleil, la lune et les étoiles. Rythmée par le cycle des vivants et des morts. Par la magie des Ancêtres. Par la présence et la force des animaux. Par le mystère de la Nature. Ils étaient tous quelqu'un dans le village. Tous titulaires du droit au respect, à la dignité. Et puis ce massacre perpétré par des hallucinés de la guerre, des prédateurs, voleurs et violeurs. Parents, frères, sœurs et grands-parents assassinés par des tribus haineuses. Assassinés parce qu'ils avaient résisté. Assassinés en échange de fusils, de bijoux de pacotille, de camelote distribués par les Blancs.

Il pense, Sahy, qu'il finira lui aussi assassiné parce qu'il résiste. Mais il sait aussi que l'esprit de ses Ancêtres l'habite, entretenant en lui la force et l'énergie nécessaires à combattre et à vivre droit. Sa grenouille n'est-elle pas près de lui pour lui communiquer ce souffle impalpable qui maintient en vie ?

– Pour être ici, t'as dû insulter un commandeur ? questionne un prisonnier, interrompant les réflexions du garçon.

Sahy se tait. Depuis trois jours, il ne parle pas. Ne peut plus parler. Sa gorge est sèche. Sa langue lourde.

–Tu causes pas beaucoup, dis donc ! reprend le prisonnier. Pour sûr, t'es ici parce que t'as insulté ton commandeur. Ce sont tous des ordures. Complices des maîtres blancs. C'est sur nous qu'ils font passer leur hargne d'être obligés de se rouler aux pieds des maîtres. C'est sur nous qu'ils se vengent de leur trouille des maîtres. C'est sur nous qu'ils se vengent d'être noirs et esclaves. Même affranchis, ils restent des esclaves et ils le savent bien.

–Non, tous les commandeurs sont pas ainsi, intervient un autre prisonnier. Celui que j'ai connu est mort pour avoir osé se rebeller contre son maître blanc. Il s'était associé à d'autres affranchis pour essayer de faire régner la justice dans les champs de canne. Pour soulager la misère des planteurs. Mais il a été trahi et exécuté d'un coup de sabre à canne.

Sahy essaye d'avaler sa salive pour parler. Il est pétrifié de terreur. Mais il aimerait aussi demander à ce prisonnier la raison de son emprisonnement. La réponse vient d'elle-même :

–Je travaille à l'usine, reprend l'homme. Au fil des années, je suis monté en grade, comme on dit. Je suis maintenant chef sucrier chargé de choisir les esclaves pour tel ou tel travail : cuiseur de sucre, évaporateur de chaudière, turbineur. Ce sont des postes très dangereux. Les ouvriers sont souvent happés par la machine et broyés. Un moment d'inattention et ils sont pris dans les engrenages de la machine. Mon crime, c'est d'avoir supplié les intendants d'installer des dispositifs de sécurité. Comme ils s'en fichaient pas mal, je suis passé par-dessus leur autorité pour demander une entrevue à madame Dé... ce que je n'ai jamais obtenu, d'ailleurs. Mais mon geste a été interprété comme rébellion et outrage à mes supérieurs. J'ai été frappé par un des intendants et j'ai répondu coup pour coup. Si fort que je l'ai envoyé à l'hôpital. Et moi, je me retrouve ici. Tu viens d'où ? ajoute l'homme qui dévisage Sahy avec sympathie.

L'enfant réussit enfin à avaler sa salive. Il articule faiblement le nom de son pays puis celui de sa tribu.

– Nous sommes compatriotes, alors. Je m'appelle Ivo.

Et, comme pour détourner les enchaînés de leur souffrance, un peu comme un vieux conteur expliquerait à des adultes ayant perdu la mémoire le pourquoi de leur vie *ici* après une tout autre vie *là-bas*, Ivo se lance dans un monologue que tous, Africains et Malgaches présents, écoutent avec intérêt :

– Nous, les Nègres, on a eu la chance de naître dans des pays tropicaux au fond des forêts vierges et des brousses impraticables, mais la malchance d'être recherchés par les Blancs occidentaux. Pris en chasse par les peuples d'Europe et des Amériques pour notre peau noire et notre main-d'œuvre gratuite, nous ne sommes réellement, pour ces Blancs, que des animaux. Afin de lancer leurs plantations de café, de coton et de canne à sucre, ils nous ont soumis à leur volonté en perpétrant un vaste trafic de « bois d'ébène », comme ils nous appellent. Nous payons, de nos vies et de celles de nos familles, leur colossale fortune d'aujourd'hui.

Madame Dé est née dans cette île, reprend Ivo après une courte pause, c'est une Créole du pays, mais son père n'était qu'un petit serrurier de France quand il a débarqué à La Réunion. C'est en collaborant à la traite négrière qu'il a bâti ce puissant empire composé de ces centaines d'hectares de plantations de café et de canne à sucre, ces dizaines de distilleries et ces innombrables esclaves. La dame blanche a hérité de tout ça. Avec son mari et ses frères, elle améliore chaque année sa production et son cheptel d'hommes noirs. Mais nous sommes devenus plus nombreux qu'eux et ils ont peur. C'est pourquoi ils nous séparent de nos femmes et de nos enfants. C'est pourquoi ils nous interdisent tout rassemblement.

Ivo s'arrête de parler. Il semble réfléchir à ce qu'il aimerait dire à ses compagnons de captivité, car il poursuit :

– Pour des raisons économiques, il y a forte concurrence entre puissances coloniales américaines et européennes. De ce fait, vous comprenez bien que nous sommes le bétail nécessaire aux richesses non seulement individuelles mais aussi nationales. Ils ne peuvent rien faire sans nous, sinon c'est l'écroulement total de tout leur système économique fondé sur les sociétés de plantations.

Les prisonniers se regardent entre eux. Ils ne sont pas certains d'avoir bien compris. Sahy non plus d'ailleurs. Il finit cependant par demander :

– Comment sais-tu tout ça, Ivo ?

– Je suis vieux, mon enfant. Je suis né en 1789, l'année de la Révolution française. Comme toi, j'appartiens au peuple hova de Madagascar. À l'âge de trente-cinq ans, j'étais officier de l'armée de notre roi Radama Ier. Ce poste m'a donné l'occasion de rencontrer d'autres chefs militaires de France et d'Angleterre, et j'ai compris leur stratégie. À la mort de Radama Ier, l'armée à laquelle j'appartenais a été vaincue par l'armée du peuple sakalave. J'ai été capturé comme esclave et expédié ici.

Ivo se tait et les prisonniers retournent à leur souffrance.

–J'aimerais te revoir, Ivo, murmure Sahy, admiratif.

Nora

Il est plus de vingt-deux heures. En silence, Maïmouna est venue rejoindre Nora dans sa soupente. Il est pourtant interdit aux esclaves non affranchies de se retrouver chez l'une ou l'autre. Mais, durant toutes les nuits où Nora avait dû purger sa punition à la porte des filles de Madame, Maïmouna n'avait pas eu l'occasion de lui parler.

Enfouies sous le bout de toile servant de drap, les deux adolescentes, bouche contre oreille, se font des confidences.

–Alors voilà le secret que je voulais partager avec toi, dit Maïmouna. Si tu le révèles à qui que ce soit, tu ne verras jamais plus Sahy de ta vie et on finira tous au bout d'une corde. Mais si notre projet secret aboutit, c'est la liberté.

Nora s'enfonce plus profondément sous les draps, entraînant sa compagne avec elle. Les chuchotements flottent de l'une à l'autre sans jamais déborder de la bulle que les jeunes filles se sont construite. Aucune de leurs paroles ne s'échappe par l'œil-de-bœuf de la mansarde, ni ne passe à travers les murs et les portes.

– Tu es vraiment sûre de tout ce que tu me dis, Maïmouna ? chuchote Nora.

– Oui, vraiment. Mon père Ivo est chef des ouvriers d'usines mais il est aussi un ancien chef de guerre. Courage, Nora ! On va s'en sortir.

*

C'est l'anniversaire de Mélanie et Jeanne. Elles ont quatre années de différence mais sont nées le même jour. Les fêtes sont donc célébrées en même temps. Pour la première fois, le mari et les frères de la dame blanche se sont dispensés de leur dur labeur pour prendre part à la joie familiale. Ils sont arrivés quelques jours à l'avance et promènent leur contentement d'eux-mêmes et leur élégance voyante à travers tout le domaine. Ils se sont fait accompagner de leurs femmes qui usent et abusent des domestiques de la maison pour tout et pour rien. En plus de leur travail quotidien, Nora et Maïmouna doivent les servir avec prompte obéissance et soumission. Les femmes-esclaves, affranchies ou non, sont traitées par les hommes de la même manière. Sous des dehors paternalistes et condescendants, ils imposent leurs exigences au personnel de la maison, surtout aux très jeunes femmes, sans qu'il soit possible pour elles de s'y refuser et encore moins de s'en plaindre.

C'est ainsi que Maïmouna a été choisie par un des frères de Madame pour venir occuper avec lui ses après-midi de sieste, loin du domaine, à l'abri des regards de sa femme et des siens. Nora, prudemment, n'a pas lâché d'une semelle Jeanne et Mélanie, allant jusqu'à dormir de son plein gré enfermée dans leurs appartements et couchée en travers de la porte.

Le grand jour est là.

Depuis le matin, toute la colonie française et aristocratique de l'île se déverse des carrioles et des fiacres, par petits groupes avec les enfants.

L'île entière est sous le charme de cette éclatante assemblée.

Le domaine a été transformé en château féerique et le parc inondé de lumière. À des cerceaux de fer ont été suspendues des torches crachant des jets de feu.

C'est l'heure d'une représentation théâtrale proposée par les deux jeunes princesses des lieux. Nora y est associée.

La salle de théâtre, décorée de rouge et or, est pleine de tous les invités. À travers le rideau de scène encore baissé, Nora observe les spectateurs. Elle voit d'éclatants bijoux, de beaux décolletés, des robes colorées et moirées. Des éventails largement ouverts s'agitent dans tous les sens. Les hommes, dans leurs habits noirs, se penchent vers les visages des femmes.

– Qu'est-ce que tu fiches là ? Ta place est auprès des demoiselles.

D'une bourrade dans le dos, un grand type est venu tirer Nora de sa contemplation. Elle reconnaît en lui celui qui tout à l'heure fera la présentation du spectacle.

Hâtivement retournée dans la pièce qui sert de loge aux actrices, Nora ne peut s'empêcher de penser que Jeanne et Mélanie sont belles. Maquillées ainsi pour la scène, elles sont vraiment superbes.

– Allez hop ! dit la costumière en balançant à Nora un vêtement. Enfile ton déguisement.

Nora saisit le vêtement au vol. Sans rien dire, elle enfile son costume de poils noirs, celui de son rôle : un singe acrobate.

Tout est prêt maintenant. Le spectacle peut commencer.

Lorsque Nora apparaît sur l'épaule d'un grand Noir habillé seulement d'un cache-sexe, personne pour deviner que ce petit singe est une fragile enfant de la neuvième colline sacrée d'un pays voué aux Ancêtres et aux âmes défuntes. La musique de scène fait entendre un son de tam-tam sauvage. Le grand Noir se met à danser une danse de son pays et le petit singe sur son dos suit les mouvements en se déplaçant d'une épaule à l'autre, avec des pirouettes, tête en bas, ventre en haut, queue en l'air, jambes écartées, passant entre les jambes du danseur, réapparaissant entre ses bras à hauteur de sa poitrine.

La fin de leur numéro est marquée par des applaudissements sans fin. C'est un grand succès. Cette manifestation artistique et sportive de bons sauvages a ravi les spectateurs qui en redemandent. Et le numéro est recommencé.

Dans la deuxième partie, les rôles principaux sont donnés aux deux filles de Madame qui discourent sur l'inconvénient d'avoir à élever un enfant d'esclave. Pour ce faire, Nora a été langée dans une culotte de bébé, affublée d'un bonnet de dentelle, un biberon à la bouche et poussée dans un landau. De temps en temps, une des filles lui retire le biberon pour faire place à une tétine. Nora doit la sucer très fort, ce geste étant censé faire rire les spectateurs. Et quand elle boit son lait, elle doit l'avaler avec bruit en bavant et en rejetant la moitié du liquide hors du landau comme si elle vomissait. Finalement, dit le texte de la pièce, pour élever un enfant d'esclave, il suffit tout simplement de le laisser nu, par terre, sans soins particuliers. Il peut boire son lait à même une écuelle comme un chiot. Car un sauvage reste un sauvage. Pour terminer, Mélanie sort la petite de son landau beaucoup trop confortable pour une Noire, tandis que Jeanne lui ôte ses langes un à un, ne laissant au bébé qu'une ceinture de paille de canne autour des reins. Rendu à son état primitif, l'enfant s'ébroue joyeusement en faisant plusieurs fois le tour de la scène, à quatre pattes, avec des borborygmes significatifs.

Tous les gens applaudissent chaleureusement.

La fête se termine aux premières lueurs du matin avec quand même, pour Nora, une grande tristesse dans son âme.

Maïmouna

Deux saisons humides ont succédé à deux saisons sèches. Durant ces deux longues années, le volcan a craché plusieurs fois ses langues de feu surchauffant l'atmosphère, rendant ainsi les coupes de canne et les travaux de pioche encore plus pénibles.

Les cyclones aussi ont accouru pour nettoyer le pays et tout broyer sur leur passage, rendant les hommes exsangues et moribonds. Les usines ont tenu bon. Les plantations de canne à sucre se sont courbées sans se déraciner. Elles ont la vie dure. C'est pourquoi les maîtres blancs les préfèrent aux plantations de café, trop fragiles sous les coups des cyclones. De plus, le rhum et le sucre se vendent bien mieux que le café.

C'est à l'issue d'un de ces cyclones incontrôlables, au cours duquel Madame a perdu une dizaine d'esclaves, noyés et emportés par les tourbillons, qu'elle a décidé d'augmenter son nombre d'esclaves en mariant trois de ses jeunes domestiques, dont

Maïmouna. Maïmouna a déjà dix-sept ans ! Catholique pratiquante, la propriétaire du domaine ne tolère pas la naissance d'enfants en dehors du mariage. C'est aussi l'occasion de remettre ses esclaves dans le droit chemin de la chrétienté, eux qui sont toujours trop enclins à recourir à leurs pratiques de magie et de sorcellerie. Elle a choisi elle-même les heureux élus pour ses servantes. De jeunes et beaux étalons qui lui donneront toute satisfaction quant à la progéniture souhaitée.

– T'es pas triste, Maïmouna, d'épouser un homme que tu connais pas ? lui a demandé Nora.

– Non, lui a répondu Maïmouna. Mon père s'est arrangé pour que Madame porte son choix sur un jeune homme qu'il connaît bien. Il est fort, mon père. Bien que rusée elle aussi, Madame n'y a vu que du feu.

– Et comment tu sais ça ? a répliqué Nora, très intriguée.

– Mon père a trouvé une astuce pour me voir de temps en temps. Quelquefois même, il passe une bonne partie de la nuit dans ma chambre. À propos, a ajouté Maïmouna, j'ai aussi des nouvelles de ton ami Sahy. Mon père – tu te souviens que mon père, c'est Ivo ? – mon père lui a souvent rendu visite au camp des esclaves de pioche et Sahy lui a beaucoup parlé de toi.

–Et tu ne me dis ça que maintenant ? Ça fait deux ans que je suis sans nouvelles de Sahy et tu me dis ça seulement maintenant ? s'est emportée Nora.

–Comprends bien, Nora, qu'Ivo risque sa tête s'il est seulement soupçonné de trahison vis-à-vis de la dame blanche. Il s'est mis en grand danger pour rendre visite à ton ami ou pour me donner de ses nouvelles. Je ne pouvais pas t'en parler à ce moment-là.

–T'as jamais eu confiance en moi, alors ?

–Non, c'est pas ça, Nora. Les murs ont des oreilles. Les visites de mon père n'étaient pas seulement pour me voir mais pour me tenir au courant de la mise en place de notre projet secret.

–Et ça, tu pouvais pas me le dire ?

–Non, Nora. Si Ivo m'en a parlé, c'est parce que ce secret est fortement lié à mon mariage avec Ranino. Ranino, c'est ce jeune homme que je connais pas, cet ami de mon père dont je viens de te parler.

–Et Sahy ?

–Sahy est avec nous. Tu le verras bientôt... à mon mariage.

*

La cérémonie bat son plein.

Madame a fait installer dans les jardins du parc des planches soutenues par des tréteaux pour la bonne disposition des casseroles et marmites fumantes de ragoûts de cochon, cabri et volaille, accompagnés de riz, maïs et manioc. Pas de vin mais un bol de rhum pour chacun des convives. Deux cents à trois cents personnes sont là, hommes, femmes et enfants choisis et triés par la dame blanche.

Le prêtre est passé le matin pour la bénédiction nuptiale. À la demande de Madame, il en a profité pour baptiser les esclaves nouvellement arrivés et pas encore initiés aux mystères de la religion catholique.

Depuis deux ans qu'elle est esclave de maison, Nora n'a pas encore reçu les sacrements du baptême. Aussi ce matin est-elle passée sous l'eau fraîche des fonts baptismaux en se demandant si Sahy a été baptisé.

Une vingtaine de domestiques, que Madame a fait habiller de blanc pour la circonstance, vont et viennent des cuisines au jardin, transportant les mets que beaucoup d'entre eux, nés sur la plantation, n'ont encore jamais mangés, ni même goûtés.

Nora est assise non loin de son amie Maïmouna, elle-même placée entre son mari Ranino et son père

Ivo. Nora ne quitte pas des yeux Sahy, qu'elle revoit pour la première fois depuis si longtemps. Il a beaucoup grandi et maigri, mais est toujours aussi beau. Sahy ne la lâche pas du regard non plus. Ils sont assez éloignés l'un de l'autre. Ordre de Madame, qui ne tient pas à voir se renouer les amitiés d'antan. Pas pour le moment. Elle a d'ailleurs exigé qu'hommes et femmes de l'assemblée soient séparés. Exception faite des nouveaux mariés, bien entendu, et de leur parentèle.

Sur son ordre encore, il n'y a ni musique, ni bal. Qu'à cela ne tienne... la foule semble heureuse. Elle chante en levant les bols d'aluminium au-dessus des têtes. Les chants l'entraînent dans des danses au rythme un peu endiablé. Madame s'en inquiète. Mais enfin, comment empêcher les Noirs de manifester leur contentement autrement que par des chants et des danses ?

Petit à petit, le soleil pique du nez derrière la mer, là-bas, plongeant la fête dans une semi-obscurité qui donne à Madame l'occasion de décréter que le bon temps vient de se terminer et qu'il est du devoir de chacun de regagner ses pénates.

« Tam... Tam... Tam... Tam... »

Est-ce un songe ? Un rêve ? Un cauchemar ?

« Tam... Tam... Tam... Tam... »

Les gens se figent. Les sons des tam-tams se rapprochent, se répondent. Madame s'affole. Sa poitrine se soulève en respirations inquiètes. Et puis elle crie. Elle vient de s'apercevoir que ses esclaves, ses bons esclaves choisis par elle-même, si obéissants, si soumis, si gais tout à l'heure, se ruent maintenant de son côté. Les joyeuses attitudes d'il y a un instant ont disparu. Les visages reflètent l'hostilité, le ressentiment, la férocité.

Des esclaves se jettent sur elle, la ligotent et la poussent au fond du salon. D'autres font de même avec la surveillante et la femme de chambre qui s'étaient précipitées aux cris de Madame. Les esclaves agissent en rangs serrés, comme en pleine lutte. En rangs serrés et stratégiquement bien ordonnés.

Sahy s'est détaché du groupe. Il est déjà près de Nora. Ils se serrent l'un contre l'autre durant à peine le temps d'une respiration. Trop émus pour parler. Il faut aller vite. Sahy tire par la main son amour retrouvé et l'entraîne hors de l'habitation.

– Les filles ! les filles ! hurle Ivo.

Maïmouna, suivie d'Ivo et de Ranino, se précipite dans la maison. Ils grimpent les étages. Les jeunes filles sont là, dans leur chambre. L'une est un peu brutalement hissée sur les épaules d'Ivo et l'autre sur celles du jeune époux. En un rien de temps, ils sont dehors. Les demoiselles sont lancées comme des paquets sur les encolures de deux chevaux qui partent au triple galop à travers les champs de canne, fermement tenues en selle par des domestiques.

– Vite ! ordonne Ivo à ses frères de combat qui s'organisent autour de lui. Ouvrez toutes les prisons ! Détachez nos frères ! Ouvrez les écuries, les bergeries, les porcheries, les poulaillers !

Tout en criant ses ordres, Ivo est monté à cheval. Il a l'air de galoper dans tous les sens à travers le domaine, mais ses ordres s'exécutent à la minute près. Chacun des groupes d'hommes et de femmes sait parfaitement ce qu'il a à faire. Les chevaux, les bœufs, les cabris en colonnes plus ou moins rangées quittent leurs parcs respectifs avec un peu de précipitation mais sans affolement.

Sahy et Nora courent avec d'autres enfants à travers les champs de canne. Ivo les rattrape. Puis, saisissant Nora au vol d'une seule main, il l'installe derrière lui. Sahy, lui, continue de courir. Maïmouna est à ses côtés. Les champs de canne sont franchis à grandes enjambées rapides par une bonne centaine d'esclaves armés de sabres, pioches, fourches, coutelas. Il faut atteindre les montagnes avant l'aube. Elles sont là, les montagnes, juste derrière les champs de canne. Et là-haut, au sommet, retentissent les tambours d'une libération annoncée !

Le marronnage

Tous les esclaves sont pieds nus. Aussi l'ascension des pics est-elle longue et difficile malgré la présence de chevaux, d'ânes et de bœufs pour soulager fatigues et blessures. Quelques enfants et quelques femmes un peu fragiles ont droit au dos des mulets. Pas de sentiers ni de chemins déjà tout tracés, mais des forêts épaisses, des ravins vertigineux, des cascades dangereuses. Bien des hommes et des bêtes, à la suite de glissades, de déséquilibres ou tout simplement d'épuisement, ne peuvent être sauvés de leur chute.

Au milieu de la nuit, les fugitifs s'arrêtent sur un plateau dominant la vallée de champs de canne. Ici, l'atmosphère est un peu oppressante. Le plateau est dégagé, mais on voit que la forêt tout autour n'est plus que vieux troncs tordus par les cyclones. Leurs silhouettes se détachent sur le fond sombre du ciel, donnant au lieu un air agressif. Non, ce n'est pas encore là la montagne de la liberté.

Une lueur tout à coup monte de la vallée. Elle grandit, s'étoffe, s'étale. Ils sont tous là à regarder, hypnotisés par ce que tous savent, que le feu mis au domaine de madame Dé, c'est leur feu. Ce volcan en éruption, ils l'ont préparé pendant deux ans, savamment, avec méthode. Cet embrasement n'est pas un embrasement criminel. C'est le prix réclamé à madame Dé en réparation du malheur, de la douleur, de la détresse de tous ceux qu'elle a spoliés, violés, torturés au nom de la rentabilité économique exigée par sa famille, ses amis, son pays. Au nom des puissances négrières.

Maintenant l'esclavagiste se consume dans les flammes du bûcher qu'elle a elle-même dressé, branche par branche.

Ils restent là, ces hommes, ces femmes et ces enfants, à contempler avec une fascination retenue ces jets enflammés de pierres, bois, métal, paille. C'est leur vie d'esclaves qui part enfin en fumée.

« Ranino a bien fait ce qu'il fallait faire », se dit Ivo à lui-même.

Sahy et Nora pleurent. Les émotions sont trop fortes.

– Oui, reprend Ivo, à voix haute cette fois pour être entendu de tous, oui, Ranino et certains d'entre nous sont restés sur place pour la bonne exécution de l'ouvrage. Ils vont nous rejoindre bientôt. Mais avant, ils ont encore du travail à faire. En terminer avec quelques-uns des intendants et des commandeurs.

– Ils seront tués ?

– Écoute, Sahy, si nous voulons notre liberté entière et totale, nous n'avons pas d'autre solution.

– Et les patrons blancs ? ajoute Sahy, la poitrine oppressée.

– Ils sont à l'étranger. Mais, devant le désastre, ils ne tarderont pas à revenir. Nous les attendons.

– Et les usines ?

– Nous ne voulons pas y mettre le feu. Beaucoup de nos compagnons travaillent encore à libérer ceux qui restent.

Nora ne dit rien. Complètement épuisée, elle tient la main de Sahy dans la sienne et a posé sa tête sur l'épaule de Maïmouna. Au fond d'elle-même, malgré les brimades, les humiliations, la honte que lui ont fait subir les filles de Madame, elle est soulagée de penser qu'Ivo les a soustraites à une mort violente.

*

Et les fugitifs continuent leur marche pleine d'espoir. De jour et de nuit. Un matin à l'aube, ils arrivent enfin à destination. C'est une grande plate-forme au plus profond de la forêt, d'où il est possible de tout voir sans être vus, aussi loin que le permettent les pics et les pitons.

–Nous serons bien ici, dit Ivo. La forêt nous protège. Nous bâtirons nos cases. Nous planterons du maïs, du manioc. La chasse nous procurera du gibier. Il y a beaucoup de cochons sauvages dans les bois. Des fruits sauvages aussi. L'eau des cascades coule toute l'année. Nous pourrons pêcher dans les mares. Des chevaux et des bœufs nous ont suivis, nous pourrons nous en servir. D'autres compagnons vont nous rejoindre, apportant avec eux les outils dont nous aurons besoin pour planter et bâtir. D'autres encore s'empareront des fusils et sagaies des commandeurs. Nous allons ainsi pouvoir nous défendre contre les chasseurs de Marrons. Parce que nous voilà devenus des Marrons ! ajoute Ivo avec beaucoup de fierté.

–Ce qui veut dire qu'on n'est plus esclaves du tout ? De rien, ni de personne ? Comme des affranchis ? interroge Nora.

–Mieux que des affranchis. Nous sommes libres. Totalement libres. Nous avons acquis notre liberté au prix fort. À nous maintenant de savoir l'utiliser, lui répond Ivo.

–Nous pourrons vraiment nous défendre contre ces

chasseurs d'hommes et leurs molosses ? s'inquiète Maïmouna.

– Si nous restons unis, tous autant que nous sommes, ils auront affaire à nous. D'abord, continue Ivo, nous allons nous installer de manière à interdire aux chasseurs d'hommes toute intrusion dans nos habitations. Nos fusils et nos sagaies nous y aideront. Mais aussi les chiens-loups que nous allons capturer et dresser pour combattre les leurs. Si, malgré tout, nous devions être surpris par les Blancs, il nous faudra le courage de mourir sans pleurer ni gémir. Ce sera notre façon à nous de célébrer notre liberté !

En cette première nuit de quiétude et après des baignades dans la rivière bienfaisante, camouflés sous des feuilles et des branchages, les nouveaux Marrons se blottissent les uns contre les autres en savourant leur indépendance retrouvée.

Maïmouna s'est mise un peu à l'écart sous un bel arbre moussu afin de rêver à sa première nuit de noces perturbée par l'absence de Ranino.

Les fillettes de Madame, terrorisées par leur enlèvement, pleurent à torrent depuis leur départ de la maison. Elles ne savent pas encore le sort qui a été réservé à leur mère et se demandent ce que va être le leur. Ivo les a confiées à une jeune Africaine qui va leur servir de sœur aînée.

Nora et Sahy, après le chagrin de la séparation, après la brûlure des vexations et des outrages, après la négation de leur existence, se retrouvent enfin comme deux enfants qu'ils n'ont jamais cessé d'être. La joie de se parler, se regarder, frémir de tendresse, se toucher les cheveux, le visage, le corps, tout cela les éloigne maintenant de ce qui a été leur enfer. La forêt tropicale a revêtu pour eux toutes les couleurs de l'île. Les oiseaux et les cascades ont fait éclore les sons les plus mélodieux pour une nuit sans cauchemars.

L'herbe, les fleurs et les arbres à parfum ont restitué du fond de leur sève toute une symphonie d'odeurs qui se mêlent maintenant au souffle régulier des jeunes endormis.

C'est bien la première nuit où ils sont tous libres de vivre et de rêver !

*

Les jours, les semaines et les mois qui ont suivi cette première prise de possession d'un territoire ont été marqués pour les hommes par les travaux incessants d'épierrage, bêchage, construction de cases et de canalisations d'eau. Pour les femmes, les travaux de jardinage, de semailles, de tissage. Nora s'est souvenue de ses talents de tisserande et s'est mise à tresser des fibres de *choka* et de palmier pour la confection de *lambas* et de pagnes.

Les Ancêtres n'ont pas été oubliés. De belles et grosses pierres volcaniques se dressent maintenant en plein milieu de ce qui deviendra le village. Sur ces pierres, des coqs rouges ont déjà été sacrifiés pour le bien-être des âmes des défunts. La première grande cérémonie avec incantations, danses et chants aura lieu dès la dernière case terminée.

Ivo, l'ancien chef militaire des troupes de Radama Ier, comme aime à se le rappeler Sahy, mène avec talent et fermeté toute cette population vers l'accomplissement d'un destin dont, il en est sûr, elle sortira victorieuse. Il y a eu des alertes durant le temps de cet accomplissement. Des chasseurs de Marrons accompagnés de leurs molosses importés spécialement d'Europe sont venus rôder sur ces hauteurs. Mais la plate-forme sur laquelle les fugitifs se sont installés est inviolable. Sauf à y laisser sang et vie. Les chiens et leurs maîtres s'en sont retournés, écumant de rage.

Pourtant il sait aussi, Sahy, que ces chasseurs de têtes, payés à la prime, reviendront, encore plus redoutables, encore plus féroces.

Après le dur travail du jour, la nuit est un berceau précieux. Chacun a conscience de la forêt vivante qui l'entoure et lui manifeste aide et sympathie. Chacun a conscience du ciel étoilé qui vibre là-haut comme un voile au-dessus du berceau. Et c'est pendant la nuit que les hommes, les femmes et les enfants, enfin réunis, se disent tout, pour mieux exorciser les douleurs et les souffrances, sans doute, mais pour mieux se comprendre, sûrement.

Bien souvent, dans la lumière calme des étoiles, Sahy et Nora, Maïmouna et Ranino, Ivo et ses compagnons se racontent, se confient les uns aux autres dans une communion parfaite avec le monde de la nuit.

Quelquefois le lever du jour les trouve encore là, assis en rond, sous les étoiles qui s'éteignent. Agréables moments choisis par Nora et Maïmouna pour aller se baigner dans la rivière et sous les cascades. Pour profiter du réveil du petit peuple de la forêt : oiseaux multicolores, papillons tout feu tout flammes, caméléons aux couleurs du temps, petits hérissons roulés en boule.

Et les deux jeunes femmes s'adonnent au bord des cascades aux danses retrouvées de leur enfance.

Ivo et Ranino

C'est justement à l'aube d'une de ces journées prolongées toute la nuit, et après quatre années de responsabilités tourmentées mais fortes dans leur village, que les Marrons apprennent la mort d'Ivo et de Ranino.

Comme d'habitude, ils sont descendus à la ville pour en rapporter des nouvelles. L'expédition est toujours très dangereuse. Les forêts et les montagnes sont inlassablement sillonnées chaque jour et en tous sens par ces redoutables chasseurs et leurs terribles chiens. Ces chasseurs, quand ils arrivent à capturer les fuyards, les ramènent chez leurs maîtres. Les pauvres hommes sont alors mutilés. On leur coupe les oreilles, les mains ou les jambes, ou ils sont tout simplement massacrés s'ils résistent.

Plusieurs fois, Ivo et Ranino ont failli se faire prendre. Ils n'ont dû leur salut qu'aux chiens-loups qu'ils ont dressés pour renifler à temps les inquiétants molosses. Mais la quête des nouvelles est la plus forte.

Ne parle-t-on pas d'abolition de l'esclavage ? Les abolitionnistes français et européens sont prêts à avoir gain de cause.

Les Marrons ont appris qu'un Français, un certain Victor Schoelcher, lutte pour la libération des Noirs.

– Mes amis, leur a dit Ivo, cet homme, Schoelcher, doit venir dans l'île. Son représentant, Sarda-Garriga, y est déjà. Nous, les Marrons, il nous faut impérativement le rencontrer. Il y va de notre liberté enfin officialisée, reconnue par la République de la France. Ranino et moi, nous allons essayer de suivre le représentant de la République dans ses tournées pour nous faire une idée exacte à propos de cette émancipation des Noirs sur tout le territoire de La Réunion. Et nous reviendrons, je l'espère, remplis du bonheur d'être tous libres devant la loi !

Ce sont les dernières paroles d'Ivo. Les chasseurs de primes ne lui ont pas donné l'occasion de rencontrer Sarda-Garriga. Les Blancs esclavagistes, terriblement inquiets à l'idée de cette future émancipation, ont redoublé d'énergie dans la chasse aux Noirs. Ils ont institué des corps spécialisés, à l'image de certaines milices. Ranino et Ivo ont été assassinés alors qu'ils gagnaient la ville.

À l'annonce de ce malheur, annonce parvenue hélas trois semaines après les faits, les Noirs marrons se sont mis à faire résonner les montagnes et les ravins, les cascades et les volcans des sons des tam-tams et des conques. Tous ont accouru de tous côtés. Plus rien ni personne pour empêcher leur marche vers la liberté.

Maïmouna et son jeune fils, Nora et Sahy ont été parmi les premiers à suivre l'exemple d'Ivo et de Ranino en se rendant à la ville.

Sérieux et solennels, ils ont descendu les montagnes en courant, traversé les rivières tumultueuses, bravé les précipices meurtriers.

Et les voici à Saint-Denis, dans la capitale de l'île.

20 décembre 1848

Quelle n'est pas leur surprise en arrivant à Saint-Denis, face au palais du gouverneur, de constater que des milliers d'esclaves et d'affranchis sont réunis sur la place ! Il fait déjà nuit. Des torches brûlent de tous leurs feux, éclairant la mer et le ciel. Les esclaves dansent au rythme des tam-tams. Rien ne leur semble interdit en cette nuit de fête. Les hommes paraissent forts. Les femmes sont belles et les enfants joyeux. Que se passe-t-il ?

– C'est Sarda-Garriga, Sarda-Garriga qui nous rend not' liberté ! crie un homme dans la foule, tout près de Sahy et Nora.

– Sarda-Garriga ? demande Nora à Sahy. Ivo nous a surtout parlé de Victor Schoelcher.

– Oui, renchérit Maïmouna, Ranino aussi m'a parlé de Victor Schoelcher. Mais je crois que Sarda-Garriga est son représentant.

– Ça sera not' nouveau gouverneur aussi. Vous êtes pas au courant ? ajoute l'homme, tout heureux.

– La fête a commencé depuis quand ? interroge Sahy.

– Depuis ce matin.

Et l'homme d'expliquer que, au petit matin de ce jour mémorable, une cérémonie religieuse a été célébrée en la cathédrale de Saint-Denis. Le curé de la paroisse a exhorté les anciens affranchis et les anciens esclaves à rester de bons chrétiens, travailleurs et obéissants. Il a aussi parlé des Marrons. Le pardon a été prononcé à condition qu'ils renoncent à leur existence de parias et de bannis de la société.

Dans l'après-midi, Sarda-Garriga est monté à la tribune. Il a dit aux hommes rassemblés qu'ils ne sont plus considérés comme des biens mais comme de vrais hommes. Qu'ils doivent remercier la République de la France qui leur accorde cette liberté. Mais, surtout, surtout, que cette liberté ne doit pas être prétexte à fuir le travail, à renoncer aux maîtres ou à retourner au marronnage.

Vingt et un coups de canon ont salué le discours du commissaire de la République et des banderoles *France-Réunion-Liberté-Travail-Égalité-Fraternité* ont été promenées dans toute la ville.

Maintenant la nuit continue sa course. On danse la danse des esclaves, on chante les chants des esclaves jusqu'à l'extinction des feux et de la musique. Aucune violence n'est à déplorer. Aucune manifestation d'amertume et d'aigreur, ni du côté de la population nouvellement libre, ni du côté des anciens maîtres.

Nora remarque que les filles de Madame, qui sont elles aussi descendues de la montagne, en ont profité pour s'échapper et courir vers leur destin. C'est le temps de la liberté pour elles aussi. Nora se sourit à elle-même et tripote son collier de coquillages pour que Jeanne et Mélanie, un jour, puissent accorder le même rang et les mêmes droits à un Noir qu'à un Blanc.

– Tu sais, Sahy, dit Nora, soudain grave, on doit notre liberté à la République de la France, bien sûr, et à Victor Schoelcher. Mais est-ce qu'on en serait là s'il n'y avait pas eu Ivo et Ranino ? Et plein d'autres Ivo et Ranino. Plein d'autres marrons qui ont été massacrés, qui ont risqué leurs vies parce qu'ils voulaient seulement un peu d'humanité et de respect, tu crois pas, Sahy ?

Trop ému pour parler, Sahy ne répond rien. Il est heureux auprès de cette jeune fille qu'il aime, heureux de la sentir calme et passionnée à la fois, réfléchie et consciente du chemin parcouru et de celui qui reste à parcourir. Il attire vers lui ce visage encore enfantin et lui murmure doucement :

– Et que veux-tu faire maintenant ?

– Rentrons chez nous, là-haut, lui répond-elle en désignant les montagnes. Là-haut. Notre vie est là-haut.

les uns les autres

THIERNO BA
La chanson des kobis

SIGRID BAFFERT
En roues libres
Pas de printemps pour maman
Avec des si on mettrait Chicago dans une canette de Coca
(Prix du roman jeunesse 2002)
On n'arrête pas les comètes

ROBERT BIGOT
Une si petite flamme

ROBERT BIGOT
CHRISTIAN GRENIER
Le Mal en patience

CORINNE BOUCHARD
La vie des Charançons est assez monotone

JOËLLE BUSUTTIL
Petite Lune

ROLANDE CAUSSE
Sarah de Cordoue

MICHEL COSEM
Liberté pour Hannah

KAMALA DAS
Le témoin

PIERRE DAVY
L'écho des cavernes
(Prix 12-17 ans de la Foire du livre de Brive, 2003)

SOPHIE DUCHARME
Les enfants perdus
(Prix du ministère de la Jeunesse et des Sports, 2000)

PATRICE FAVARO
Une si rouge poussière

PASCAL GARNIER
La Gare de Rachid

MICHEL GIRIN
La Prisonnière du magicien
(Grand prix Unicef du Livre de jeunesse, 1999)
Pêcheur d'espoir

ACHMY HALLEY
Bons baisers de Kabylie

YAEL HASSAN
Ni d'Ève ni d'avant
Alex
Sans raison particulière

TONY HILLERMAN
Le Garçon qui inventa la libellule

JO HOESTLANDT
Miriam ou les voix perdues

DIDIER JEAN ET ZAD
Deux mains pour le dire
Sweet homme

CÉLINE JACQUOT
Amazigh

ALAIN KORKOS
En attendant Éliane
(Prix 12-17 Brive, 1996)

PHILIPPE LACOCHE
Le Pêcheur de nuages

MARYSE LAMIGEON
Le Huitième Loup

DANIELE LAUFER
Je n'oublierai jamais ces moments-là

MICHEL LE BOURHIS
Les Yeux de Moktar
(Prix du roman jeunesse 2001)

THIERRY LENAIN
La Fille du canal
(Prix du Roman jeunesse, 1992)
(Prix Sorcière du roman, 1994)
(Totem du Roman jeunesse, 1994)
Un pacte avec le diable

JEAN-JACQUES MARIMBERT
Nuria la nomade

CLAIRE MAZARD
Le Cahier rouge
Macaron citron
L'Absente
(Prix France Télévision 2003)
(Prix Chronos 2004)
Le Cabossé
La p'tite Hélène

CHRISTIAN NEELS
Septième rang, septième place !

JOSEPH PÉRIGOT
Hors la loi

MICHEL PIQUEMAL
Les Orphelins d'Amérique
(Prix du Triolo, Villeneuve-d'Ascq)

ÉRIK POULET
Les Roses de cendre

ADA RUATA
La voie de Tina

BERTRAND SOLET
L'Année du diable
L'Histoire de Manolo

JANINE TEISSON
Au cinéma Lux
Les Prisonniers d'Icibas
Le Petit Soleil jaune
Les Rois de L'horizon
(Prix France Télévision, 2002)
(Prix Sésame 2003)

PATRICK VENDAMME
Une corres' pas possible !

CLARA VIDAL
Mal à ma mère
(Prix Octogone du CIELJ, 2002)

Mis en pages par DV Arts Graphiques à Chartres.
Achevé d'imprimer en janvier 2005
par **Bussière**
à Saint-Amand-Montrond.
Dépôt légal : janvier 2005
Loi n° 49.956 du 16 juillet 1949
sur les publications destinées à la jeunesse
N° d'impression : 044946/1
10113220

Imprimé en France